ヒャッハーな幼馴染達と始めるVRMMO 2

ZIRAIZAKE 地雷酒 ILLUST 榎丸さく

TOブックス

CONTENTS

HYAHHAAAAA NA
OSANANAJIMITACHI TO
HAJIMERU VRMMO

ILLUST 榎丸さく　DESIGN アオキテツヤ(MUSICAGOGRAPHICS)

CHARACTERS

HYAHHAAAAA NA
OSANANAJIMITACHI TO
HAJIMERU VRMMO

トーカ

鷹嶺 護【たかみね まもる】

ヒャッハーな幼馴染達に誘われて
《EBO》を始めた保護者系男子……
の皮を被ったヒャッハー。
直接戦闘が苦手なはずの神官で戦う
『外道』で『撲殺神官』な主人公。

米倉 瞬【よねくら しゅん】

リクルス

護を《EBO》に誘った
ヒャッハーな幼馴染その1。
重戦士の静と軽戦士の
動を切り替えて翻弄する
バトルスタイルで戦う(本人談)。
無限に殴れる【連衝拳】がお気に入り。

カレット

神崎 明楽【かんざきあきら】

護を《EBO》に誘った
ヒャッハーな幼馴染その2。
『火魔法』に魅入られ、
全身を緋色の装備に固めた魔導士。
実は軽戦士でもあるが、
魔法が楽しすぎてそのことは忘れてる。

メイ

トーカの初フレンドにして
生産一筋なちんまい系ヒャッハー。
物を作ること自体を
こよなく愛する生産狂。
その極まり方は名前の由来を
メイクから取るほど。

リーシャ

親友に付く悪い虫は暗殺しちゃう系女子。
メイとはリアルでも親友。
新しくできた友人の
装備作ってるって言ってたから
これは騙されてると思ったとは本人の弁。

エボ君

イベント告知をリーリアと共に担当した
《EBO》のマスコットキャラクター。
リーリアとは気が合うようで、
妖精たちの中では彼女といることが多い。

いやー愛され過ぎて困っちゃう!
(by リーリア)

リーリア

「はーい妖精ちゃんことリーリアでーす!
ここにも来れちゃうとかさすが私!
完全完璧びゅーてぃふぉーな
リーリアちゃんをこれからもどうぞよろしく!

ところで他の妖精に比べて
私の仕事多くない?」

プロローグ　戦が始まる

眼前に広がる命の営みを蹂躙せんと、血に飢えた獣どもが押し寄せる。

迎え撃つは背後に命を背負った、各々の得物を構え猛る血気盛んな戦士の群れ。

夜の帳が下り始めた『長閑な草原』にて、その名に似合わぬ人と獣の大戦争が刻一刻と迫り来る。

東西南北どこを見渡しても目に入る、町をぐるりと取り囲むように全方位から立ち上る土煙が開幕の狼煙を上げ、大量の足音が奏でる地響きと負けじと張り上げる戦士達の鬨《とき》の声が開戦を告げる法螺貝《ほらがい》となり戦場に響き渡る。

時刻は午後六時。

《ＥＢＯ》第１回イベント。正式名称『トルダン防衛戦』――――開戦。

第一章　トルダン防衛戦

「うひゃぁ、みんなすげぇやる気だな」
「うむ、これは想像以上だ……！」
「そりゃそうだ。なんせ、ここに来る奴らは全員ガチ勢だからな」

遂に始まった襲撃イベントに、プレイヤーのテンションやらやる気やらは既に最高潮。多くのプレイヤーが開戦と同時に我先にと襲い来るモンスターに突撃していく様は壮観の一言に尽きる。

俺達が今いる場所は北エリア。つまりは敵《モンスター》も味方《プレイヤー》も一番強い奴らが集うエリアだ。そんな危険地帯に訪れた理由は実に単純明快。リクルスとカレットが行きたいコールを朝っぱらからずっとしてきたからだ。

あまりにもしつこいので「一回でも全滅したら場所変更」とルールを決めて北に来ている。

正直なところ、せっかくなら一番強い場所で戦ってみたいという気持ちもわかる。なので、最初は敵が弱い南で肩慣らしをしてから北に切り替えようと考えてはいた。ついでにいうなら慣れないタイプの戦闘《大人数での乱戦》なのでとりあえず南で雰囲気を掴んでから挑みたい気持ちもあった。だが、どうも二人は最初から北に突撃したかったらしい。

ちなみに、北か南の二択しか選択肢が無いのは東に行くとカレットが、西に行くと俺とリクルスが本来の実力を出せなくなってしまうのでしょうがないと割り切ったからだ。

「バフ掛けたからもう行っていいぞ。射線入らない様に気をつけろよ」

「あいあいさぁぁぁぁぁぁぁぁぁ！」

俺がゴーサインを出すと、待ってましたとばかりにリクルスは他のプレイヤーよろしくモンスターの大群へと突っ込んで行った。走りながら叫んでるせいで声が間延びして聞こえるし。

張り切りすぎて即バテからの即袋叩きとかやめてくれよ？

「カレットも他の奴に魔法ぶつけないようにな」

「もちろんだ」

解き放たれたように駆け出していくリクルスを見送りながら、横にいるカレットにも一応注意を飛ばす。しかし、そんな心配は無用だった様だ。カレットは既に集中モードに入っており、普段の騒がしさは鳴りをひそめ、落ち着き払ったその瞳は正確にモンスターへと向けられている。

「ならいい」

もはや慣れたものとはいえ、普段と集中時のギャップに普段から集中時の半分でも落ち着いてくれればなぁ……などと考えながらも、俺も自分のやることの準備に取り掛かる。

今俺が装備している武器はメインウェポンの亀甲棍ではなく、『鉄糸弓《てっしきゅう》』という弓だ。イベントに備えるにあたってメイに余り物でもいいから弓は無いかと聞いたところリーシャ用に作った弓の余りがあるという事なので買わせてもらった。

その性能はこちら。

＝＝＝＝＝＝＝＝＝＝＝＝＝＝＝＝＝＝＝＝＝＝＝＝＝＝＝

『鉄糸弓』
弦に特殊な製法で作られた鉄糸を使った特別な弓
本来の用途ではなく弓そのもので戦える様に様々な仕掛けが施されている
ＳＴＲ＋15　ＤＥＸ＋15
製作者【メイ】

＝＝＝＝＝＝＝＝＝＝＝＝＝＝＝＝＝＝＝＝＝＝＝＝＝＝＝

余り物なのにこの性能、本当にメイには頭が上がらないな。

想像以上に高性能の弓が手に入ったので、この弓に振り回されないように慣らしておこうとここ最近はずっと弓で草原のモンスターを遠距離射撃し続けていた。結果『弓術』、『見切り』、『集中』のスキルレベルが上がり、新たに『遠見』と『瞑想』と言う二つのスキルを習得した。

基本的にモンスターの動きは単純なので狙いやすいのもあるが、最初は５ｍほどだった射程距離も最終的には30ｍほどの距離ならほぼ命中するまでに弓の腕が上達した。

ちなみに、新しく得たスキルの内『遠見』は文字通り遠くまで見えるようになるスキルで目を凝らせば『スキルレベル×10』ｍ先まではっきりと見えるようになるかなり便利なスキルだ。

もう一つの新スキルである『瞑想』は補助系のスキルで、『目を瞑《つむ》り精神《こころ》を落ち着ける事で次の動作をより良いものにする』と言う、説明文だけでは分かりにくい効果のスキルだが、使ってみるとその有用性がよく分かる。感覚的な効果なので言語化しにくいが、要するに目を閉じて深呼吸なりで心を落ち着かせ、その時間に応じてその後のあらゆる行動がシステム的にサポートされるという効果だ。ステータス的なバフではないが、体が動かしやすくなったり視野が広がったりと事前準備が必要な分使いどころは難しいが、使いこなせればかなり強いスキルだろう。

そして、この二つのスキルと弓の相性がすこぶる良い。どんどん命中する様になるのが楽しく、ひたすらやっている内に気が付けば『瞑想』と『遠見』のスキルレベルが3にまでなっており、更には『狙撃手』なんていう名前も効果もまっとうな称号も貰ってしまった。

＝＝＝＝＝＝＝＝＝＝＝＝＝＝＝＝＝＝＝＝＝＝＝＝＝＝＝＝＝＝＝＝＝＝＝＝

『狙撃手』

遠距離から狙撃する者の証

遠距離射撃補正

遠距離射撃威力上昇

＝＝＝＝＝＝＝＝＝＝＝＝＝＝＝＝＝＝＝＝＝＝＝＝＝＝＝＝＝＝＝＝＝＝＝＝

どんどん一般的な神官から離れていくな……。狩人としては正しい成長だから良しとするか。

今の俺は『弓術Ｌｖ：5』『集中Ｌｖ：6』『見切りＬｖ：6』『遠見Ｌｖ：3』『瞑想Ｌｖ：3』

そして称号の『狙撃手』に加え『付与魔法』によるバフ。この多数のスキルなどの補正のおかげで全身全霊でやれば第一射だけならば百m先に立っているリクルスの眉間を貫ける様にまでなっていた。なんで眉間かって？　……話を戻そう。

「ふぅ……」

自身に『付与魔法』でDEXを上昇させる【デクスアップ】とスキルの効果を上昇させる【スキルアップ】を使用してから『瞑想』を始める。

ダラリ、と全身の力を抜き、目をゆっくりと瞑る。それから深く、ゆっくりと息を吐く。吐ききった所でまたゆっくりと息を吸う。一回で肺の空気を全て入れ替えるイメージだ。焦ってはいけない。他の事は何も考えず、ただ息を吸い、吐き出す。同時にスキル『集中』を発動。これにより周囲の音が遠ざかり、やがて周囲の音がほぼ遮断される。

段々と意識が深い所に落ちていくのが分かる。まるで水の中に居るかの様な感覚。俺は今、暗く、深い水の底で周囲と一体となっている。そんな風にも感じられる程深い集中。

この感覚がスキルによってもたらされたのか、それとも真に集中している証左なのか。それすらもどうでもよくなる。もはや周囲の音も、プレイヤー達の熱も、近付いてくるモンスターの存在すらも俺の意識からは掻き消え、集中が最大限まで高まるのを感じる。

そこで先程までより深く、長く息を吐く。肺だけとは言わず体中の全ての酸素を吐き切る。そう錯覚するほど深く息を吐く。そしてこれまた深く、ゆっくりと息を吸いながらいつの間にか俯いていた顔を上げつつ同時に瞼も上げていく。

心做しか世界が色褪《いろあ》せて見える。周りの喧騒も激しい戦闘音も聞こえず、ゆっくりと世界が進んでいく。

隣で放たれたカレットの魔法がゆっくりと進んでいく、まるでビデオのスロー再生の様に。

「すぅ…………………………」

深く落ち着いた呼吸を続けながら、鉄糸弓の鋭い弦に耐えられる特製の矢（もちろんメイ作）を番え、比較的人が少ない所にいるモンスターに狙いを付ける。狙いはたまたま戦線から少し離れた位置にぽつんと立つ、立派な角を持ったガタイのいいバイソン。自身が狙われていることに気が付きこちらに突進して来ているバイソンを迎え撃つように、ぴたりと眉間に狙いを定める。狙いを定めた後は息を止めたまま『鉄糸弓』に番えた特製の矢を引き絞る。全力を込め限界まで引き絞られた鉄糸弓はキリキリと軋む音を立てている事だろう。

「【スナイプショット】ッ！」

これ以上引き絞ったら弓か矢（多分、矢）が限界に達する。そう感じた瞬間、矢を放つ。

そして限界まで引き絞った鉄糸弓から放たれた矢は甲高い風切り音を戦場に響かせ突き進む。

そして飛ぶこと数秒。ドンッ、という音と共に矢が少しそれてバイソンの右の眼球に突き刺さる。

だが、それだけでは終わらない。矢とバイソン両者の推進力がぶつかり合った結果、矢はそこで止まらず、眼球を貫いて脳を蹂躙する。

張りきったメイが蜥蜴鉄《とかげてつ》をふんだんに使って作製した鏃《やじり》は眼球と脳の二重のクッションを挟んでなお鋭さを保ち、放たれた矢はそのまま頭蓋骨を貫き彼方へと姿を消した。

『ブオォォォッ⁉』

周囲の音はシャットアウトされているし、仮にされていなくても聞こえるはずのない距離だが、確かにバイソンの断末魔の叫びが届いた。直後。ボパッ！　と音がしそうな程の勢いでバイソンの体が光となり、弾ける。突然とんでもない勢いで矢が駆け抜けたことに驚く周辺のプレイヤー達を尻目に儚く輝く命の残光を残心の状態で静かに認識していた。

「っふぅ……」

そして、ようやく一区切りついたと思いっきり息を吐いた瞬間、一気に世界に色と音が戻る。

「どうだった？」

極限の集中から解放された反動か、多少のめまいを伴って一気に元に戻った世界にカレットの落ち着いた声が響く。ホントにいつもこれくらいとは言わないからもっと落ち着いてくれよ……と思いながら、軽く痛む頭を軽く振ってカレットに結果を示す単語の羅列を返す。

「目測１２０。牛。右眼球。一撃。新記録」

この言葉が示す通り（目測だが）１２０ｍの狙撃で一撃撃破というのは俺の新記録だ。基本的に遠距離射撃はいくつかの特例を除き、一定ラインを越えると、遠くなればなるほど威力は減少する。

今回で言えば１２０ｍだが、それだと威力は一割残っていればいいほうだろう。

しかし今回俺が使った【スナイプショット】というアーツはその特例に分類される、『与えるダメージが距離減衰しない』という効果を持つため、威力そのままでバイソンの脳を穿ったのだ。

しかし、いくら『弓術Ｌｖ：５』で開放される強力なアーツと言えど【スナイプショット】は威力が距離減衰しないという効果しか持たず、威力的にはそこまで強いというわけではない。普通ならこのアーツでワンパンは出来ないだろう。しかし、俺には頼もしい仲間達《問題称号》がいる。

まず『一撃粉砕』の効果で初撃がダメージ2倍。高速で迫り来る矢を認識できなかったらしく『不意打ち』の発動で2倍。右目イン脳蹂躙頭蓋骨アウトが『外道』判定で2倍。

　その他にも速度やお互いが勢いそのままに接触したという状況、当たり所や矢の質など、色々な補正の効果が乗った一射は必殺の一撃となってバイソンを襲ったのだ。

「それは……負けていられないな。【ファイアストーム】！」

　俺の報告を聞いたカレットが更にやる気を漲らせて『火魔法Lv：4』で使用可能になる【ファイアストーム】を段々と近づき始めてきているモンスターの群れへとぶっ放す。

　ゴウッ！　と激しい音を立てながら逆巻く炎の竜巻がモンスターの集団を一瞬で飲み込む。装備を一新したことによって強化された【ファイアストーム】はいともたやすくモンスターのHPを削り取り、【ファイアストーム】が収まった頃にはモンスター達はすべて残光と変わり果てていた。

「すげぇな……」

　視界の先に発生した炎の竜巻がもたらした光景にそんな言葉が無意識のうちに口から零れ落ちた。聞かれてたら恥ずかしいなとカレットから目をそらし、そこで目の前にウィンドウが開いているのにようやく気が付いた。

＝＝＝＝＝＝＝＝＝＝＝＝＝＝＝＝＝＝＝＝＝＝＝＝＝＝＝＝＝＝

【討伐】
暴走牛……50P
【アイテムドロップ】
暴走牛《スタンピード・バイソン》の皮×2……30P　暴走牛の蹄……50P
【その他】
一撃討伐……50P
長距離討伐（100m）……100P
合計：280P　総合：280P

＝＝＝＝＝＝＝＝＝＝＝＝＝＝＝＝＝＝＝＝＝＝＝＝＝＝＝＝＝＝

どうやらイベント中のモンスター討伐はポイント換算方式らしい。討伐したモンスターやドロップアイテム、他にも討伐までの攻撃数や討伐距離なども対象の様だ。ランキングではこのポイント数を競うのだろう。

「カレット、仕組みは理解したか？」

「このポイントというやつか？　なら理解したぞ」

カレットも今回の仕組みを理解した様で次に俺が何を言うのかもわかっているのだろう。

その瞳は仲間ではなく好敵手《ライバル》を見るものだった。

「ならいい、どっち《協力or競争》だ？」

「競争《バトル》」

俺の質問に間髪を容れずに返してくる。うん、知ってた。なので、俺は返事が返ってくるや否や三人で組んでいたパーティーを解散させる。解散権はパーティーリーダーの俺にあるので強制解散も可能だ。どうせリクルスも気付いている頃だろう。今頃、パーティー解散の通知を見てこっちの思惑も理解しているんじゃないかな。すでに当初の予定からずれているが、このほうが楽しそうだ。

恐らく今三人の中でポイントが一番低いのは俺だ。勝負する《やる》からには勝ちたい。リクルスとカレットにとある内容のメッセージを送ってからメイン装備を鉄糸弓から亀甲棍へと戻せば準備は万端だ。

「っとと、これも装備しとかないとな」

◇◇◇◇

「シャラァッ！　【衝拳】【衝拳】【衝拳】【衝拳】【衝拳】【衝拳】【衝拳】【衝拳】【衝拳】【衝拳】【衝拳】ッ！　隙を見せたな！　【烈脚《れっきゃく》】ッ！　もいっちょ【衝拳】【衝拳】【衝拳】【衝拳】【衝拳】【衝拳】【衝拳】【衝拳】【衝拳】【衝拳】【衝拳】【衝拳】【衝拳】【衝拳】【衝拳】ッ！」

リクルスの拳が連続で打ち出され、目の前の敵の胴体へと突き刺さる。その衝撃に仰け反ったモンスターは無防備にも晒してしまったその腹に足技系のアーツ、【烈脚】を放つ。烈風の如き速度で腹に直撃した蹴りによって体をくの字に折る事になったその敵はリクルスに顔面を近付けてしまう。そして、その代償は顔面への【連衝拳】と言う形で払われることとなった。

『グガァァァァッ！』

顔面への連打によってＨＰを刈り取られたモンスターはその体を光に変えて空に溶け消えて逝く。

「よっしゃ！　熊撃破ッ！」

リクルスは軽くガッツポーズを決め、目の前に現れた今回の戦績を確認する。


＝＝＝＝＝＝＝＝＝＝＝＝＝＝＝＝＝＝＝＝＝＝＝＝＝＝＝＝＝＝＝＝＝＝＝＝＝

【討伐】
暴走熊……60Ｐ
【アイテムドロップ】
暴走熊《スタンピード・ベア》の毛皮……15Ｐ　暴走熊の爪……20Ｐ　暴走熊の掌……80Ｐ
合計：１４５Ｐ　総合：１２７０Ｐ

＝＝＝＝＝＝＝＝＝＝＝＝＝＝＝＝＝＝＝＝＝＝＝＝＝＝＝＝＝＝＝＝＝＝＝＝＝

「やっぱ強いヤツ程効率いいな、次から熊狙いだな！」

今回リクルスが倒した《スタンピード・ベア》は今回の襲撃してくる敵の中でも相当強い方になっており、トーカが狙撃した《スタンピード・バイソン》や大量にいる《スタンピード・ウルフ》などよりも討伐時に貰えるポイントは大きくなっている。

当然、取得ポイントに比例して敵も強くなっているのだが……高等技術であるはずの【連衝拳】

を本能で使いこなすリクルスはそれをソロで安定して狩れる様だ。

「名も知らねぇ少年！　助かった！」

「あん？　助けてなんかねぇぞ？」

戦果の確認を終えたリクルスが次の獲物を探そうと辺りを見渡し始めると、不意に後ろから声が掛けられた。しかしリクルスは索敵を止めず、それどころか視線すら向けずに声を返す。

「そりゃそうだ、俺が勝手に助けられたんだしな！」

アッハッハと笑った声に少し興味が湧いたリクルスは視線だけをちらりとそちらに向ける。

視線の先にいたのは、2m近い大剣を凄まじい勢いで振り回し《スタンピード・ウルフ》やら《スタンピード・ラビット》やらの雑魚を一掃している短い茶髪の男性だった。

「雑魚の掃討中に熊も来たら相当やばかったからな。勝手に助けられてもらったぜ、あんがとな」

「うわぁ……かっけぇ……」

その男性の何か（おそらく大剣を小枝のように振り回す豪快な戦法）がリクルスの琴線に触れたらしくリクルスはヒーローを見る少年の様な瞳で男性を見ている。男性はリクルスの熱い視線に気付いた様で「照れるじゃねぇか」と笑いながらも動きを緩めず大剣で周囲の敵を一掃する。

「兄《あん》ちゃんカッケェよ！　背中は任せろッ！　【斬脚《ざんきゃく》】ッ！」

『縮地』と『跳躍』の合わせ技で男性の後ろまで迫っていた《スタンピード・ベア》の首に足技系アーツの【斬脚】を放つ。【斬脚】は斬撃の如き鋭さを持つ蹴りで相手の体を切断する、『体術』唯一の斬撃型の攻撃でその威力は折り紙付きだ。

『グルァァッ⁉』

鋭い斬撃となった蹴りは《スタンピード・ベア》の首筋を深く抉って行く。首筋を深く抉られた《スタンピード・ベア》は悲痛な叫びを上げながら、それでもリクルス目掛け腕を振り抜く。

「効かんッ！」

が、岩蜥蜴戦のようなバーサーカー状態とはまた違った変なテンションのスイッチが入ったリクルスは普段よりも身軽に動く事が出来る様で、振り抜かれる腕に掴まり逆立ち状態になると、そのまま《スタンピード・ベア》の頭部に踵落としを決める。

「シャラァッ！」

『グガァァッ⁉』

「うっせぇ！【衝拳】【衝拳】【衝拳】【衝拳】【衝拳】【衝拳】【衝拳】【衝拳】【衝拳】【衝拳】ッ！」

踵落としを決め、そのあとすぐに着地と同時に跳び上がり《スタンピード・ベア》の顎に左アッパーで【衝拳】を食らわせ、振り切った左手を戻す勢いを利用して顔面に右で【衝拳】を打ち込む。

そうやって強引に作った隙にひたすら【連衝拳】を叩きこむ。リクルスの基本スタイルだ。

『グルァァァ……』

サンドバッグ業務に耐え切れずＨＰを全損させた《スタンピード・ベア》が弱々しい声を上げながら仰向けに倒れ始め、途中で光となり空に溶けて逝く。

「熊を瞬殺たぁやるじゃねぇ……かッ！　俺はアッシュ！　少年、名は⁉」

大剣の叩き斬りで《スタンピード・ベア》を一撃で真っ二つに切り飛ばしたアッシュはそのまま

大剣を持ち上げる動作に連動させた薙ぎ払いで群がる雑魚を一掃しつつリクルスに問う。

「兄ちゃんこそッ！　一太刀で一掃とか憧れるぜ！　俺はリクルスだ！」

別の《スタンピード・ベア》を【衝拳】のラッシュで光に変えながらリクルスが答えを返す。

二人は会話している間にも周囲に群がるモンスター達を大剣が蹂躙し拳が光を生み出し続ける。

彼らが今いる所は北でも町から遠く離れた場所で、敵の出現地に近い事もありモンスターとのエンカウント率も大変な事になっている。その中で会話を続ける二人はハッキリ言って異常である。

二人ともアドレナリンがドバドバでハイ状態なのかもしれない。

「そうか！　時にリクルスよ、ここで会ったのも何かの縁。共闘というのはどうだ!?」

「俺は構わねぇ！　アッシュの兄ちゃんこそ良いのか!?」

「バカヤロウ！　兄貴と呼べ！　全然構わねぇぞ！　仲間とはぐれちまったからなぁ！」

「了解だ兄貴！　そういう事なら是非！」

こうして、ハイテンション状態でまともな思考が出来ていない二人は《スタンピード・ウルフ》と《スタンピード・ラビット》をまとめてぶった切ったり《スタンピード・バイソン》を殴り飛ばしたりしながらの協議の結果、共闘することとなったのだった。

「リクルス！　回転行くぞッ！」

「了解！　兄貴！　やっちまってくだせぇ！」

「シャオラァッ!!」

アッシュの掛け声に反応したリクルスが《スタンピード・ベア》を足場にして跳び上がる。次の

瞬間、アッシュが自身の体を軸に大剣をぶん回す。そうすれば、アッシュの周囲半径2mの空間は大剣が唸りながら突き進む危険区域と化し、哀れにも巻き込まれた雑魚は一瞬でその命を散らす。

「さすが兄貴ッ！　んでこの死に損ないが！　くたばれッ！　【衝拳】ッ！」

『ブモォォォォッ！』

圧倒的蹂躙を運よく生き残った《スタンピード・バイソン》だが、追撃の【衝拳】に耐えきれず断末魔の叫びを上げて消滅する。

「ナイスフォローだ！　リクルス！」

「兄貴こそあの量を一撃とは、流石！」

着地した直後に『縮地』を利用して駆け出したリクルスは勢いそのままで《スタンピード・ベア》に【連衝拳】を叩き込み、【衝拳】による微量のノックバックでロクな抵抗も出来ず光の粒となって溶け消える強敵の部類に入る敵はリクルスが、《スタンピード・ウルフ》や《スタンピード・ラビット》などの雑魚敵はアッシュが担当すると言う構図が出来上がり、それが上手くハマった様でリクルスとアッシュの即席コンビによる蹂躙劇が加速していく。

「オラッ、オラッ、オラァッ！」

「【衝拳】【衝拳】【衝拳】【衝拳】【衝拳】【衝拳】【衝拳】【衝拳】【衝拳】【衝拳】ッ！」

「「ヒャッハー！　汚物《モンスター》は消毒《殲滅》だァァァァッ！」」

その後もスーパーハイテンション状態でただひたすらに湧き出てくるモンスターを蹂躙し続ける二人組の声と哀れなモンスター達の断末魔の叫びが戦場に響き続けたと言う。

◇◇◇◇

リクルスがアッシュと共闘で狂闘を繰り広げているのと同時刻。比較的町に近い場所で、迫り来るモンスター達をまとめて焼き払っている緋色の少女がいた。言わずもがな、カレットである。

「【ファイアストーム】！」

広範囲を焼き払う炎の竜巻が、哀れにもその範囲に入ってしまった《スタンピード・ウルフ》や《スタンピード・ラビット》、更には《スタンピード・バイソン》すらも一瞬で焼き尽くし、ポイントに変えていく。蜥蜴鉄の緋杖《ひじょう》や緋色のローブなどのイベント直前に揃えたメイ作の高性能な装備と特化型のスキル構成、そしてカレット本人すら自覚していないとある要素によって、あくまで範囲技であるはずの【ファイアストーム】一発でアッシュの回転斬撃よりも広い範囲の敵をリクルスの拳よりも高い威力で殲滅することを可能にしていた。

だが、そんな戦火もとい戦果を前にしてもカレットはいつものようにはしゃぐことはない。

「【ファイアボール】！　むぅ、やはり範囲攻撃ができる魔法が少ないな……」

なぜなら、高威力広範囲の殲滅攻撃という超強力な手札とそれがもたらす恩恵に魅入られてしまったからこその悩み……すなわち、強力な攻撃は連射できないという当然といえば当然の事態に頭を悩ませていたからだ。

＝＝＝＝＝＝＝＝＝＝＝＝＝＝＝＝＝＝＝＝

【討伐】

暴走兎×5……50Ｐ　暴走狼×3……60Ｐ　暴走牛……50Ｐ

【アイテムドロップ】

暴走兎《スタンピード・ラビット》の毛皮×8……80Ｐ　暴走兎の肉×3……60Ｐ

暴走狼《スタンピード・ウルフ》の毛皮×5……50Ｐ　暴走狼の牙……20Ｐ　暴走狼の尾……50Ｐ

暴走牛の皮×2……30Ｐ　暴走牛の肉……30Ｐ

【その他】

一撃討伐……50Ｐ×8

合計：880Ｐ　総合：4655Ｐ

＝＝＝＝＝＝＝＝＝＝＝＝＝＝＝＝＝＝＝＝

この獲得ポイントを見てもわかる通り、【ファイアストーム】による大量ワンパンによって得られるポイントはちまちま稼ぐのがばからしくなるほどに膨大なのだ。しかし、カレットのメインウエポンたる『火魔法』の範囲攻撃は現段階では【ファイアストーム】しか使えない。ならばとサブウェポンの『風魔法』で同じ【ストーム】である【ウィンドストーム】を使ってみても、カレットが特化している『火魔法』だからこそのあの結果であって、『風魔法』では火力不足で一撃で仕留めることができず、更には攻撃を食らったモンスター達のヘイトがカレットに向かってるせいで袋叩きにされてしまう。現に一回それで死にかけた。慌てて他の魔法を連打して事なきを得たが、あの時の恐怖と死の気配は今でもカレットの脳裏に焼き付いている。

「ならば数でカバーするまで！　【ファイアカッター】！　【ファイアボール】！」

しかし、いくら考えた所で範囲攻撃が増える訳では無い。ならば数でカバーすると言う作戦に出るのは当然と言えば当然なのかもしれない。変に悩んでいるくらいならガンガン使ってスキルレベルを上げた方が断然良い。そういう意味で、この選択は最適解だと言えよう。

【ファイアカッター】が《スタンピード・ウルフ》の頭と胴体を泣き別れさせ、【ファイアボール】が《スタンピード・ラビット》に着弾し哀れな兎を焼き払う。

『プギィイイイイッ！』

「その意気や良し。では爆ぜろ！　【ファイアボム】ッ！」

荒れ狂う暴走獣《スタンピード・モンスター》共に仲間意識などあるのかは不明だが、次々とモンスターを討ち取っていくカレットへと狙いを定め、大型の猪が突進してくる。魔法職のカレットが食らったらひとたまりもないであろう勢いの乗った突進を前にして、カレットはひるむことなく、むしろ好戦的な笑みすら浮かべて見せる。そして、《スタンピード・ボア》の進路に【ファイアボム】を置く。

『プギャッ⁉』

猪突猛進が過ぎて眼前の危険物に気付かなかったのか、あるいは勢いが付きすぎて避けられなかったのか、自ら【ファイアボム】へ突っ込んだ《スタンピード・ボア》はドガンッ！　というお手本のような爆発音とともに爆ぜた火の爆弾にその頭部を吹き飛ばされ、光となってカレットのポイントに転生を果たした。

「やはりこっちの方がよくダメージが通る」

カレットはトーカと別れてから移動し、現在は北西、つまり魔法が効くエリアの北寄りの場所で『火魔法』時々『風魔法』によって死を撒き散らしている。とは言ってもそれはカレットだけではなく、辺りを見れば、火弾が《スタンピード・ウルフ》を撃ち抜いたかと思えば水矢が《スタンピード・ラビット》を貫き、土槍《どそう》が《スタンピード・バイソン》を串刺しにする横ではいくつもの風刃が《スタンピード・ベア》を切り付ける。

魔法有利地帯、つまりは魔道士の楽園だ。辺り一面を多彩な魔法が駆け巡り、不幸にも至近距離に近付かれてしまった魔道士が悲鳴と共に光の粒を残して消え去る。楽園というには些か身の危険が多すぎるが、それを差し引いたとしてもこの地はやはり魔道士にとっては楽園のような場所であった。たった一つの問題点を除いては。

「しかし……こうも多彩な魔法が飛び交っていてはチカチカして目に悪そうだ」

魔法は普通、物理攻撃と違い火なら赤、水なら青といった属性に応じた色鮮やかなエフェクトを纏い煌めいているのだ。それが普段なら対して気にならない程度の些細な光量であったとしても、それらが常に数えるのも億劫なほどに大量に飛び交っていては話は別だろう。色とりどりのエフェクトが絶え間なくチカチカと瞬き、地味に目にダメージを与えて来るのだ。それに加えて命の残光も途切れることがない。二種類の光によってプレイヤーの瞳は絶え間なく刺激され続けているのだ。

これはこの場にいるプレイヤー全員が共通して抱えている問題でもあった。なお、いち早くこの問題に気が付いてサングラスを生産して一山当てた小柄な生産職のプレイヤーがいたとかいないとか。

モンスター殲滅の波が一旦切れたタイミングで、死に戻り含めて一度も【トルダン】に戻っておらずそんな便利アイテムの事は知る由もないカレットはふぅと息を吐き、疲れた目を擦りながら辺りを見渡し呟く。今この瞬間もチカチカは止まらない。サングラス人口の増加も止まらない。

「そうねぇ……確かに目に悪そうよねぇ……」

「ぬおっ⁉　誰だ⁉」

カレットが半ば無意識に漏らした独り言に答える声がすぐ側から響く。驚いたカレットがとっさに声のする方向に振り向くと、いつの間にか佇んでいた銀色の髪を腰まで伸ばした美しい女性が黄緑と水色のオッドアイを妖しげに揺らめかせていた。その顔にサングラスはかかっていない。つまりは、彼女もカレットと同じく一度も死んでいない猛者なのだ。

「そういえば、あの時は名乗ってなかったわ〜。そうねぇ、まずは名乗らないと失礼よねぇ。私はノルシィよ、よろしくね？」

「そうか、私はカレットだ！　ところで、どこかで会った気がするのだが……」

「覚えててくれたのね、お姉さんうれしいわぁ」

「む、そのしゃべり方……ハッ、思い出したぞ！　封印されてた悪魔！」

かつて出会った女性と不意の再会を果たしたカレットはおぼろげな記憶の底から該当する人物の情報を引き上げる。そう、彼女こそはカレットがかつて路地裏で遭遇した封印されていた悪魔。

「『みたいなセリフを言ってた人』が抜けてるわよ？」

そんな訳がない。普通にプレイヤーである。ただちょっとβテストのときの記憶を頼りに路地裏の要素を回収しに行ったらカレットに先を越されただけのβテスターである。

「まぁ、カレットちゃんも無事に帰れたようでよかったわ〜。と、こ、ろ、で〜。カレットちゃん。あの後、何か変な物を見つけなかったかしら？」

「なぜ知っているのだ!?　やはり悪魔……！」

「ふふ、どうしてかしらねぇ。……アレを取られたのは痛いわね。ところで、カレットちゃんの『火魔法』は凄いわねぇ。私も『火魔法』は使えるけど、威力は完全に負けちゃってるわ」

『アレ』と呼ぶとある要素にそれ以上言及することなく、おっとりとした声で会話を続けるノルシィの言葉に近寄ってきていた一団に再使用が可能になった【ファイアストーム】を打ち込み全てを焼き払ってポイントを大量に稼いだカレットが反応を示す。

「ぬ？　ノルシィも『火魔法』使いなのか？」

「使いはするけど専門じゃないわねぇ。基本的に全種類の魔法を使ってるわ。ただ、回復魔法と付与魔法は専門外よ。流石に魔法を六つも取ってると、補助系《そっち》魔法まで手が回らなくなっちゃうのよねぇ。攻撃魔法専門、って感じかしら」

「なるほど、トーカと真逆なのだな。しかし……攻撃魔法を全種、か。ロマンはあるが大変そうだ」

ノルシィの言葉にカレットがなるほどと言った様子で頷く。穏やかな会話だが、辺りには大量のモンスターと散乱する魔法群が絶えない戦場だ。更には会話しながらもちょこちょこ魔法を使っているので傍から見れば恐ろしい光景だ。

「へぇ、トーカって子は回復魔法と付与魔法が得意なのねぇ」

「そうだな。トーカの使う魔法はその二つだぞ。トーカが気になるのか？」

「いえ？　魔法の話だから気にならないと言えば嘘になっちゃうけど、そこまで大した事じゃ無いわ。ただ、やっぱり自分があまり使わない魔法を使う人は少し興味が湧いちゃうのよねぇ」

「そういうものなのか……ふむ、よく分からん」

カレットは逆に自分の魔法を高めることだけに興味を持つタイプなので、ノルシィのその感覚はよくわからないらしい。

「ふふ、感じ方は人それぞれねぇ。あ、そうだわ。カレットちゃんは火の魔道士なんでしょう？　風魔法は使えるかしら？」

「む？　それなら使えるが……それがどうかしたのか？」

確かに『風魔法』は使えるが、それが今この場でどう関係するのかがよくわからなかったカレットは【ファイアランス】で近づいてきてた《スタンピード・ウルフ》をポイントに転生させながらこてんと小首をかしげる。

「それはよかったわ。良いものを見せてくれたカレットちゃんにひとつ、いいことを教えてあげる」

「なんと！　それはとても助かるが……良いのか？」

このイベントの最中にパーティーメンバーでもない他人にアドバイスを送るというのは、敵に塩を送るのに等しい。さすがのカレットも気にせずにはいられなかったようだ。

「いいのいいの。カレットちゃんの火魔法が素晴らしかったから、同じ魔道士としてアドバイスしてあげたくなったのよ」

「おおっ！　それはありがたいぞ！」

「ふふっ元気ねぇ、それじゃぁよく聞いてね？」

だが、結局はカレットも魔法に魅入られた者の一人。若干の警戒心は抱きつつも、飛び込まない手はなかった。

「頑張ってねぇ〜。ちょっとコツがいるけど、カレットちゃんならきっと出来るわ」

「うむっ！　ありがとうだノルシィ！　恩に着るぞ！」

そして数分後、ノルシィから教えてもらった方法を実践しようとカレットがモンスターの大群へと向き直る。最初は疑い半分だったカレットだが、話を聞いていくうちにその疑いは晴れた。なにせ、その『いいこと』に心当たりがあった（より正確にはトーカから可能性の一つとして聞かされていた）からだ。それが確信に変わった……とまではいかずとも、信憑性が増したのは事実。

それに加えて、言われてみれば単純で、だからこそ前提の違いもあって見落としていた追加要素ももたらされ、カレットのテンションはもはや最高潮だ。

「行くぞっ！　【ファイアストーム】ッ！　【ウィンドストーム】ッ！」

《スタンピード・ウルフ》や《スタンピード・ラビット》、《スタンピード・ボア》や《スタンピード・バイソン》、さらには《スタンピード・ベア》をも含んだ大量のモンスター達目掛けて、カレットは二種類の魔法を同時に、同じ場所目掛けて解き放つ。

次の瞬間、辺り一面が地獄に変わった。
強力無比な広範囲を焼き尽くす【ファイアストーム】と強風渦巻く【ウィンドストーム】が混ざり合う。火炎を暴風が煽りさらに大きくさらに凶悪に勢いを増していく炎の竜巻が荒れ狂い辺り一面に死を撒き散らす。絶望とも呼ぶべき劫火の渦が瞬く間に辺り一面に広がり、モンスターの大群がいる地点を飲み込み焼き尽くす。
【ウィンドストーム】によって強化された【ファイアストーム】は規模と勢いを爆発的に増大させ、普段なら届かぬ位置にいるはずのモンスター達すらも飲み込み焼き尽くす。
《称号『風炎の魔道士』を取得しました》《称号『殺戮者』を取得しました》
《『魔法合成』を習得しました》
《レベルが上昇しました》《レベルが上昇しました》《レベルが上昇しました》

＝＝＝＝＝＝＝＝＝＝＝＝＝＝＝＝＝＝＝＝＝＝＝＝＝＝＝＝＝＝＝＝＝＝＝＝

【討伐】
暴走兎×23……230P　暴走狼×15……300P　暴走猪×13……390P
暴走牛×8……400P　暴走熊×3……180P
【ドロップアイテム】
暴走兎の角×30……300P　暴走兎の肉×13……260P
暴走兎の耳×4……400P

暴走狼の毛皮×18……180P　暴走狼の牙×9……180P
暴走狼の尾×6……300P
暴走猪の毛皮×16……160P　暴走猪の肉×2……40P
暴走猪の牙×3……90P　暴走猪の鼻×1……50P
暴走牛の皮×7……105P　暴走牛の角×3……60P
暴走牛の肉×3……90P　暴走牛の蹄×2……100P
暴走熊の毛皮×3……45P　暴走熊の掌×2……160P
暴走熊の肝×2……200P
暴走獣の魔核《まかく》×2……400P
【その他】
一撃討伐……50P×62……3100P
長距離討伐（50m）……50P
合計：7770P
総合：13335P
＝＝＝＝＝＝＝＝＝＝＝＝＝＝＝＝＝＝＝＝＝＝＝＝＝＝＝＝＝＝＝＝＝＝＝＝

「おおっ、縁起がいい！　しかしすごいこれは……！　ノルシィ、ありがとうだぞ！」

一斉に流れたインフォメーションとウィンドウに表示された戦績、そしてなにより自身の魔法が引き起こした光景に興奮した様子のカレットがぴょんこぴょんこと飛び跳ねながら、瞳をキラキラと輝かせてノルシィにお礼を言う。お礼を言われたノルシィはと言うと、想像以上の結果になったのか、あるいは別の感情からか、常に浮かべていたおっとりとした笑みを少し崩していたが、無邪気にお礼を言ってくるカレットを見てすぐに笑みを戻した。

「本当に凄いわねぇ……私がやってもこんなに凄い事にはならないわよ？」

「むふふっ、『火魔法』には自信があるのでな！」

手を腰に当ててえっへんと胸を張るカレットとぱちぱちと手を鳴らすノルシィと恐ろしいまでの威力の魔法に魅了された多くのプレイヤーたち。地獄絵図の直後とは思えない和やかな空気がそこには形成されていた。それでも誰一人として攻撃はやめないので地獄絵図なのには変わりないが。

「正直、予想以上よ。タイミングも位置関係もシビアだし、魔法の合成なんてそんなに簡単に出来る物じゃないってのにねぇ。まさか、一回で成功しちゃうなんて。驚いちゃった」

「それは凄い事なのか⁉　私は凄いのか⁉」

「っ……。えぇ、すごいなんてものじゃないわぁ。カレットちゃんは天才よ」

ノルシィの言葉にさらにぴょんこぴょんこのレベルを上げたカレットが嬉しそうに訊ねる。ほめてほめてとせがむ小さな子供のようで、母性本能を刺激されたノルシィがさらに褒める。するとカレットがむふーっと嬉しそうにするので、ノルシィどころか他のプレイヤー達もほっこりとさせられている。が、やはり攻撃は止まないので世界はモンスターに厳しい。

さて、カレットはむふーっとしているが、そんな彼女が手に入れた新たな力について説明しないわけにはいくまい。今回入手したスキル『魔法合成』は他のスキルと違い、スキルレベルが無いと言う特殊なスキルであり、『オリジナルの合成魔法を登録する事が出来る』という能力を持つ。そして、登録された魔法は一覧から確認して名称を決めることでMPを割り増しで消費する代わりに最初から合成された魔法を放つことができるのだ。当然、今回の【ファイアストーム】と【ウィンドストーム】の合わせ技も既に登録されているため、あとは名付けさえすればカレットはMPとクールタイムが許す限り安定してこの大破壊を行うことができる。

そして、新たに得た称号。『風炎の魔道士』は簡単に言えば『火魔法』と『風魔法』の威力と成長速度を上昇させ、消費MPとクールタイムを減少させる。その代わりこの二つ以外の魔法の威力と成長速度が低下し、消費MPとクールタイムが増加するという効果を持つ。この先も『火魔法』と『風魔法』に特化し続けることを半ば強制されるような称号である。カレット的には何の問題もない。ここでミソなのが『魔法合成』に登録される魔法は別種の魔法として管理されるがその本質は合成作業のショートカットであるという点だ。つまり、いま登録されたばかりの合成魔法、後に【風炎嵐】と名付けられるこの魔法は『風炎の魔道士』の恩恵を二重に受けられると言う訳だ。

と、目を逸らしてはいけないのが『殺戮者』である。物騒な称号はトーカの専売特許ではないのだ。この称号の効果は実に単純でこの手の称号の例にもれず超強力な効果を持つ。それは『複数体同時に攻撃するとき、対象の数に応じて最大で5倍まで威力が上昇する』というもの。実に単純で実に強力な効果である。つまるところ、ノルシィのアドバイス一つでカレットは特化型魔道士とし

ての階段を一歩どころか二歩三歩も駆け上がることになったのだ。なお、ノルシィ的にはここまで爆発的な変化を遂げるのはある種の嬉しい誤算である。

◇◇◇◇

リクルスがアッシュと共闘で狂闘《ヒャッハー》していたり、カレットがノルシィのアドバイスで覚醒《ヒャッハー》しているのと同時刻。そんな二人の手綱を普段から握っていたトーカは、二人のお守りと言う役目から一時的にとはいえ解放され、日頃のストレスを発散するように暴れ回《ヒャッハー》っていた。

◇◇◇◇

「シャ！　オラッ！　オラァ！　オラァッ！」

『グラァッ！』『ブルモッ！』『ギュビュッ！』『グガァアッ！』『ブモビュッ!?』

亀甲棍で殴り付けた《スタンピード・ウルフ》が光と消え、そのまま流れるように繋げられたアッパー気味の一振りで《スタンピード・バイソン》の残滓が虚空に光る。得物を振り上げた状態のトーカに好機とばかりに突っ込んで来た《スタンピード・ラビット》はそんな訳ないだろと言わんばかりの振り下ろしによって地面の染みへと生まれ変わり、その隙を狙った《スタンピード・ベア》の真後ろに亀甲棍を振り下ろした体勢のまま『縮地』で回り込み、がら空きの背骨を下から抉るように殴り飛ばす。吹っ飛んでくる巨体に巻き込まれた《スタンピード・ボア》は泣いていい。

「うじゃうじゃ群れやがって！　まとめて相手してやっから死にてぇ奴からかかって来い!!」

ほんの数秒で四＋一体のモンスターを光に変えたトーカは戦いの熱でテンションが振り切っているのか、普段からは想像もできない凶暴な様子で止まること無く戦いに身を投ずる。周囲に無数に存在する集団そのものを一つの敵と認識しているのか『ジャイアントキリング』がしっかりと発動しており、しかしプレイヤーはパーティーを組んでいない限りは共闘とは認識されないらしく『蹂躙せし者』も発動している。そんな訳で、今のトーカはステータス的には過去最高の状態になっており、イベントの熱に浮かされたのか、あるいははっちゃけられるチャンスだからなのか、テンションもおかしくなっている。つまり、現在のトーカは精神的《テンション》にも肉体的《ステータス》にも振り切った状態になっているのだ。それも過去最高レベルで。そして、今この空間内にこの状態のトーカを止められる存在はプレイヤーにもモンスターにも存在していない。

「『逃げてんじゃねぇッ！』」

そんな過去最高にぶっ飛んだトーカに暴走した獣といえどさすがに恐怖を感じたのか、我先にと逃げ出そうとするモンスター達にそんなことは許さんと『咆哮』で無理矢理硬直させる。

《『咆哮』のレベルが上昇しました》

《『咆哮』が『挑発』か『威圧』に進化可能です》

「へぇ、そいつは丁度いい。『威圧』だ」

《『咆哮』が『威圧』に進化しました》

「オラッ！【ハイスマッシュ】ッ！」

『グルォアアアッ!?』

早速取得した『威圧』を発動させ、より強い恐怖で硬直させたモンスターの中から一番の大物である《スタンピード・ベア》に【ハイスマッシュ】をぶち込む。諸々の強化が乗ったトーカの、諸々の強化が乗った一撃だ。当然、ビビって逃げ腰になった《スタンピード・ベア》が耐えられる訳も無く、一瞬で光と爆ぜ消えた。
「オッ……ラァッ！」
残光の中を駆け抜け、《スタンピード・ベア》の巨体に隠れる様に逃げていた《スタンピード・ウルフ》達に背後から襲い掛かる。断末魔の叫びをあげる暇もなく消し飛んだ《スタンピード・ウルフ》には目もくれず、最後尾にいた仲間を置いて逃げる新たな標的へと駆け出す。
「チッ、バフが切れたか」
しかし、体の動きが少しだけ重くなっている事に気付き追跡は止めずにバフを掛け直す。【マジックアップ】で魔法の効果を上げてからの【アタックアップ】、【アジリティアップ】【スキルアップ】で能力を底上げしつつ、念のための【ディフェンスアップ】で保険もかける。
そういやリクルスとカレットのバフもそろそろ切れる頃か？　まぁこれは勝負だしな。『付与魔法』は俺のアドバンテージだ。せいぜい有効活用させてもらうとしよう。
《『付与魔法』のレベルが上昇しました》
《条件を満たしたため、スキル『呪術魔法』を取得しました》
《称号『呪術師』を取得しました》
「また物騒な……って、『呪術魔法』？」

なんだそれ？　聞いたこと無いスキルだな。条件が云々言ってたし特殊なスキルなのは間違い無いだろうが……心当たりとしては今回のスキルレベル上昇で『付与魔法』がＬｖ：５になるってとか？　いずれにせよ、今は確認している時間は無い。詳しい確認は後だ。それよりも……。

「『誰が動いて良いって言った？』」

『咆哮』による行動不可が解除され逃げ出そうとするモンスター共に『威圧』を乗せて声を掛ける。逃げ出そうとしていたモンスター達はその声にあてられ、動きを硬直させる。中にはある程度根性があるのか逃げ出そうとゆっくりと動こうとしているヤツもいるが……。

「『おい』」

『グルッ!?』

そちらに少し強めに『威圧』を放ちその動きを無理矢理止める。考え事の最中に逃げ出そうとはいい度胸じゃねぇか。気に入った、その度胸に免じて真っ先に殺してやるよ。

「オラァッ！【インパクトショット】ッ！」

『威圧』を受けてなお逃げ出そうとした根性ある《スタンピード・ベア》に『縮地』を使って一瞬で距離を詰め、その無防備な背中に【インパクトショット】を打ち込む。

『グガァァァァッ！』

身体中の骨が砕ける様な嫌な破壊音とこの世の終わりのような悲痛な悲鳴をあげた《スタンピード・ベア》は直後にその体を爆散させる。そして、その光景は他のモンスター達への見せしめには充分だった様だ。他にも僅かにいた、逃げ出そうとする気骨のあるモンスター達が諦めたように立ち尽くす。心が折れたとも言う。さて、後はこいつら殴り飛ばすだけだな。
《称号『恐怖の体現者』を取得しました》
《称号『危険人物』を取得しました》
……うっせぇやい。
なんかまた厄介そうな称号を貰ってしまったが……この手の《名前がヤバイ》称号は効果が良いって相場が決まってるしな。※決まってません
「オラッ！　オラッ！　オラッ！　オラッ！」
とりあえずテンションに身を任せて物騒な称号を無視しつつ、『威圧』の効果で動けないモンスター達をどんどん光に変えていく。だが、同時に見た目の派手さに反してトーカの心は沈んでいく。直前まで振り切れていたテンションも、『動かない敵を殴り続ける』というワクワクの欠片も無い行為に萎んでいくのがよく分かる。これは戦闘じゃ無くて作業だよな……。もっと思いっきり戦いたい……。あぁ……番人熊戦が懐かしい……。
そんな、もはやただの作業と化した介錯を延々と続け、段々心が廃れて来たある時。トーカにとっては希望、モンスターにとっては更なる絶望となるインフォメーションがトーカの視界に現れた。
《『棍術』のレベルが上昇しました》
「ッ！　来たッ！」
『棍術Lv：6』への到達。これはトーカが待ちに待っていたレベルアップだった。何故Lv：6への到達をそこまで望んでいたのか、それは簡単だ。トーカは思い悩んでいた。単体攻撃のバリエ

ーションは豊富だが、範囲攻撃が少ないと。それは物理攻撃スキル全般に言える事だが、普通の前衛は一対多なんて言う状況には陥らないのである意味特殊な悩みではあるのだが、トーカにとっては結構大きな悩みではあった。そして、その望みを解決する方法が『棍術Ｌｖ：６』で開放される二つのアーツにあるからだ。

「『棍術』のレベルが上がったんならこんな事してる場合じゃねぇ！」

待ちに待ったレベルアップに萎んでいたテンションが復活したトーカは嬉々とした表情で付近の行動不可のモンスター達を撲殺し尽くすと、実に楽しそうな顔で移動を開始する。

◇◇◇◇

「ここら辺でいいかなっと」

しばらく移動し、トーカは満足そうに頷く。彼が今いる場所は、北東エリアの奥も奥。物理攻撃が効きやすい東側とは言え『町から離れれば離れるほど』敵が強くなるという裏仕様によって、有効な物理攻撃をもってしても苦戦しそうになるほどに強化された強敵がワラワラといる地点だ。これは、裏を返せば時間が経過し奥地にいる強いくせにポイント的には町の付近の個体と変わらないといううまみの少ないモンスターが前線に上がってきて敵がだんだんと強くなるということだが、そんなことはいちプレイヤーたるトーカが知る由もない。

ここで重要なのは、他プレイヤーが来ないほど奥地にいるという事実。すなわち、『辺り一面に大量のモンスターが犇《ひし》めいていて、辺りには競争相手になるプレイヤーがいない』という普通に考えれば生存放棄案件の、しかしヒャッハーにとっては理想的なこの状況だ。敵に飢えた獣の集団のど真ん中に獲物が単身現れた。そうなれば当然、全てのモンスターがトーカに狙いを定め、襲い掛かる。

「さぁて、ぶっつけ本番だ！　派手に行こうぜ！」

諸々の要因でテンションが振り切り、どこか壊れ始めたトーカが普段は見せないような凶悪な笑みを浮かべ、襲い来る大量のモンスターと相対する。

『グルガァァァァッ！』

真っ先に襲い掛かって来たのは《スタンピード・ベア》だ。今回のイベントでプレイヤーたちに立ちはだかる暴走獣の中で最も強い種族である《スタンピード・ベア》はその巨体からは想像もつかぬほどの俊敏さでトーカとの距離を一瞬で詰める。が、今回ばかりはその俊敏さが仇となってしまった。

「よぉし、丁度いいな、オラッ！　【プッシュメイス】ッ！」

何せ、この場で真っ先に襲い掛かるというのはすなわち『第一犠牲者への立候補』に他ならない。にやりと凶悪な笑みを浮かべたトーカは勇猛に向かってくる《スタンピード・ベア》へ、その追加効果から今まで出番が無かったアーツ【プッシュメイス】を発動する。その効果は実に単純で、このアーツによるノックバックが大きくなると言うだけだ。だが、それ故に距離など取らせず殴りつづけるトーカのバトルスタイルとはかみ合わず、あまり使われる機会に恵まれなかった。しかし、今回ばかりは事情が違う。ようやく日の目を見ることになったのだ。夜だけど。

『グガァァッ⁉』

掬い上げる様に振るわれた亀甲棍に【プッシュメイス】のノックバック効果と称号の『飛ばし屋』の補正も加わる事で勇敢なる《スタンピード・ベア》は体を天高く打ち上げられる事となった。

「まだだっ！」

しかし、それでは終わらせない。《スタンピード・ベア》を打ち上げた瞬時に『縮地』と『跳躍』による疑似空中転移でその身を光に変え始めている《スタンピード・ベア》の真上に移動する。

「フッ！」

『グオッ⁉』

そして、空中に放り出された《スタンピード・ベア》を足場にもう一度『跳躍』を発動する。無理やり再現した二段ジャンプにより更に高く跳び上がり、《スタンピード・ベア》は死してなお踏み台にされた事に驚きの声を上げながら、空に溶け消える。

《『空歩《くうほ》』を習得しました》

なんか知らんが新しいスキルを入手したらしい。しかし、今の俺にはそんな事に気を使う余裕は無い。ぱっと見は地上十m程だろうか。これは期待出来るぞ。

「爆ぜろ有象無象共ッ！　【グラビトンウェーブ】ッ！」

ズゴァァァァァァァァァァァァァァンッ‼

落下の全衝撃を亀甲棍に集中させ、思いっ切り地面に叩き付ける。地面には大きなクレーターが出現し、着地音は爆音となって周囲を駆け巡る。更には落下ダメージで俺のＨＰが八割近く持っていかれるが、そこは【ヒール】で即カバー。『回復魔法』って素晴らしい。さて、俺が今何をしたのか。当然無意味にこんな事をする訳が無い。俺が待ちわびていた『棍術Lv：6』で使用可能になるアーツその1【グラビトンウェーブ】を使い、念願だった範囲攻撃を行ったのだ。

このアーツは地面を叩き付け、その衝撃で周囲を攻撃するという物理攻撃系スキルでも数少ない範囲攻撃であり、叩き付ける時の威力や衝撃が強ければ強い程周囲へのダメージや効果範囲が大きくなると言う効果も備えている。

さて、ここで確認といこう。攻撃時の衝撃、つまりは威力が高ければ高いほど広範囲に高威力の衝撃波を発生させるこのアーツを、物騒な称号で武装したどこぞの神官が自己強化を限界まで乗せた状態で無理やり二段ジャンプの真似事をして到達した地上十mの高さから重力という物理法則すら味方につけた落下の全衝撃を乗せて【グラビトンウェーブ】をぶっ放した。

さて、この場合。地上はいったいどうなってしまうのだろうか。

◇◇◇◇

着地から一拍の間を置いて、全てを蹂躙する暴力の塊が吹き抜ける。どこを見てもモンスターだらけとは言え、あるいはだからこそ生命力に溢れた美しき草原を、そんなことは知ったことかと突如発生した衝撃波が何もかもを薙ぎ払い、命だったものをぐちゃぐちゃに破壊しながら荒れ狂う。

実に半径100mにも及ぶ広範囲に全力で強化した上に高所から落下する際のエネルギーすらプ

ラスした致死の衝撃波が吹き荒れ、しかもそれら全てが『一撃粉砕』、『外道』、『不意打ち』の凶悪称号三セットで8倍に強化されている。当然、そんな頭のおかしい破壊の津波がトーカの普通の攻撃（ただし称号効果全部乗せ）すら耐えられない有象無象共に僅かにでも耐えられるはずも無く……。

四方八方から響く何もかもを破壊する蹂躙の音とモンスター共の断末魔の叫びが、そして辺り一面に溢れるかつて命だった美しい光で周囲が……？　満たされていく。

現在のトーカのレベルは37。もし仮に全てのSPをSTRにつぎ込んだとしても、それで到達する値は530。称号やスキルである程度は盛れるとはいえ、それでは【グラビトンウェーブ】でこまで恐ろしい蹂躙を引き起こす事は出来ないだろう。しかも、この蹂躙を引き起こしたトーカはSTRにすべてのポイントを注ぎ込む、いわゆる極振りをしているわけではなくINTやMPなどの他のステータスにもSPを割り振っている。だというのに、称号やスキルなどの諸々の効果で限界まで強化されたトーカが地上十mと言う高さからの落下の衝撃を全て乗せて放った【グラビトンウェーブ】は、現に信じられない規模の大蹂躙を引き起こしたのだった。

「ふぅ、スッキリした」

辺りに満ちるかつて命だった残光の中、一仕事した直後の様に清々しい顔で腕で額を拭うトーカの周囲には、およそ生命と呼べるものはトーカを除き、何一つとして無くなっていた。夜暗を無数の蛍の燐光が満たすような幻想的な光景とは裏腹に、今この場所は《ＥＢＯ》内で最も死が溢れている。それどころか死とその創造者以外の何もかもが存在しない、正真正銘の地獄だ。

《称号『殺戮者』を取得しました》
《称号『意思を持った災害』を取得しました》
《称号『破壊の権化』を取得しました》
《レベルが上昇しました》《レベルが上昇しました》《レベルが上昇しました》
ほら、称号《せかい》もそう言っている。
……イベント始まってから物騒な称号貰い過ぎじゃないか？　普通はこんなにポンポン貰えるものなのか？　※貰えません。何度でも言いますがトーカが特殊なだけです。
世界からヤベェ奴認定されたインフォメーションに続き、今回の殺戮の結果がまとめられたウィンドウが、目の前に出現する。
出るのが少し遅かったな。処理が多かったのか？

＝＝＝＝＝＝＝＝＝＝＝＝＝＝＝＝＝＝＝＝

【討伐】
暴走兎×68……６８０Ｐ　暴走狼×47……９４０Ｐ　暴走猪×39……１１７０Ｐ
暴走牛×32……１６００Ｐ　暴走熊×21……１２６０Ｐ
【ドロップアイテム】
暴走兎の角×82……８２０Ｐ　暴走兎の肉×57……１１４０Ｐ
暴走兎の耳×21……２１００Ｐ

暴走狼の毛皮×55……５５０Ｐ　暴走狼の牙×36……７２０Ｐ
暴走狼の尾×18……９００Ｐ
暴走猪の毛皮×43……４３０Ｐ　暴走猪の肉×27……５４０Ｐ
暴走猪の牙×16……４８０Ｐ　暴走猪の鼻×６……３００Ｐ
暴走牛の皮×52……７８０Ｐ　暴走牛の角×16……３２０Ｐ
暴走牛の肉×22……６６０Ｐ　暴走牛の蹄×９……４５０Ｐ
暴走熊の毛皮×28……４２０Ｐ　暴走熊の爪×16……３２０Ｐ
暴走熊の掌×７……５６０Ｐ　暴走熊の肝×４……４００Ｐ
暴走獣の魔核×７……１４００Ｐ
【その他】
一撃討伐……50Ｐ×２０７……１０３５０Ｐ
長距離討伐（１００ｍ）……１００Ｐ
合計：２９３９０Ｐ
総合：３６７３５Ｐ
＝＝＝＝＝＝＝＝＝＝＝＝＝＝＝＝＝＝＝＝＝＝＝＝＝＝＝＝＝＝

「わぁお……。これはまた……なんというか……」

自身が生み出した地獄絵図の中心で自身が引き起こした蹂躙の結果が映し出されたウィンドウを

呆然としながら眺める。本来ならこんな場所で立ち尽くしていれば一瞬で袋叩きにされるのだが……今この周囲には立ち尽くすトーカに襲い掛かれる生命の気配がまるで無い。

結果、トーカは自らが生み出した戦果に頬を引きつらせながら存分に立ち尽くし……。

「いやー凄いでござるなぁ」

いつの間にか背後に立っていた、気配のないソレに話しかけられて初めてその存在に気が付いた。

「ッ!? 誰だッ!?」

声が聞こえた瞬間、反射的に飛び退き振り返りつつ、亀甲棍を構えいつでもアーツを放てるように身構える。あまりの結果に呆然と立ち尽くしていたせいか、歩み寄ってくる気配に気付く事が出来ず、それどころか声を掛けられてなお気配の無い謎の存在に反応が過剰になってしまう。

「のわッ!? 拙者は敵ではござらんよ！ だからその破壊兵器を収めてくれでござる！」

咄嗟の反応で過剰反応気味に亀甲棍を振りかぶってしまったせいか、謎の声の主が焦り出す。どうやらこれが先程の蹂躙を起こした武器だと分かっている様で、怯えた声で必死に亀甲棍を下ろすように懇願してくる謎の人物。その人物は全身を黒装束に包み、頭部も目元以外を隠しており、額に鉢金《はちがね》を巻いた、いわゆる忍者装束に身を包んだ男性（声や体格的に）だった。

「す、すまん……いきなりだったからつい……」

「そこは急に声を掛けた拙者も悪かったでござる。周りの状況的にそこまで心配する必要は無いとは思いつつ、立ち尽くしていた様でござったから」

「それは本当に助かった。場合によってはそのまま袋叩きもありえたからな」

確かに周囲の敵は【グラビトンウェーブ】で一時的に絶滅したが、範囲外にはいまだに無数の血に飢え猛り狂う獣の群れが蠢いているし、そもそもこの空白地帯に新しいモンスターが出現しないとも言い切れない。このまま立ち尽くしていれば近い内に袋叩きにあっていただろう。

「お役にたてた様でなによりでござる。ところでお話があるのでござるが……」

「話？」

「それは……」

忍者男がもったいぶる様に言葉を切る。そのまま数秒、助けてもらった恩があるとはいえそろそろしつこいと思い始めた頃、ようやく忍者男が再び口を開く。

「拙者と共に忍者道を行こうでござる！」

「ざっしたーさよならー」

「のわぁぁ！　待つでござるぅぅぅぅ！」

踵を返し歩き出すと忍者男が慌てた様にガッ！　と肩を掴み、呼び止めてくる。何気に一切足音がしない上に近付いてくる気配もないいんだが……。ふざけていても単身でこんな奥地まで来れる実力者、ということだろうか。

「なぜ帰るでござる⁉　忍者カッコイイでござろう⁉」

「お、おう。圧が強いな……。まぁカッコイイと思わないでもないけど」

とは言え、目の前にいる忍者男のせいでその評価を変えようか迷っているところではあるが。

「そうでござろう⁉　そうでござろう⁉　そうでござろう⁉　そうでござろう⁉」

「けど別になりたくは無い。あとお前のせいで忍者への評価が変わりそう」

「ござるぅぅぅぅぅっ⁉」

俺の言葉に崩れ落ちる忍者男。いや、忍者がカッコイイのは同感なんだ。俺だって男子だし、そういったものにテンションが上がらない訳じゃない。ただ別になりたいとは思わないというだけだ。リクルスとかなら喜んで忍者になる様な気もするけど。なんというか、こいつからはリクルスと似た空気を感じる。紹介するからアイツ誘ってこいよ。

「もったいないでござるよ！　お主のその身のこなし！　空中で敵を足場にもう一度ジャンプするというまさに忍者のためにあるような技術！　是非拙者と忍者道を歩もうぞ！」

「だから押しが強いんだよ……。仮にそうだとしてもその後の行動が忍者じゃねぇだろ。周囲一帯を破壊し尽くす忍者ってなんだよ、忍べてねぇじゃねぇか」

「最終的に目撃者がゼロならそれは忍んでるでござる！　何せ目撃者はゼロでござるからして！」

「ざっしたーさよならー」（二回目）

「のわぁぁぁァッ！　待たれよ狐面殿！」

狐面殿。忍者男は俺をそう呼んだ。そして、その表現は間違っていない。俺は今、新調した『戦神官の服』の他にもう一つ装備を着けている。それがこの、『白狐面』という頭部装備だ。


＝＝＝＝＝＝＝＝＝＝＝＝＝＝＝＝＝＝＝＝＝＝＝＝＝＝＝

『白狐面《はっこめん》』

白い狐のお面。このお面に見つめられると僅かに意識がぼやける
ＩＮＴ＋10　ＶＩＴ＋10
『認識阻害』
製作者【メイ】

＝＝＝＝＝＝＝＝＝＝＝＝＝＝＝＝＝＝＝＝＝＝＝＝＝＝＝＝＝＝＝＝

この『白狐面』は『鉄糸弓』を受け取りに行く時、メイが『こんなのも作ってみたんだけど』、と言って渡してきた物だ。また、この装備についている『認識阻害』はＭＰを消費することで文字通り認識を阻害するという能力を持つ。さすがに発動すれば相手が装備者を即見失う、レベルで強力な効果を持っている訳ではないが、『隠密』と組み合わせればちょっと視線誘導を意識するだけで目の前にいても『不意打ち』を叩きこめる、と言えばその強さの程が伝わるだろうか。頭部の装備はまだいい感じのが見つかって無かったし、『認識阻害』と俺のバトルスタイルの相性が良すぎるほどに良いのでありがたく受け取っておいた。

『こんなもの』で片付けていいものじゃないスペックをしているが、メイ的にはふと思い立ったから作ってみたで作れる物らしい。もしや俺はとんでもないプレイヤーと縁を結べたのでは……。とりあえず、ついさっき大量に手に入れたイベントモンスターの素材を後でお礼として渡そうと思う。

と、そんな訳で俺は今素顔を晒していない。しかし、元からそういう設計なのか生産者の腕がいいのか白狐面を装備していても視界が遮られるなどの仮面を意識させる要素が無かったため、一瞬

だけ判断が遅れた。

「……？　あぁ、俺か」

「拙者とお主以外ここには居らんでござろう⁉」

「そうだな。なんなら今から俺も居なくなる」

「そんなに！　そんなに忍者になりたくないでござるか⁉」

再び立ち去ろうとすると、忍者男が必死の形相（目しか見えないが眼力が強すぎる）で俺の肩をガシィッ！　と掴んでくる。会話中どころか触られてなお気配がないのはもはやホラーだな。

「おい、そろそろしつこいぞ」

袋叩きから未然に救ってくれたという恩はあれど流石にうざったらしくなってきたので、肩を掴む忍者男の腕を振り払い、無言で振り返りスッと亀甲棍を振り上げる。瞬間、目元を真っ青にして距離をとる忍者男。その反応は忍者を自称するだけあって無音かつとても素早いものだった。

引き際もそれくらい素早ければいいのに……。

「のわっ⁉　わかった！　わかったでござる！　だからそれをしまってくれでござる！」

「はぁ……。じゃぁ俺はもう行くぞ。じゃあな」

「待たれよ！　拙者はフィローと申す！　せめて狐面殿のお名前を教えてくれでござる！」

忍者男が離れたのをいいことに今度こそ移動しようと（一応警戒しながら）背を向けると、肩を掴まれる事こそ無かったがフィローと名乗った忍者男が名前を訊ねてくる。普通なら拒否するような申し出でもないし、向こうが名乗っているので礼儀的には返すべきなのだろうが……。

「なんか、教えると今後も絡んできそうだから却下」

「なぜバレたでござるッ⁉」

この駄忍が……。むしろ何故バレないと思った……？

「なっ、ならば！　どうしたら教えてくれるでござるかッ⁉　金子《きんす》でござるか⁉」

「あー、そうそう。金子《かねこ》だよ。よくわかったな」

「字面じゃないと発生しない勘違いでござる⁉　お願いするでござるよぉ……お主には天性の才能があるでござる、ぜひ拙者と忍者道をぉ……その第一歩として名を教えてくれでござるぅ」

「そんな情けない声出しても教えないって言ってんだろ……」

「そこをなんとかぁぁぁぁぁぁぁッ！」

「しつけぇぇぇぇッ！」

またしても気配ゼロでしがみついて来たフィローの腕を掴み投げ飛ばす。これでもガチで警戒してたんだが……。もしかしてフィローとやらも『認識阻害』を持っているのだろうか。というか、ここまでゴリゴリの忍者スタイルのくせに名前は忍者っぽくないのな。

そんなことを考えながら、のわぁぁッ！　と叫んで転がっていくフィローを尻目に今度こそ歩み出す。それでいいのか忍者。

「ならどうすれば教えてくれるでござるかッ⁉」

『縮地』を使ったのか一瞬で前に回り込んできたフィローが立ちふさがる。歩み出させろ……！

「あーうん。あれだ。イベントにランキングあるだろ？　なんかそれで活躍して来いよ」

「そうすれば教えてくれるでござるねッ!?」

「あぁ、考えといてやるよ」

「おっしゃぁぁぁいッ！　忍者道を広める為に死ぬ気で戦うでござるよぉぉぉぉッ！」

俺がそう言うと、忍者のくせに全く忍べていない大声をあげながらフィローがダッシュで駆け出していく。目撃者は全員消すつもりなのだろうか。というか、忍者道とやらには進まないからな？

更に言えば考えるとは言ったが教えるとは一言も言ってないからな？

そんなトーカの心中がフィローに伝わるはずもなく、ハイテンションで奇声をあげながらしかし足音は一切立てず高速で走り去っていき、辺りに静寂が戻る。

正確に言えばモンスターが再び出現し始めたのであちこちからモンスターの唸り声は響いてくるのだが、ついさっきまで忍者道とやらに執拗に勧誘してくる黒ずくめの不審者に付きまとわれていたことを考えればだいぶ静かになっている。とはいえこのままだと今度は地獄に引きずり込もうとするモンスターの群れに付きまとわれることになるので、さすがにそろそろ動き出さないと不味い。

【グラビトンウェーブ】の影響で、壮絶な破壊痕が残る（何も残らないことこそが最大の破壊痕的な意味で）元草原を、獲物と快適な環境を求めて更に奥の方へ駆けていく。町の方に行くと他のプレイヤーとの競争要素も入ってくるし、何よりも【グラビトンウェーブ】に巻き込みかねないからな。

……って、あれ？　だとしたら、フィローはどうしてこの場所に居て無傷で済んだんだ……？

そんなことを考えながら、元は見晴らしのいい美しい草原だった、今や見晴らしのいい痛ましい更地を駆け抜ける。改めて観察してみれば、【グラビトンウェーブ】の衝撃波が駆け抜けた範囲は

飛

地面が抉れ、木々や岩といったオブジェクトはおろか地面の草すら消し飛び、所々にかつては自然を彩るオブジェクトの一員だったと思しき残骸が散乱している箇所も点在している。ついでに言うならば着地点からだいたい半径十五ｍくらいの規模で深さ三ｍ程のクレーターができてすらいる。

「おぉ……エグイな……」

ウィンドウを見てどのレベルの蹂躙を引き起こしたか分かっていたつもりだったが、それはあくまで人的被害ならぬモンスター的被害であり、地形に対する影響では無かった。

ちなみにだが……この地形の蹂躙が獲得に大きな影響を及ぼした称号が二つ程ある。

その称号がこちら。

＝＝＝＝＝＝＝＝＝＝＝＝＝＝＝＝＝＝＝＝＝＝＝＝＝＝＝＝＝＝

『意思を持った災害』

一個体でありながら災害級の脅威である証

範囲攻撃の威力上昇

破壊可能オブジェクトへの影響増加

＝＝＝＝＝＝＝＝＝＝＝＝＝＝＝＝＝＝＝＝＝＝＝＝＝＝＝＝＝＝

＝＝＝＝＝＝＝＝＝＝＝＝＝＝＝＝＝＝＝＝＝＝＝＝＝＝＝＝＝＝

『破壊の権化』

圧倒的破壊を齎《もたら》す者の証
範囲攻撃の威力上昇
破壊可能オブジェクトへのダメージ増加
＝＝＝＝＝＝＝＝＝＝＝＝＝＝＝＝＝＝＝＝＝＝＝＝＝＝＝＝＝＝

この二つの称号は運営が『特定のボスモンスター』に与えることを前提に、半分ネタで『一撃でボスモンスター級の被害を出す』ことを取得条件に組み込んでプレイヤーも理論上は入手可能にした称号なのだ。そして、これらの効果によって次に同じようなことをした時の被害が跳ね上がることになるのだが……トーカはまだ称号の確認をしていないので、この事実に気付いていない。

「さぁて、もう一個の方も試してみたいな」

【グラビトンウェーブ】が引き起こした大惨事に、普段のトーカなら流石に引いてしまい色々と考え直す所だろうが、幸か不幸か今のトーカは過去最高にハイモードのトーカである。

わりかしすぐに立ち直り、むしろ自分が引き起こした大惨事にこんな威力が出るのかと、むしろテンションを上げていた。そんなテンション高めのトーカは周囲に『威圧』を撒き散らしながら、奥へ奥へとぐんぐん進んでいく。果たしてそれは勇敢な戦士の行進か、はたまた残忍な悪魔の侵攻か。壮絶な破壊痕の中をトーカは意気揚々と駆け抜けていく。

◇◇◇◇

「よし、ここなら丁度いいかな」

相も変わらず『威圧』によって動きを封じられるモンスターを蹂躙し、稀に現れる『威圧』を撥ね除けてみせる強敵とのバトルに心を躍らせながらしばらくの間モンスターだらけの草原を突き進み続ける。先程の場所より更に奥。【トルダン】からの距離だけで見れば5㎞は離れた箇所に彼はいた。

奥に行けばいくほど敵が強くなっていく。しかもイベントの仕様上、同じ種族である以上は取得ポイントは変わらないと言うこともあり、経験値以外にはうま味がなくさすがにこんな奥地まで出てきている物好き《プレイヤー》は他には見当たらない。

つまりこの場にはモンスターの標的になりうる存在はトーカ以外いないということである。その結果数十体、下手すると三桁に届きうる数のモンスターに狙われるという普通なら死を覚悟するような状況に立たされているのだが、それでもトーカは満足気に頷くばかりでまるで危機感を感じていない。これが他のプレイヤーなら、全てを諦め開き直ったのかと思う所だが、彼は違う。彼はこの場にいるほぼ全てのモンスターを殲滅出来る切り札を握っているのだ。いざとなったらそれを切ればいい。その切り札の正体は言うまでもないが、高所落下の衝撃を乗せた【グラビトンウェーブ】である。もちろん、一回の『跳躍』では先程のような大破壊は新たに手に入れた称号を加味しても引き起こせはしないだろう。

しかし、忘れてはいけない。トーカが手に入れた新たなスキルの存在を。このスキルの効果は単純明快。『スキルレベルと同じ回数だけ空を踏みしめられる』と、言ってしまえばそれだけの効果でしかない。しかも、あくまで『踏みしめられる』だけであって空に足場を作るわけでは無いので空中に留まる事は出来ないのだが……。移動中に『空歩』の効果を確認したトーカは思った。思ってしまった。「このスキルがあればモンスターを打ち上げなくてもいいのでは無いだろうか？」と。

思いついてしまえば後は早い。移動中にちょこちょこ『空歩』と『跳躍』を使いながら検証がてら移動を続けるだけでスキルは成長し、どんどん火力がインフレしていくのだ。

検証がてら行った移動方法はいたって簡単。『跳躍』で真上ではなく前方に飛び跳ね、最高到達点で体を少し斜めに倒し『空歩』と『跳躍』を組み合わせ、砲弾の様に前に突き進むだけだ。

なので、上手く飛べば着地時に落下ダメージは受けなくて済む。もちろん、着地の時にバランスを崩せば高速移動の勢いそのままに地面に叩き付けられて大地の染みにジョブチェンジするという《EBO》の落下ダメージは最後に触れた足場と落下した地面との『高さ』でダメージが決まる。

落下ダメージとはまた別の危険性はあるのだが。そんな危険行為を繰り返す事で、移動とスキルのレベル上げを両立させることが可能になったのだ。普段のトーカならばこんな事はしないであろう……多分。繰り返し何度でも言うが、今のトーカはイベント熱にあてられたハイテンショントーカだ。思い付いてしまったらやらない理由が無い。

そんな訳でごく短時間で5㎞近い長距離の移動を可能にしてしまい、更には立体的な動きも習得してしまった。もしこれをフィローが見たら勧誘がヒートアップする事間違いなしであろう。

しかもこの移動手段により、『跳躍』と『空歩』だけでなく、『集中』、『軽業』、『見切り』など、およそ神官のスキルでは無いような物ばかりが育ってしまった。加えて言えば、『跳躍』で跳び上がれる距離は主にSTRに影響される。そんな今のトーカの『跳躍』はLv：5、『空歩』はLv：4。

つまり、トーカはLv：5相当の跳躍を四回、空中で重ね掛け出来る事になる。更に言えば『空歩』による足場はしっかりとしている為、モンスターを足場にした場合よりもしっかりと『跳躍』出来てしまう事だろう。『空歩』の一回分を地上に向けて加速するために使うとしても三回のブーストが出来てしまう。しかもその場合は落下時に加速付きだ。その衝撃から繰り出される【グラビトンウェーブ】は一体どんな威力を発揮するのか……。と、これがトーカの握る切り札の正体である。

「シャオラッ！」

『グガァッ!?』

全力で振るわれた亀甲棍に頭部を撃ち抜かれ爆散する《スタンピード・ウルフ》。あっけなく散った突撃隊長の殉職を皮切りに大量のモンスターがどんどん襲いかかってくる。それらを時に殴りつけ、時に回避して捌き続ける。とはいえ多勢に無勢。トーカの討伐数より群がってくるモンスターの増加数の方が圧倒的に多い。となれば、トーカを中心にモンスターの大群が群がりだまになるのは当然の摂理。そのタイミングを見計らい、トーカが温存していたとあるアーツを発動する。

「今だ！　【チェインボム】ッ！」

アーツを発動させると共に、飛び込んで来た《スタンピード・ラビット》を敵集団の中でも特にまとまっているエリア目掛けて思いっきりかっ飛ばす。『ピギュエッ！』と言う悲痛な断末魔の叫びと共にＨＰバーを空っぽにした哀れなウサちゃんは例に倣ってその身を光に変える……事なく、空気を入れた風船の様に膨らんでいき……限界点に達すると一瞬だけ動きを止める。そして……

パァンッ！

気持ちいい程の炸裂音を響かせ、まるで風船が割れるかのように破裂した。

一度くらい風船を割った事があるのではないだろうか？　スリルと好奇心にドキドキと心臓を高鳴らせながら、膨らませた風船を爪楊枝でつついたりして割ったことくらいあるだろう。ではそれを生き物で行った事は？　もちろん無いだろう。というかしたことがあったら通報する。

そんなおぞましいにも程がある残虐行為を、今まさに、荒ぶる神官がやってのけた。正確には彼が放ったアーツ【チェインボム】の影響ではあるが。同じようなことだ。

「ふぅ、きらきら綺麗な花火じゃやねぇか」

破裂した《スタンピード・ラビット》だけでなく、その兎爆弾とでも言うべき現象で発生した爆風に巻き込まれた他のモンスター達すらも連鎖的にその身を光に変えていく。『棍術Ｌｖ：６』で使用可能になるアーツその２である【チェインボム】。このアーツは【グラビトンウェーブ】の様に純粋な広範囲攻撃ではなく、対象をこのアーツで撃破した時のみ効果を発揮するという少し特殊な条件を持つアーツだ。その効果は、撃破したモンスターをアーツ名にもある通り爆弾《ボム》に変えるというもの。爆発の威力は、【チェインボム】の効果が発揮された場合、つまりはこのアーツがトドメの一撃となった場合、その際に与えたダメージと同じダメージ量となる。

例えば敵に50のダメージを与えて倒した場合、爆発は周囲に50ダメージをばらまくものになる。

この時のダメージは敵の残りＨＰには影響を受けないので、残りＨＰが１の相手に１万のダメージを与えたとしても周囲に1万ダメージをばらまく危険極まりない爆弾を生み出すことができる。しかし、【チェインボム】はその性質上このアーツでトドメを刺さなければ効果を発揮しえず、しかもアーツとして攻撃の威力を上げる効果を一切持たない。つまるところ、ラストアタック限定で範囲攻撃にできるというだけの扱いの難しいアーツとなっている。それ故の救済なのか、【チェインボム】は驚くほどクールタイムが短い。最初《Lv:1》から使用可能な基礎アーツである【スマッシュ】の5秒よりも短い。と言えばその短さの程が伝わるだろうか。

だが、それもこれもすべては普通のプレイヤーの場合の話でしかない。そして、今回このアーツを使ったのは普通ではないプレイヤー筆頭のトーカである。そんな普通ではないトーカが【チェインボム】を使った対象は、今回のイベントで出てくるモンスターの中でも最弱に位置する《スタンピード・ラビット》。イベント内最弱の敵とは言え【トルダン】からの距離的な問題で相当強くなっており、南側の町のすぐそばの《スタンピード・ベア》よりも強くなっている。そんな場所が場所なら下剋上を果たせそうな《スタンピード・ラビット》ではあるが、この場ではやはり最弱の存在。そして、『ラビット』であるという生まれ持った十字架によって『ウサギの天敵』の対象となってしまい、ダメージが1・5倍になってしまう。これは実質全モンスターに1・5倍のダメージを与えられるという事と等しい。その結果、《スタンピード・ラビット》は【グラビトンウェーブ】に比べて範囲・威力ともに劣るものの地形には影響を与えずに半径5m程の範囲のモンスターを殲滅するのに充分な威力を持った爆弾に転生し、辺り一帯のモンスターを道連れに旅立ったのだった。

「まだまだ終わらねぇぞッ！」

大量の道連れとともに黄泉の旅路へと旅立った《スタンピード・ラビット》を見送った直後、運良く（または運悪く）効果範囲外にいた《スタンピード・ラビット》目掛けて『縮地』を発動。瞬時に真後ろまで移動し、再び【チェインボム】で殴りつける。その結果、致死の威力を孕んだ兎爆弾が辺りに乱発される事となり、周囲のモンスターをその爆風をもって蹂躙していく。

「オラッ、花火大会だ！　た～まや～ってなぁ！」

『縮地』や『空歩』、『跳躍』などの機動力を底上げするスキルを駆使した立体機動で的確に《スタンピード・ラビット》を狙いクールタイムの短さを悪用して【チェインボム】で爆発させていく。

本来ならばこのクールタイムの短さは【チェインボム】で倒さないと効果を発揮しないが故の救済措置だったのだが、一撃で確殺どころか圧倒的オーバーキルが出来るトーカにしてみれば何度でも放てる必殺クラスの広範囲攻撃でしかない。辺り一帯を爆風で輝かせながら笑い続けるその姿たるや、まるで爆弾魔にでもなったかの様である。

《称号『爆弾魔』を取得しました》

……その姿たるや、マジで爆弾魔である。

「た～まや～っ！」

世界一物騒な花火師の掛け声と共に、地上数センチの高さに連続して（命の）花を咲かせる花火《兎爆弾》達。巻き起こる爆風もトーカにはなんら影響は与えず、今のトーカにはモンスターの断末魔の叫びも沸き上がる歓声に聞こえるのだろうか。実に清々しい笑顔で兎を爆弾に変えて爆破しまくるその姿は、もはや狂人のソレである。普段の常識人的な態度の説得力が削れていく。

「ふぅ、花火もいいが流石に手応えが無さすぎるな。どこかにいい獲物は居ないものかねぇ……」

辺り一帯のモンスターをことごとく爆殺し終え、慈悲の欠片も無い殺戮によりレベルも上がったトーカが亀甲棍を肩に担ぎながら呟く。イベント熱により常識的思考回路が焼き切れたトーカはもはや自然災害となんら変わらない脅威となってしまっている。意思がある分自然災害よりたちが悪いだろう。それこそ、その気になれば辺り一帯を再び更地にするなんて簡単に出来てしまう程度には変な方向に振り切ってしまっている。

そんな生ける災害は新たな敵を求め、命の気配が消え果てた草原を奥へ奥へと歩み続ける。彼がどこを目指しているのか、行先はわからずとも彼の通った後には光の道が出来ていたと言う。その光が何によって出来ているのかは……お察しの通りである。

◇◇◇◇

『そろそろ、かな?』

隣の少女に訊ねるように、少年がくすりと笑う。

『イベントも大詰めですしねぇ～』

同調するように、小さな少女がくすくすと笑う。

『そうそう、ここらで一発大きいのをドカーンとね』

『ドカーンと。それはいいですねぇ～』

少年と少女は眼下で繰り広げられる人と獣の激戦を星々と眺め、笑い合う。

くすくすと、けらけらと。とても面白い見世物を楽しむように。

これから起こる何かに期待を寄せるように。

『さぁ、ここからが本当の防衛戦の始まりだ！』

高らかな宣言とともに響いたパチンという指を鳴らす音が夜暗に吸い込まれて消えた。

そして、それに応えるように響く咆哮の四重奏。トルダン防衛戦は佳境を迎えようとしていた。

第二章　群雄割拠

一節　蹂躙の暴蛇

『シャアアアアアアアアアアアアアアアアアアアアアアアアアアアアアッ！』

鋭い咆哮と共に直径が２ｍはありそうな極太な尾の薙ぎ払いで数人のプレイヤーを吹き飛ばしたのは、毒々しい紫色の王冠の様な紋様を額に持つ土色の鱗で体を覆った大蛇。

東エリアに出現したイベントボス、《劣地竜《バジリスク》》である。

「クッ……！　コイツも東にいる以上物理で攻めればいけるはずだ！」

東エリアで《劣地竜《バジリスク》》と絶賛戦闘中のフィールドに、隠し切れない焦りの中にかすかな諦観とそれを封じ込める覚悟の色が混じった声が響き渡る。エリア《物理有効》の性質から考えて、《劣地竜《バジリスク》》にも物理攻撃によるダメージが有効だと期待出来るはずなのだが、屈強な重戦士が大剣で切りつけようが、軽快な動きを見せる軽戦士がどれだけ殴りつけようが《劣地竜《バジリスク》》にはダメージらしいダメージを与えられずにいた。

ただただ硬い。圧倒的な防御力という、言葉にしてしまえばそれだけの、しかし絶望的な能力の理不尽で攻撃の大半が防がれてしまうのだ。そして、こちらの攻撃が通らずとも圧倒的巨躯を持つ

《劣地竜《バジリスク》》の攻撃は一撃一撃がプレイヤーにとっては即死級の攻撃となりうる。結果、東エリアにおいてのリーダー役を務めているプレイヤーの必死の指示も虚しく、周囲のプレイヤー達は出来の悪い悲劇のようにバタバタと呆気なく力尽きてゆく。

攻撃力自慢のプレイヤーの渾身の一撃なら目に見える量のＨＰを減少させることができる。防御力自慢のプレイヤーが全力で固めれば攻撃も防ぐことができる。

だが、それで安堵するには《劣地竜《バジリスク》》の性格《AI》は賢しく、卑劣に過ぎた。

「クソッ！　また進む気だ！　止めろぉぉぉぉぉ！」

「行かせるかっぎゃぁぁぁぁぁっ！」

「ふざけっ、うわぁぁぁぁっ！」

《劣地竜《バジリスク》》はプレイヤーを優先して狙わない。向こうから来るなら応戦するが、立ちはだかるなら叩き潰すが、そうでないならプレイヤーなど眼中にない。

北のボスにも、南のボスにも、西のボスにも与えられていない、《劣地竜《バジリスク》》だけに与えられた、当然と言えば当然で、理不尽と言えば理不尽な思考回路。ただひたすらにプレイヤー達の防衛目標を、【トルダン】だけを狙い進み続ける。そんな悪辣極まる知性を宿していた。

立ちはだかるプレイヤー目掛けて《劣地竜《バジリスク》》はその巨大な尻尾を振り回し二つの命を光へ変えると、他の人達に指示を出そうとしたプレイヤーの上半身を噛みちぎる。一瞬にして三人のプレイヤーのＨＰが呆気なく尽きて死んだ。

「おかしいだろッ⁉　何で、何でこんな強いんだよ⁉」

「ここは東エリアじゃないのか⁉　何で物理攻撃ですらほぼ効かねぇんだよ⁉」

「みんな落ち着け！　喚くよりも、まずは他の場所に引き付けるんだ……！」

《劣地竜》《バジリスク》のあまりの強さに、そして何よりも【トルダン】を狙うことを最優先目標にするという性質に、心が折れかけているプレイヤー達が絶望の叫びを漏らし、それは強力な毒となって他のプレイヤーの心に侵食していく。リーダー役のプレイヤーが何とか士気を保たせようと必死に声をかけるが、その声にも絶望の色が滲んでいる。

「喚かなくてどうにかなるなら俺だってピーギャー騒いでねぇよ！　もう無理だろこんなん！」

「そうだよ！　運営頭おかしいんじゃねぇの⁉」

既に心が折れ、無様に喚き散らす事しか出来ないプレイヤー達を容赦なく蹂躙していく《劣地竜》《バジリスク》。ある者は恐怖に負けて逃亡し、またある者はヤケクソ気味に剣を振り回し、ろくなダメージも与えられずに噛み殺された。北エリアの《劣火竜》《サラマンダー》のように炎を纏っていて近付けない訳でもなく、西エリアの《劣風竜》《ワイバーン》の様に空を飛ぶ訳でもなければ、南エリアの《劣水竜》《シーサーペント》の様に水中に居るなんて事もない。それなのに《劣地竜》《バジリスク》は圧倒的な強さをもって東エリアのプレイヤー達の前に立ちはだかっていた。

しかし、圧倒的な実力差を見せつけられ大体のプレイヤーの心が折れている中、《劣地竜》《バジリスク》を相手に一歩も引かずに勇敢に立ち向かっているプレイヤーがいた。

「ウォォォォッ‼　食らえッ！　【ブレイクランス】ッ！」

心が折れ、絶望に顔を染めているプレイヤー達の中、鈍色の髪をオールバックに固めたプレイヤーが必死の雄叫びを上げながら槍を構え、《劣地竜《バジリスク》》に突撃する。彼が使ったのは『槍術Lv：5』で使用可能になるアーツ【ブレイクランス】。単純な破壊力もさる事ながら、攻撃後に初発のダメージの半分の威力の衝撃波が追撃する特殊効果を持つ強力なアーツである。

ズガンッ！　ズドンッ！

重い衝撃音が二重になって辺りに響き渡り、その攻撃の威力の高さを否応無しに連想させた。しかし、それを受けた《劣地竜《バジリスク》》のＨＰバーは1％程しか減っていなかった。現在の《劣地竜《バジリスク》》のＨＰはまだ8割以上残っており、それから考えると相当量削った方だろう。しかし、その結果はプレイヤー達に更なる絶望を与えるものでしか無かった。今【ブレイクランス】を放った青年の装備は傍から見ても相当良いものだと分かるような装備で無駄に着飾った豪華さは無いけれど、防御をある程度重視しつつも機動力を捨てないというギリギリのバランスを見極めた装備は、質の良さが一目で分かる代物だった。そんな、北に行っていてもおかしくないほどの実力者であろう彼の渾身の一撃ですら、《劣地竜《バジリスク》》のＨＰを僅かに削る事しか出来なかったのだ。とは言え、イベントボスが異常に硬く、また攻撃力もバカ高い程度で心が折れるプレイヤーはいないだろう。では何が彼らの心を折っているのか？　それは簡単、《劣地竜《バジリスク》》に与えられたもう一つの能力に起因していた。

上空でとある二人組がボスを出現させてから、実際に各エリアにボスが出現するまで、実際はいくらかのタイムラグが発生している。その中で《劣地竜《バジリスク》》はアナウンスから一番早く、二番手に出現したボスよりも三十分近く早く出現し、東エリアのプレイヤーと戦闘を開始していた。そして、あまりの硬さと攻撃力にひいひい言いながらもＨＰを7割がた削った時だった。

《劣地竜《バジリスク》》が額の王冠紋様を妖しく煌めかせたかと思うと、頭部を隠すようにとぐろを巻き、動かなくなったのだ。何事かと疑問符を浮かべていたプレイヤー達の目の前でソレは起こった。《劣地竜《バジリスク》》のＨＰがどんどん回復していくではないか。

やっとこさ削ったＨＰがものの数秒で完全に回復してしまうと言う現象にプレイヤー達は絶望を覚え、それでもと挑み続け、必死の思いで削ったＨＰはやはり７割を切ったあたりでとぐろを巻かれいとも簡単に回復されてしまう。当然回復を妨害しようととぐろを巻いた《劣地竜《バジリスク》》を囲んで袋叩きにしたのだが、回復モーション中は防御力が跳ね上がるのか、あらゆる攻撃が弾かれてしまい回復を許してしまう。そんな光景が幾度となく繰り返される様は、プレイヤー達の心を折るには充分過ぎる。あきらめムードのような空気が流れるのは時間の問題だった。

当然、その次からは王冠紋様を重点的に狙って攻撃が加えられた。だが、他の鱗にはまだいくらか傷を付ける事が出来たにも拘わらず、王冠紋様だけは傷つける事ができなかったのだ。そうして防ぐ手立てがないままゴールのないマラソンに等しい戦闘が続き、回復回数が二桁に達したあたりから、《劣地竜《バジリスク》》に立ち向かうプレイヤーの顔は暗く、沈んでいった。

それでも諦めきれないのはかすかに残ったプレイヤーとしての意地と拠点となる町をみすみす蹂躙させるわけにはいかないという思い。そして、困難絶望な状況にもかかわらず諦めずに戦い続ける二人のプレイヤーに感化されてのことだろう。

その二人のうちの一人が、たったいま【ブレイクランス】を放った青年だ。こんなことはすでに幾度となく繰り返した。そして、そのすべてが無駄に終わった。今回も無駄に終わるだろう。そんなことは充分に分かっている。だが、彼は一歩も引かない。その瞳には何かを絶対に守ろうとする必死さが滲み出ていた。

彼の名はリベット。親友と一緒に《ＥＢＯ》を始めた初日組のプレイヤーである。リベットは色々なゲームを親友と二人で渡り歩いており、大体はリベットが前衛職、彼の親友は後衛職か生産職を選ぶのが彼らのいつものパターンだった。そして今回の《ＥＢＯ》で彼の親友は生産職を選んだ。

生産職を選んだ彼の親友は自分の工房を持ちたい！　と初日から必死に資金集めに奔走し、リベットもそれを手伝っていた。親友は色々なアイテムを作ってはプレイヤーやＮＰＣに販売し、リベットはレベル上げも兼ねて色々なフィールドに出向いてはクエストやら素材集めやらで稼ぎ、使うお金は最小限にしたりして、二人揃って必死に資金集めをしていたのだ。

そしてイベント告知がある数日前にようやく資金が集まり、彼の親友は東門の近くに個人工房を買う事が出来た。工房と言ってもそこまで立派なものではなく、せいぜい鍛冶をする為の鉄床やポーションやらを作る為の調合場所などがある程度の小さな工房。けれども必死に資金集めに奔走しようやく持てた自分だけの工房だ。その時の親友の心底嬉しそうな顔は今でもリベットの脳裏に焼き付いている。

リベットは念願のマイ工房を持つ事が出来てより一層生産に没頭している親友のサポートをしながらも、これまでの慌ただしさと打って変わって穏やかな生活を送っていた。そんな穏やかな生活が三日ほど続いた頃。町襲撃イベントの告知が行われた。

そこで語られたのは、一週間後にこの町は無数のモンスターに襲撃されるという、到底受け入れがたい悪趣味極まるイベント内容と、わざわざ大仰な前語りで語られた今回のイベントでの被害はイベント終了後もそのままで修復どころか補填すらされないという、最悪の知らせ。

その時の親友の絶望した様な顔は、マイ工房に初めて入った時の嬉しそうな顔とセットで脳裏に焼き付いている。親友の工房は東門からほど近い場所に位置しており、町が蹂躙される際には真っ先に破壊されるエリアにあるのだ。

幸せの絶頂から地獄の底に叩き落とされた様な、人間ここまで両極端な表情が作れるのかと言うほどの親友の表情の落差を見たリベットは、親友の大切な工房を絶対に守り抜いて見せると固く決意した。そして彼は北エリアに行ける実力があるにも拘わらず、何人かのフレンドの誘いを丁重に断り親友の工房を守るために東エリアで戦う事を選択したのだ。そして始まった襲撃イベント。確かに大変だがこれなら何とかしのげそうだ……そう思った矢先、《劣地竜《バジリスク》》という、他のボスとは一線を画する最悪のボスが出現した。

彼も一度は絶望に心を飲まれかけた。しかしあの日の決意を、親友のようやく手にした幸せを壊させる訳にはいかないと、イベント前日に親友が泣きそうな顔で「お願いします……！　僕にはどうすることもできません。あなたにばかり負担をかけてしまいますが……どうか、この工房を、この町を守ってください……！」と言って手渡してきた親友が作れる最高の装備を手に、彼は心を奮い立たせ、《劣地竜《バジリスク》》へと挑み続ける。無謀だと分かっていながら、折れる訳には行かなかった。

なぜなら、リベットは知っているから、親友がどれだけ必死に資金集めに奔走していたのかを。人によってはたかがゲームの出来事と鼻で笑うかもしれない、しかし親友にとっては何よりも大切な場所なのだ。それを知っているからこそ、彼は《劣地竜《バジリスク》》と言う絶望にも立ち向かっていけるのだ。

「絶対に……！　行かせるかァァァアッ！【スピアラッシュ】ッ！【ライトニンググランス】ッ！」

それぞれ、『槍術Lv：3』と『槍術Lv：6』で使用可能になるアーツで連撃を決める。

【スピアラッシュ】は現在の『槍術』のレベルと同じ数だけ連撃を繰り出すと言うアーツで、『槍術Lv：6』のリベットは六連撃を繰り出した事になる。【ライトニングランス】は稲妻の様な速度とエフェクトで高威力の突きを繰り出す、ダメージ計算にSTRだけでなくAGIも換算されると言う特殊な効果を持っているアーツだ。鋭い槍の六連撃が寸分違わず《劣地竜《バジリスク》》の土色の鱗の同じ部分を穿ち、六連撃の中でほんの僅かに出来た傷跡目掛けて【ライトニングランス】が打ち込まれる。リベットはSTRとAGIをメインで上げている為、【ライトニングランス】と非常に相性が良く、今回の一撃は無理やり作った弱点《傷口》を抉ったこともあって相当な威力となっている。

激しい炸裂音と眩いエフェクトが辺りに撒き散らされる。その一撃は並大抵のモンスターなら一撃で沈むレベルの威力を孕んだ必殺の一撃となって《劣地竜《バジリスク》》の身体を穿つ。激しいエフェクトが収まり、《劣地竜《バジリスク》》がその姿を現す。今のコンボでHPの3％ほどが削られ、さすがに鬱陶しくなってきたのか町への進行を止めると夏の夜にいざ寝ようとした時に見つけた蚊を見る様な鬱陶し気な瞳でリベットを見据える。

『シュロロロ……』

「っ……ようやくこっち見たか！」

その無機質な瞳に一瞬気圧される様に後ずさるが、すぐに槍を構え直し《劣地竜《バジリスク》》に向き直る。

『シュロロォオッ！』

「くぬあッ！」

苛立たしげに振るわれた尻尾による薙ぎ払いを槍を駆使して受け流す。スキルの『受け流し』以外にも実際のプレイヤースキルも駆使した完璧に近い受け流し。それでも、圧倒的なステータスの暴力によってリベットのＨＰが確かな量持っていかれる。

「ハッ！　ハッ！　ハァアッ‼」

それでも、リベットはそんなことは些事とばかりに受け流してすぐに体勢を立て直し、アーツに頼るだけでは無い確かなプレイヤースキルを感じさせる鋭い三連撃を打ち込む。

『シュロロロロロッ！』

三段突きを土色の鱗で鬱陶し気に受けた《劣地竜《バジリスク》》の反撃の薙ぎ払いを事前に察知したリベットは、槍をまるで棒高跳びの棒の様に地面に打ち付け跳び上がり回避する。

「んなもん当たるか！　【ランススタンプ】ッ！」

跳びあがった姿勢のまま打ち付ける様に発動された『槍術Ｌｖ：４』で使用可能になる【ランススタンプ】。このアーツは『槍術』にしては珍しく、と言うよりは異端なアーツで、鉾先ではなく石突で突くことでその真価を発揮する。このアーツによる攻撃は刺突属性ではなく打撃属性として扱われ、またとあるアーツとのコンボを可能にする。

「引き裂け！　【クレセントバッシュ】！」

激しい音と共に打ち付けられた石突を起点に一瞬で石突と穂先を反転させるように槍を力任せに

ぶん回す。その威力は絶大で、《劣地竜《バジリスク》》の硬い鱗に一文字の傷を刻み込む。

これが【ランススタンプ】から派生するコンボアーツの【クレセントバッシュ】であり、そのまま突き刺さった穂先をぐりぐり抉ると『非道』獲得に一歩近付く。

『シュロロロロロロロロッ！』

「ウォラァッ！【スピアラッシュ】ッ！」

このコンボにたまらず体勢を崩した《劣地竜《バジリスク》》目掛けて放たれた【スピアラッシュ】はズガガガガガッ！と連続して六つの刺突音を響かせ、傷口を抉り確かな量のＨＰを削り取る。

『シュアアアアアアアアアアアッ！』

「っぁ……！掠っただけで四割持っていきやがるか……！しかも追撃たぁ容赦がねぇ！」

抉られた傷口の恨みを晴らすべく振るわれる尾の嵐を時に避け、時に受け流し凌ぐリベットだが圧倒的なステータス差の前には常に無傷とはいかない。あまりに鋭い攻撃を完全に躱し切ることができず、尾の先が脇腹を掠める。たったそれだけで鎧を抉りＨＰの四割を消し飛ばす。

それでも、リベットの目は死なない。掠った衝撃で吹き飛ばされた体勢から瞬時に復帰し、追撃の一撃を巧妙な槍捌きで受け流す。

「チッ……。どうしたクソ蛇、俺は死んでねぇぞ！」

『シュロロロロロロ……！』

完璧に受け流したはずなのにひどくしびれる両腕と追加で一割ほど減少したＨＰに舌打ちしつつ、苛立った様子の《劣地竜《バジリスク》》に啖呵を切る。だが、決してリベットにも余裕があるとは言い難い。元から絶望的な戦闘だったが、どうしても蓄積していくダメージが絶望を加速させる。

HPを回復しようにもこんな状況でポーションなんて使えば次の瞬間には大地の染みに早変わりだ。かといって、ダメージを受けないように立ち回ろうにも圧倒的なステータス差がそれを許さない。

限界ギリギリの綱渡りどころではなく、ただの悪足掻きでしかない。それでも諦める訳には行かないとしびれる手で無理やり槍を握りこむリベットを、柔らかな光が包み込む。

「【ハイヒール】！　【オールアップ】！　あの……、これくらいしかできませんが……！」

「ッ！　助かる！　【スピアドライブ】ッ！」

この絶望的な状況でなお戦い続け、諦めムードが漂いつつあるとはいえ未だに戦線を維持できているプレイヤー達の、ある種の心の支え。そのうちの一人が、決して諦めず、たとえ一人だろうと勇敢に《劣地竜《バジリスク》》に立ち向かうリベットならば。

その彼に回復と強化をかけた小柄な少女は、もう一人の心の支えだった。小柄な少女は基本的サポート特化で戦う術を持たない神官でありながら、この戦場を駆け回り、回復や強化といったサポートをして回っていた。小さな体で必死に戦場を駆け回ってサポートを続ける少女の姿は、勇敢に戦い続けるリベットとは別の方面からプレイヤー達の心を支えていた。

その少女の名はルーティ。《ＥＢＯ》サービス開始当日にプレイ可能年齢である十二歳の誕生日を迎え、奇跡的に初日組に滑り込むことができたラッキーガールだ。とはいえ、小学生から既にヘビーゲーマーと言う訳ではない。ちょっとだけ年の離れた兄がこのゲームを始めると聞いて、共通の話題になるかなと一緒に始めたというだけのかわいらしい理由だ。

そんな彼女は兄の真似をしてサポート型の神官となり、仲間にも恵まれてこの世界を楽しんでいた。彼女はイベントの途中、運悪く《スタンピード・ウルフ》の不意打ちを受けて死亡してしまう。そして、慌てた彼女はリスポーン地点から急いで仲間のもとへ戻ろうとして道を間違え……元居た南エリアではなく東エリアへと足を踏み入れてしまった。

これが、イベントボス登場三分前の話である。

一度町の外に出てしまえばなかなか景色だけでは分からないというもの。もう少し落ち着いていれば攻撃魔法を使うプレイヤーが極端に少ないことに気づけただろうし、あるいは仲間にメッセージを送る、マップを確認する、他のプレイヤーに聞く、などの手段も思いついたことだろう。

だが、冷静になる間もなく状況が慌ただしく変化した。《劣地竜《バジリスク》》が出現し、プレイヤー達が即興のレイドパーティーを組んで対応し始めたのだ。あとは状況に流されるまま回復や強化のサポートを続け、生来の優しさと視野の広さ、そして優秀な神官である兄から学んだ立ち回りでちょこちょこと働き続け、やがて頼られるようになり、それがうれしくて夢中になって、いつしか仲間とはぐれたことも意識の外側へと押し流されてしまった。

そして、そんな楽しい時間も長くは続かなかった。圧倒的な強さを誇る《劣地竜《バジリスク》》にプレイヤーの心が折れていき、どんよりとした暗いムードが漂い始める。それでも、ルーティは諦めなかった。あの町には、仲良くなった住人《NPC》も多くいる。兄と、仲間と、友達と、いろいろな思い出が詰まっている。だから、諦めたくなかった。

必死に頑張って、こういう時の声援は逆効果にもなりうると短い人生でも知ってはいたけど、回復や強化と一緒に、頑張りましょうの一声をかけ続けた。

それでも状況は悪くなる一方で、他の人達は頑張って戦っているのに自分は後ろにいるしかできなくて、神官は後ろでサポートするのが仕事とは分かっているけれど、君のおかげでもうひと頑張りできるとお礼はたくさん言われたけれど、それでも無力感はなくなってくれなかった。

だからこそ、その無力感を必死に飲み込んで、少女は神官の戦い《じぶん》を続ける。

ルーティからの回復と強化のおかげで僅かなりともステータスの差を縮めたリベットは、全力で飛び退いたかと思うと次の瞬間には《劣地竜《バジリスク》》目掛けて突き進み、槍の穂先を堅牢な鱗に突き立てる。【スピアドライブ】は突進系のアーツで相手との距離が離れているほど威力が増すという効果を持つ。離れすぎると不発するという性質上無限に威力を上げることはできないという限界はあるのだが、今回はそこまで離れる余裕もないので関係のない話だ。

『シュロロロロロロロッ！』

「はっ！　痛ぇか蛇野郎が！　ならとっととおうちに帰んな！」

『シュロァァァァァァァァァァァッ！』

プレイヤーではなく町を優先的に狙うとはいえ、ここまでしつこく、しかもそれが自らにダメージを与えうる存在だというなら話は別だ。怒りに染まった瞳で《劣地竜《バジリスク》》がリベットを睨み付ける。

「ッ……！　みんな！　彼だけに任せていて良いのか⁉　意地を見せてやろうぜ！」

と、一人のプレイヤーにそこまで意地を見せられては、心が折れかかってるとは言え他のプレイヤー達も黙ってみている訳にはいかない。リーダー役を務めていたプレイヤーがただ呆然と立ち尽くす、しかし不屈の闘志で《劣地竜《バジリスク》》に大ダメージを刻み込んだリベットの勇姿に鼓舞され、小さな体でできることを精一杯取り組むルーティの健気さに心を打たれ、瞳に微かな火種を宿したプレイヤー達に声をかける。

その言葉に背中を押された者は多く、淀んでいた瞳に再び闘志を宿らせ、各々の武器を構え再起する。彼等彼女等にも意地はある、それを再び奮い立たせ、リーダー役の号令の下、《劣地竜《バジリスク》》へと駆け寄り裂帛の気合いを迸らせながらそれぞれの武器を振るう。リベットの勇姿とルーティの勇気を目の当たりにし、諦めかけていたプレイヤー達はやる気を取り戻していた。

「強化します……！【エリアオールアップ】！」

「食らえッ！【ディープスラッシュ】ッ！」

「ウオラァァァァッ！【破豪】ッ！」

「ハァァァァァッ！【残崖《ざんがい》】ッ！」

範囲内の全員に効果を発揮するエリア系の『付与魔法』によって、再び立ち上がったプレイヤー達のステータスが底上げされる。そして、強化されたステータスに物を言わせたアーツラッシュが絶望の根源たる《劣地竜《バジリスク》》に無数に打ち込まれていく。

忌々しい槍使いを叩き潰そうとしていた《劣地竜《バジリスク》》は突如なだれ込んできたプレイヤー達に先手を許してしまうも、黙ってやられ続ける訳がない。

群がるプレイヤーを尻尾の薙ぎ払いで吹き飛ばそうとしているのだが、強化されたタンクプレイヤー達にその攻撃を防がれ、減らしたＨＰはすぐさまルーティ達神官によって回復される。

一度絶望し、そこから這い上がってきたプレイヤー達の結束は固く、先程までは最低限の連携しか取れていなかった即興レイドパーティー——烏合《うごう》の衆《しゅう》は、今やリーダー役の指示によって、息が合った連携で攻防織りなす立派な連合軍となって《劣地竜《バジリスク》》を攻撃していく。

先程までとは比べ物にならないペースで《劣地竜《バジリスク》》のHPが削れていき、遂にHPが7割を切り、王冠紋様が妖しく煌めく。かつて膝をついた絶望が、再び訪れる。

だが、先ほどまでとは状況が違う。連携に磨きがかかったレイドパーティーはそうやすやすと回復モーションは取らせはしない。とぐろを巻いて回復するという事は、逆説的にとぐろを巻かせなければ回復しないという事になる。ノックバック系のアーツを総動員して、ダメージよりも動きの妨害に力を入れて《劣地竜《バジリスク》》に攻撃を加え続ける。

がんがんと《劣地竜《バジリスク》》の動きが妨害され続け、なかなかとぐろを巻けない。

『シュアァァァァァァァァァァァァッ!!』

このまま回復を封じることができるのでは、そう誰しもが考えた瞬間。《劣地竜《バジリスク》》が先程までとは質の違う鋭い咆哮を上げ、やたらめったらに尾を振り回す。突然の行動にプレイヤー達も反応しきれず、タンクをしていたプレイヤー達もたまらず吹き飛ばされてしまう。幸いにもその行動の攻撃力自体はあまり高くない様で、強化ガン盛りされたプレイヤー達はそれで死亡することはなかったものの、《劣地竜《バジリスク》》と距離が空いてしまう。慌てて駆け寄ろうとするプレイヤーよりも早く《劣地竜《バジリスク》》はとぐろを巻き始める。自己回復のモーションだ。

「やべぇ！　早く止めないと！」

「いや！　待つんだ！」

再び形作られるトラウマの姿勢に数人のプレイヤーが焦って止めに行こうとするが、それを制止するようにリーダー役の声がかけられる。駆け出そうとしたその声に苛立った様に反論しようとしたプレイヤー達だが、その声が発せられる前にリーダー役は言葉を続ける。

「バラバラに攻撃してもダメだ！　タイミングを合わせて一斉に強攻撃を叩き込むぞ！」

「ッ……！」

感情のままに否定しようとして、しかし一部の隙も無い正論だと悟ったのか、反論しようとしていたプレイヤーは、素直に指示に従う体勢を見せる。それを見て満足したように頷いたリーダー役は同じ事をもう一度他のプレイヤー達にも伝え、《劣地竜《バジリスク》》を包囲する様な陣形を作っていく。

《劣地竜《バジリスク》》の自己回復はとぐろを巻いてからきっかり二分後に開始し、一秒でＨＰを完全に回復する。これが全回復なのか固定量回復でいまだ回復量以上のダメージを与えられていないだけなのかは分からない。だが、今重要なのはそこじゃない。

まだ《劣地竜《バジリスク》》の回復は始まっていない。

「みんな準備はいいか⁉　神官の人はバフを頼む！　行くぞッ！」

「「「「オウッ！」」」」

「【エリアマジックアップ】！」「【エリアアタックアップ】！」「【エリアアジリティアップ】！」

「【鎧砕】ッ！」「【ライトニングランス】ッ！」「【デュアリングエッジ】ッ！」「【破豪】ッ！」

「【アースクラッシュ】！」「【裂牙】ッ！」「【デュアルロッド】ッ！」「【砂削《さざく》】ッ！」「【オーバーラ

ッシュ】ッ！」「【インパクトバッシュ】ッ！」「【クライファング】ッ！」「【干雨《ひさめ》】ッ！」「【アルフアドリップ】ッ！」

再起したプレイヤー達は最悪のピンチにして移動放棄という逆に考えれば攻撃当て放題のボーナスタイムに、《劣地竜《バジリスク》》を囲んで一斉に己が使える最強のアーツを解放して袋叩きにする。

様々なアーツが織り成す多重奏が草原を震わせる。と、ここまでは何度か見られた光景だ。士気や連携の質、隠し球の解放などの多少の差異はあれど、回復モーション中の《劣地竜《バジリスク》》を今がチャンスと叩きまくるのは初めてではない。それでもなお止まらなかったからこそ、絶望は深く刻み込まれたのだ。

だが、今回は違う。誰も彼もが諦めず、真の意味で全力を振り絞った総攻撃。持ちうる全てを出し切った決死の総攻撃はこれまでと違う、《劣地竜《バジリスク》》の巻くとぐろが微かに緩むという確かな手ごたえを感じさせるものだった。だが、まだモーションは途切れない。

《劣地竜《バジリスク》》の巻くとぐろが微かに緩んだとは言えプレイヤーは軒並みアーツを吐き出し切っている。アーツですらない通常攻撃ではいかに緩んでいても《劣地竜《バジリスク》》の砦を崩すことはできないだろう。回復が始まるまで数秒もない。あと一歩。されど一歩。限界まで力を尽くし、なお届かぬ一歩にプレイヤー達の表情が悔し気に歪む。

「間に合った……ッ！　【ランススタンプ】からの……ッ！」

女神が、微笑んだ。

不屈の闘志で戦い続けた英雄《おとこ》の引き起こした奇跡か、ギリギリでクールタイムが終了した凶悪なコンボが決定打となった。【ランススタンプ】が鱗に突き立てられ、かすかなヒビを入れる。

女神の微笑は止まらない。コンボのための石突と穂先を反転させるその動作に、たった今入れた鱗のヒビが引っかかり、巻き込まれる。結果、緩んだとぐろに穴が空き……その先。追撃の【クレセントバッシュ】が狙う位置には《劣地竜《バジリスク》》の頭部が眠っていた。

「ぶった切る！　【クレセントバッシュ】ッ！」

裂帛の気合と共に振り下ろされた全身全霊の一撃が王冠紋様に突き刺さり――――。

パリンッ！

『シュアアアアアアアアアアアアッ!?』

ガラスの砕けるような音とともに王冠紋様に深い裂傷が刻まれる。これには瞼を閉じ回復に専念していた《劣地竜《バジリスク》》がたまらず悲鳴にも似た咆哮を上げ、跳ね起きる。

忌々しい額の王冠紋様は深い切り傷に侵され、その輝きを失っている。そして、《劣地竜《バジリスク》》のHPが初めて、7割を下回った。

「「「「ッ！　シャアアアアアアッ！」」」」

忌々しい《劣地竜《バジリスク》》の自己回復を阻止できた喜びの声が《劣地竜《バジリスク》》の悲痛な咆哮を塗り潰す。

回復を妨害された《劣地竜《バジリスク》》は、瞳に怒りを宿しつつ咆哮を上げながら暴れ狂う。たまらずプレイヤー達は少し遠くに避難するが……その顔は実に晴れ晴れとしていた。

それもそうだろう、絶望を突き付けていた自己回復はキャンセル出来ると判明したのだ。それどころか、あの傷では再び王冠紋様の効果を発動できるかすら怪しい。

もちろん、キャンセルできなければ決して倒せないボスという事になってしまうので出来るはずではあるが、あまりの出口の見えなさに「もしかしたら東エリアは負けイベントなのではないか？」と言う疑問を払拭出来ずにいたのだ。それを自身の手で違うと証明する事が出来たのだ。

トラウマを乗り越えたプレイヤー達は過去最高に漲っている闘志をさらに爆発させ、より強まった結束で《劣地竜《バジリスク》》と相対する。

自己回復は破った！　さぁ、ここからは俺達のターンだ！

……………………とは、ならなかった。

自己回復手段を潰された《劣地竜《バジリスク》》が、新たな手札を切る。

『シュロロロ……！　ロブォッ！』

「なんだこ、わぷッ⁉」

「うわっ⁉　毒だ！　毒撒き始めたぞ！」

今度は瞳を毒々しい紫色に輝かせ、《劣地竜《バジリスク》》が口から灰色がかった紫色の液体を吐き出す。攻撃を仕掛けようと接近していた何人かのプレイヤーがよけきれずにその液体を浴びてしまう。そしてそのプレイヤー達のＨＰバーの横に『紫色の気泡を浮かべた石像』のアイコンが浮かび上がる。

幸いにもというべきか、その液体自体にダメージ判定は無いものの、どうやらこの液体と接触するとかなり強力な毒状態になってしまう上に強力な毒《そんなの》はおまけだと言わんばかりに全ステータス低下

のデバフもついてくると言う凶悪極まりない状態異常になってしまうようだ。

「これは……石毒《せきどく》？　クソッ！　バカみたいな性能してやがる……！」

「絶対これ食らうなよ！　くっ、動きが鈍い……！　これはやべぇぞ！」

「ッ！　毒食らった人達は下がって！　神官は解『シュアァァァァァァァァァァァァッ!!』

石毒なる未知の状態異常に冒されながらも情報伝達を優先した勇気あるプレイヤーからもたらされた情報を加味したリーダー役の指示に被せる様に《劣地竜《バジリスク》》の咆哮が響き渡る。それは、範囲内のすべての生物を確率でスタンさせるという強力な効果を持った咆哮だ。確率自体はそこまで高くないものの、石毒状態のプレイヤーには必中という厄介な性質を持った咆哮によって石毒状態のプレイヤー全員とそうでないプレイヤー数人がスタンさせられてしまう。

「体が……動か……グァアッ！」

「助けっ……うわぁぁぁッ！」

そして、その隙を《劣地竜《バジリスク》》が逃すはずも無く。他のプレイヤーへのヘイトをまるで無視した様な動きで動けないプレイヤー達を尻尾で薙ぎ払い、あるいは噛み殺していく。

「厄介な……！　毒液は絶対に浴びないように！　神官はいつでも解除できるように準備！」

一難去ってまた一難。回復を破ったかと思ったら即座に現れた次なる絶望にリーダー役の焦った様な指示が響き渡る。その指示を聞いたプレイヤー達も慌てた様に《劣地竜《バジリスク》》から距離を取り、様子を窺うが、先程の毒液からの咆哮のコンボを見せられ迂闊に動けずにいる。

プレイヤー達が手を出しあぐねている事に気が付いた《劣地竜《バジリスク》》はチラッとプレイヤー達を見る

と、こちらを嘲笑《あざわら》う様に短く一声、『シュロッ！』と鳴くと、悠々と町へと歩みを進める。

慌てて町への侵攻を阻止しようと数人のプレイヤーが追いかけるが、撒き散らされる毒液と咆哮コンボは凶悪で簡単に叩き潰されてしまう。その光景を見せられたプレイヤー達は《劣地竜《バジリスク》》を止める事もできず、かといって迂闊に近づくこともできず、即かず離れずの距離を保ちながら《劣地竜《バジリスク》》の後を追いかける事しかできない。弓術士や狩人などのように遠距離攻撃ができない訳ではないが、それだけでは《劣地竜《バジリスク》》を止める事はできない。

「行かせねぇって、言ってんだろッ！【ライトニングランス】ッ！」

「せめて、これくらいは……！【アンチアプセット】！」

他のプレイヤー達がどうしようも出来ずにいる中、一人飛び出したのはやはりリベットだ。どの程度効果を発揮するかは分からないが、ないよりはとルーティがかけた状態異常耐性を付与する魔法による支援を受け、プレイヤー達に背を向けた《劣地竜《バジリスク》》に向かって雄叫びを上げながら飛び掛り、いつか付けた傷跡目掛けて槍《アーツ》を叩き付ける。

『シュロロロロッ、シュロッ！』

背後から傷口への不意打ちを受けた《劣地竜《バジリスク》》は痛みに身を捩《よじ》り一瞬体勢を崩すものの、物凄い反応速度でカウンターの噛み付きを放ってくる。

「ワンパなんだよ！　おかわりだ！【ブレイクランス】ッ！」

『シャァァァァァァッ⁉』

さすがにこれで反撃を想定しないプレイヤーはいないだろう。少なくとも。リベットは反撃の可能性を考えていた。蛇型である以上仕方がないとは言え物理的な攻撃の方法が他に比べて少ない《劣地竜《バジリスク》》の噛み付きを既《すんで》の所で回避したリベットは、間近に迫っていた《劣地竜《バジリスク》》の眼球に【ブレイクランス】を突き刺す。

眼球に槍を突き刺されては流石の《劣地竜《バジリスク》》もたまらない。咆哮ではなく、純粋な悲鳴を上げ、しっちゃかめっちゃかに身をよじり尾を振り回す。

『キシャアアッアアアアアッ!』

「なッ!? ぐぁッ!」

たとえ痛みに悶えているだけとはいえ、巨体でめちゃくちゃに暴れまわるというのは危険極まりない。狙いもクソもない乱雑に振り回された尾の一撃が、本当に運悪く、離脱しようとしていたリベットの背中を捉えてしまう。

自身の瞳に槍を突き刺してきた憎き相手の位置を今の一撃で把握した《劣地竜《バジリスク》》は、痛みで悶えそうになる体を怒りで塗りつぶして無理やりに制御し、吹き飛ばされ転がっているリベットに向かって尾を何度も、何度も何度も執拗に振り下ろす。

ズドンッ! ズドンッ! ズドンッ! 「ぐぁッ!」ズドンッ! ズドンッ! ズドンッ! ズドンッ! 「ぐはッ!」ズドンッ! ズドンッ! ズドンッ! ズドンッ! ズドンッ! ズドンッ! 「うぐッ!」ズドンッ! ズドンッ! 「があッ!」ズドンッ! ズドンッ! ズドンッ! ズドンッ! ズドンッ! 「ぎぃッ!」ズドンッ! ズドンッ! ズドンッ! ズドンッ! ズドンッ! ズドンッ! ズドンッ! ズドンッ! ズドンッ! 「ぐぁ

ッ！」ズドンッ！　ズドンッ！　ズドンッ！　ズドンッ！「ぐはッ！」ズドンッ！　ズドンッ！
ズドンッ！　ズドンッ！　ズドンッ！　ズドンッ！　ズドンッ！「うぐッ！」ズドンッ！　ズド
ンッ！　ズドンッ！「がぁッ！」ズドンッ！　ズドンッ！　ズドンッ！　ズドンッ！　ズドンッ！
「が……はっ……」ズドンッ！　ズドンッ！　ズドンッ！　ズドンッ！　ズドンッ！　ズドンッ！
ズドンッ！

『……シュロロッ』

怒りに支配された《劣地竜《バジリスク》》による尾の振り下ろしはリベットのＨＰを余さず消し飛ばし、その器が光となって掻き消えた後も執拗に何発も何発も打ち込まれ続ける。リベットどころかその下の地面すら全景が残らぬほどにめちゃくちゃに荒らしてようやく満足したのか、短く一声鳴くと、今度こそ町へ向かって進んで行く。

目の前で起こったあまりの惨劇に、いま攻撃を仕掛けて同じことをされたら……。そんな嫌な想像が否応無しに脳裏をよぎり、他のプレイヤー達は《劣地竜《バジリスク》》を追うことも出来ずに傍観しているしか出来なかった。再起した闘志《こころ》は、圧倒的な力の前に今度こそぽっきりとへし折られてしまった。

突然だが《ＥＢＯ》におけるプレイヤーの死後の話をしよう。《ＥＢＯ》にはプレイヤーの蘇生手段が幾つか用意されている。それは、死亡してから蘇生可能時間の間にその蘇生手段を取るとデスペナルティ無しでその場で復活出来るというものだ。例えば、『回復魔法Ｌｖ：５』に到達したうえでいくつかの条件を満たすことで使用可能になる【リヴァイブ】は対象をＨＰ１で蘇生させる事が出来る。他にも、現段階では手に入らないが、『命の宝玉』や『世界樹の葉』と言ったアイテムでも蘇生させる事は可能だ。え？　『世界樹の葉』は見た事あるって？　見間違いでは？

ともかく、《ＥＢＯ》では死亡したプレイヤーの死体はその場に残らず、モンスターと同じように光となって掻き消えるというのは知っての通りだろう。ところが、実はそのタイミングですぐにリスポーン地点へ強制送還させられているのではなく、死亡してプレイヤーの体が消えた後に、霊体とでも言うべき存在となって一分から三分程度の時間、その場に留まり続けているのだ。

すぐに蘇生手段があるような環境なら残留時間は長いほうがいいし、そうでないなら短いほうがいい。だが、残留時間はＬＵＫにすら左右されない完全にランダムになっており、どうあがいてもプレイヤーが残留時間を決める事は出来ない。こればっかりは天に祈るしかない。

そして、その霊体は当然生者側の世界に干渉できず、それどころか蘇生手段を持っているプレイヤー以外には視認も出来なければ触れる事も、声をかける事も出来ないのだ。そして蘇生手段を持っているプレイヤーにも声は届かず、せいぜい身振り手振りを視認してもらう程度しか出来ない。

つまり、何が言いたいのかと言うと……。

『クソッ！　待てッ！　待てよッ！　待って、くれよ……！』

今この場で死んでしまったリベットには《劣地竜《バジリスク》》をどうする事も出来ないと言う事だ。戦って足留めする事も、早く町へ戻り再び戦場へ駆けつける事も。

透けた体になり、その場に立ち尽くすしかないリベットは段々と遠ざかっていく《劣地竜《バジリスク》》の背に手を伸ばし、悔しそうに、懇願する様に声を投げかける事しか出来なかった。しかしその声は決して《劣地竜《バジリスク》》に届く事は無い。彼はもう既に死んでしまい、その声は命ある者には届く事は無いのだから。

二節　燃えるプレイヤー達（掛詞）

「兄貴ッ！　ポイントが2万超えたっす！」

「やるじゃねぇか！　俺はもう3万だがなぁ！」

「さすが兄貴ッ！　だけど負けねぇっすよ！」

「その調子だリクルス！　だが俺も簡単には負けてやんねぇぞ！」

襲い来るモンスター達をアッシュが大剣で一掃し、討ち漏らしの強敵をリクルスが仕留める。このパターンがうまくはまったのか、二人は現在、強敵ばかりの北エリアをぐんぐん奥へ進んで行っている。イベント熱で頭のネジが吹っ飛んだ状態の二人は妙に気が合う様で、初めて組むとは思えない程の連携で辺りのモンスターを殲滅していく。その殲滅速度は【チェインボム】で爆弾魔をしているトーカにも引けを取らない。

「……？　兄貴、今微妙に地面が揺れなかったっすか？」

「そうか？　俺は何も感じなかったが……。そういやさっきも揺れたって言ってたな？」

「そうなんすよね。けどさっきとはちょっと違うっていうか……うーん、気のせいか？　でも確かに揺れた気がしたんだけどな……」

「もしかしたら何かのフラグかもしれん、気ぃ引き締めとけよ！」

「了解っす！　兄貴！」

野生の勘とでも言うべき敏感さで何かの前兆を感じ取ったリクルスの警告により、アッシュが警戒を強めながらも殲滅の手を緩めることなく辺りに死を撒き散らし進んで行く。

『グラァァァァッ！』

「もう見慣れたんだよ！　【衝拳】【衝拳】【衝拳】【衝拳】【衝拳】【衝拳】【衝拳】【衝拳】！」

「ウォラァァァッ！　吹き飛べッ！」

もはや慣れすぎて強敵感は微塵もない《スタンピード・ベア》はリクルスに一瞬で八発の拳を打ち込まれ、反撃しようと腕を振りかぶった所でアッシュの大剣に引き裂かれ、その身を光に変えた。

このイベント内では最強のモンスターである《スタンピード・ベア》に危なげなく勝利したリクルス達だが、その表情はどこか暗いものがある。

「兄貴、そろそろ辛くなってきたっすね。どうします？」

「あぁ、敵も強くなってきてるし、火力が追い付かなくなり始めたな……。勝てねぇほどじゃねぇがこのレベルのが無数にってのはちょっと厳しいかもしれん」

そう、火力不足である。どこぞの神官は称号のおかげで頭の悪い火力の上に、更に高威力かつ広範囲への攻撃手段を手に入れたおかげで、そんな事は気にしていなかったのだが……それは本当に例外で、本来は奥に行けば行くほどこういった問題に直面するはずなのである。

本来ならば段々と強くなっていくモンスターにキツくなってきた辺りで奥へ行くのを止め、丁度いい箇所に戻るのだが……。そんな当然の事をヒャッハー達が選ぶはずもなく。

「……そうだ！　とりあえず俺が時間稼ぐんで、兄貴はレベルアップでもらったポイント振ってください！　そうすりゃまだ戦えますよ！」

一瞬の思案の後、リクルスが火力が足りないなら盛ればいいじゃない！　と提案すると、アッシュの返事も聞かずに『咆哮』を発動し、自身へとヘイトを集め敵陣へと突貫する。一斉に襲いかかってくる大量のモンスター相手に一歩も引かず、ときおり『咆哮』を発動してヘイト管理をしっかりとしながらモンスターの攻撃を捌きつつ隙を見てしっかりと攻撃を叩きこみ、アッシュの方へモンスターがいかないように戦うという、トーカが見たらちょっと涙腺に来るようなしっかりとした姿でしっかりと自分の役割を果たしていた。

一分にも満たない僅かな間だが、高密度な時間を過ごしたおかげで『見切り』や『軽業』などのスキルレベルが上がり、それでもなお増え続ける物量にきつくなり始めたその時。

「どらっしゃぁぁぁぁッ！」

リクルスに群がっていた大群が気合の乗った豪快な叫び声とともに一気に消し飛び、かつて命だった残光の奥から大剣を担いだアッシュが姿を現した。

「考える暇なんかねぇからＳＴＲ全振りだ！　ようやったリクルス。今度は俺が時間を稼ぐ番だ！　持ちこたえてやるからぱっぱとポイント振りな！」

「ッ！　さすが兄貴カッケェ！　すぐ戻るっす！」

リクルスと入れ替わる様にモンスターの群れへ身を晒したアッシュは更に強化されたＳＴＲにも

のを言わせ、モンスターを大量に葬り去っていく。リクルスはその様子を尻目に、比較的モンスターの少ない地帯へ退避すると、レベルは上がったものの割り振る暇のなかったポイントを割り振る。悠長に悩んでいる時間は無いので即決しなければならない。よって、考える事すらせずに反射的に最も使うステータス項目、すなわちSTRとAGIに半分ずつ割り振り、急いで前線に復帰する。

「生まれ変わった俺の拳を食らいな！　【破豪】ッ！」

『グガァァァァァッ！』

復帰するや否や、大立ち回りを演じるアッシュの背後に回り込んでいた《スタンピード・ベア》の後頭部を思いっきり加速を付けて殴り付ける。SPを割り振ったことで強化されたSTRから放たれた一撃は、AGIに物を言わせた加速によってさらに強化され、正確に《スタンピード・ベア》の後頭部を打ち抜く。

《『不意打ち』を取得しました》

「オラッ！【衝拳】【衝拳】【衝拳】【衝拳】【衝拳】【衝拳】ッ！」

後頭部を殴り付けた後もそれだけでは終わらず、そのまま【連衝拳】へと派生すると、反撃どころか反応すら許さずに《スタンピード・ベア》を光へと変える。それに気がついたアッシュが豪快に笑いながら周囲の雑魚を一掃してから口を開く。

「遅かったじゃねぇか！　ポイント差がまた開いちまったぞ！」

「ここから巻き返すんで大丈夫っすよ！」

そんな事をいいながら、ペースを上げてモンスターを殲滅していく。そのまま戦い続ける事十数分、テンポよく殲滅していく彼等の耳に、と言うかフィールド全域にアナウンスが流れる。

《各エリアにボスモンスターが出現しました》

『グラァァァァァァァッ！』

「なんだッ⁉」

「兄貴ッ！　後ろっす！」

「そっちか！　……ってなんだありぁ⁉」

アナウンスと同時に後方から響いた咆哮に辺りを見回すリクルスとアッシュ。目の良いリクルスが先んじて何かを見つけた様で指さした方向に、アッシュが視線を向ける。その先では……。

「アレがボスモンスターか！」

「ぽいっすね！　どうします⁉」

「もちろん行くだろ！」

「それっきゃないっすよね！」

奥へ奥へと進んでいた二人からはかなり遠い位置……それこそ【トルダン】の近くだろう場所に、恐らくボスモンスターだと思われる、炎を纏った巨大な蜥蜴が暴れ狂っている様が米粒のように小さくではあるが、確かに確認できた。ようやくこれは『防衛戦』だと思い出したのか、ガンガン行こうぜしていた二人は慌てて襲い来るモンスター達を拳で打ち抜き、あるいは大剣を振るい薙ぎ払いながら、遠目に見えた炎を纏った蜥蜴目掛けて走るリクルスとアッシュ。しかし……。

「クッ！　リクルス！　先行け！」

「兄貴は!?」

「俺はお前より足が遅せぇ！　後で必ず追い付くから行ってくれ！」

リクルスは前線でちょこまかするためにSTRと同じくらい、あるいはそれ以上にAGIにポイントを振っている。しかし、アッシュはほぼSTRにガン振りで他には申し訳程度に多少振っているだけなので、火力は末恐ろしいものがあるが、本職であるリクルスのAGIには遠く及ばない。

そもそもがアッシュはソロプレイヤーではなく、β時代からの仲間とパーティーを組んで《EBO》をプレイしている。今回のイベントもパーティーメンバーと参加したのだが、色々あって孤立してしまっている。しかし、本来のパーティーでは前線で敵に張り付いて、大ダメージを与え続けるダメージディーラーの役割を担ってるのだ。そのため、アッシュに移動を合わせると必然的にリクルスは時間をロスする事になってしまう。そう判断したアッシュはリクルスに先に行くように指示を出し、リクルスは一瞬迷った末にその提案に乗ることを選んだ。

「了解っす！　でも早く来ないと先に倒しちゃうっすよ！」

「はっ！　ほざけ！　せいぜい俺にいいとこ取りされない様に頑張れよ！」

「あはは……いいとこ取りにはいい思い出が無いのでされないように先に行かしてもらうっす」

カレットにいいとこ取りされた岩蜥蜴戦を思い出しながら乾いた笑みを浮かべ、炎を纏った蜥蜴に向かって一気に加速していくリクルス。高いAGIにものを言わせた全力疾走でモンスターの合間を器用に通り抜け、その姿は既に小さくなっている。

「俺は俺で自分のペースで行かせてもらうとするか……なッ！」

残されたアッシュはリクルスの様にモンスターの合間を縫って進むのではなく、進行方向にいるモンスターを問答無用で薙ぎ払い無理矢理に道を作りながら進んで行く。どこぞの神官を彷彿とさせるが、彼は空を跳んだり辺り一帯を消し飛ばしたりはしないので運営の胃へのダメージは少ない。

「フンッ！　【豪斬波《ごうざんは》】ッ！」

アッシュが振るった大剣から斬撃が波動となって直線的にモンスターの群れの中を突き進んでいく。【豪斬波】は『剣術』のレベルを10にする事で派生させられる『大剣術』のアーツで、その名の通り、『豪』快な『斬』撃の『波』動を飛ばすという、『剣術』のアーツ【斬波】の上位アーツにして、近接武器スキルの数少ない遠距離攻撃が可能なアーツである。もちろん遠くへ行くほどその威力は下がっていくが、大剣が持っている元々の破壊力に加え、アッシュの高いステータスと確かなプレイヤースキルが可能にした体の捻りなどを全力で利用した一撃は十ｍ程に光に照らされた無モンスター地帯の作製に成功する。アッシュは大剣を振り抜いてすぐに、戦果を示すウィンドウすら確認せず残光が舞う光の道を全速力で駆け抜けた。

◇◇◇◇

「おうおう。派手に燃えてんなぁ」

燃える蜥蜴が暴れ回っている地点にようやく到達したリクルスは開口一番にそう呟く。ワクワクしたような、若干気圧されたような、かすかに震える拳を握りしめた彼の視線の先には、各々の得物を振りかざすプレイヤー達と燃え盛る体でそれらを撃退していく、燃える蜥蜴の姿がある。

「あん？　レベルが見え……ファッ⁉」

巨大な燃える蜥蜴の全体像を確認しようと武者震いするリクルスが視線を上の方に移すと、そこには《劣火竜《サラマンダー》》という言わずと知れた超有名な名前が。そして、その名前に気を取られそうになるがそれを許さない《Ｌｖ：99》という圧倒的なレベル表記。

「おぉ！　こいつぁ強敵だな！」

現在確認されている最強の敵ロックゴーレムの《Ｌｖ：50》をはるかに超える、総力戦《レイド》前提だろう圧倒的強敵の出現に、瞳をキラッキラに輝かせたリクルスは蜥蜴鉄手甲を打ち鳴らし、背後から《劣火竜《サラマンダー》》に急接近する。

「オラッ！　【破豪】ッ！」

《劣火竜《サラマンダー》》に近付き、これ以上近寄ったらさすがに気付かれる、と言う地点で『縮地』と『跳躍』の合わせ技を発動。《劣火竜《サラマンダー》》の上空に転移したリクルスはどこぞの神官のように落下の勢いを乗せて無防備な背中に【破豪】をぶち込む。

『キシュアアアアアッ⁉』

上空からの突然の襲撃に、圧倒的なレベルを持つ《劣火竜《サラマンダー》》と言えど相当驚いた様で、その巨体を捩り、暴れ回る。近くにいた不幸なプレイヤーが《劣火竜《サラマンダー》》に踏み潰され死んでいく中、背中にしがみついたリクルスは振り落とされない様に、サブ装備として装備していた蜥蜴鉄剣を《劣火竜《サラマンダー》》の背中に突き刺し、自身の体を固定する。

「はっはぁ！　ロデオじゃぁぁぁぁぁい！」

『キシュァァァァァッ⁉』

背中に剣を突き立てられると言う滅多に経験しえない痛みにより、《劣火竜《サラマンダー》》はさらにその身を捩り背中の上の敵を振り落とそうと必死になっている。

しかし、リクルスも負けじと突き刺した蜥蜴鉄剣を支えに踏ん張っているため、身を捩れば捩るほど傷口が抉られる激痛が背中に走ると言うジレンマに陥った《劣火竜《サラマンダー》》はやがて振り落とす事を諦め、踏み潰すためにその場で転がり始める。

「はっはぁ！　それを待っていたッ！」

それを待っていたかのように、いや、実際に待っていたのだろう。《劣火竜《サラマンダー》》が体を回転させ、柔らかい（だろう）腹を晒す瞬間を。自己申告しているし。《劣火竜《サラマンダー》》がひっくり返える直前に『跳躍《ロデオ》』で飛び跳ね、《劣火竜《サラマンダー》》の巨体に押し潰される未来を回避したリクルスは、そのまま【連衝拳】で《劣火竜《サラマンダー》》の腹を殴り続ける。

「【衝拳】【衝拳】【衝拳】【衝拳】【衝拳】【衝拳】【衝拳】【衝拳】【衝拳】【衝拳】【衝拳】【衝拳】【衝拳】【衝拳】【衝拳】【衝拳】【衝拳】【衝拳】【衝……アッチャァッ⁉」

そのまま延々と殴り続けると思われたリクルスだったが、《劣火竜《サラマンダー》》が纏う炎には当然というかなんというか、スリップダメージ判定があったらしく、それを至近距離で浴び続けたリクルスが熱さに耐えきれなくなり、慌てて退避する。だが、今のリクルスの自らの安全を考えない【連衝拳】がそこそこ効いたらしく《劣火竜《サラマンダー》》のＨＰが１％弱ほど削れており、事前に他のプレイヤーが削っていた分と合わせてそろそろ残り６割を切りそうだ。

「おっ、なんか知らんが心強い増援だ！　アイツに負けてらんねぇぞ！」

突然の増援にも、さすがは北エリアに来る上位陣達。これ幸いとばかりに、さぁ気合入れなおすぞ！　と駆け出そうとして、足に力を入れた瞬間。

《東エリアのイベントボスが討伐されました》

《以降は東エリアに新モンスターが出現します》

東エリアのボスが討伐されたと言う旨のインフォメーションがフィールドに鳴り響く。

プレイヤー達は一瞬惚けるも、さすがは北に来るレベルのプレイヤー達。「早くね？」やら「先を越された！」やらの脳内に浮かんだであろう様々な思惑を瞬時に頭の片隅に押しやり、ならば二番目に討伐してやる！　と息巻いて《劣火竜《サラマンダー》》を睨み据える。

「おらおら！　負けてらんねぇぞ！　とっととあの火達磨蜥蜴に引導を渡してやるぞ！」

「「「「ウオォォォォォォォォオッ！」」」」

鬨の声を張り上げた無数のプレイヤーはそれぞれがお互いに干渉しない様に注意を払いながら、しかし荒々しく《劣火竜《サラマンダー》》に対して猛攻撃を加えていく。大剣で叩き斬るプレイヤーもいれば、短剣で切り刻むプレイヤーもいる。槍を突き刺すプレイヤーもいれば、弓や魔法で遠距離から一方的に攻撃するプレイヤーもいる。さらに『咆哮』やその派生の『挑発』を使い《劣火竜《サラマンダー》》のヘイトを自身に集めているプレイヤーもいる。ここにいるほぼ全てのプレイヤーが初対面、またはパーティーを組んだばかりの中、それでも各々が自身のプレイスタイルやスキル構成から己のやるべき事を見つけ、それを実行していくことで、即興のレイドパーティーが完成していた。

「『挑発』持ちはタンクの方にヘイトまとめてくれ！」

「アイツは見たまんま弱点は水だ！　使えるやつはそっち使ってくれ！」

「『風魔法』はあかん！　纏ってる炎の勢いが強くなってまう！」

「『軽業』もってる奴らは奴みたいに張り付いてぶん殴ってくれ！　しばらく張り付いてるとスリップダメージが痛ぇだろうが神官がいる！　気にせず死地に突っ込め！」

「えぇ！　簡単には死なせないわ！　一秒でも長くダメージを稼ぐのよ！」

「フレンドリーファイアはねぇから誤射は許してくれな！」

辺りから指示やアドバイスが飛び交い、次第に精度が上がっていく連携もあって確実な速度で《劣火竜《サラマンダー》》のＨＰが削れていく。リクルスは先程同様によじ登る側に回り、先程の経験から得た情報を伝えるために声を張り上げる。

「熱いが我慢できないほどじゃねぇ！　ダメージもある程度は無視できる！　突っ込め！」

「「「「「オウッ！」」」」」

すると『軽業』で《劣火竜《サラマンダー》》に登る組から頼もしい返事があり、何人かのプレイヤーがこれまで鍛えてきた『軽業』を駆使し、《劣火竜《サラマンダー》》によじ登る。巨体とは言え一体の背中に何人もよじ登ったらさすがに乗るスペースが無くなってしまうのだが、そこは北に来るプレイヤー達。誰かが声を掛けずとも一回に乗るのは三～五人程度に自然と抑えられ、誰かが振り落とされたらすぐに新しいプレイヤーが上に乗り、常に《劣火竜《サラマンダー》》の上に何人かのプレイヤーがいる状態を作り出している。

「ッ！　転がるぞォォォォッ！　避けろォォォォッ！」

そんな張り付き作戦の最中、実際に乗ってる最中に転がられた経験から《劣火竜《サラマンダー》》が転がろうとしているのを察知して声を張り上げながら『跳躍』で飛び退くリクルス。それに倣って出来るプレイヤーはリクルスの様に『跳躍』で空中に回避、自信が無いプレイヤーは遠くに飛び退き、結果《劣火竜《サラマンダー》》の転がりで犠牲になったプレイヤーは居ない。

「転がり攻撃は諸刃の剣だ！　群がれ野郎ども！」

「「「やっはぁ！　【衝拳】ッ！」」」

転がり後の隙を衝き、使えるプレイヤーが一斉に群がり【連衝拳】を放つ。《劣火竜《サラマンダー》》のＨＰをガリガリと削っていき、他にも大剣や弓などの様々な武器もしっかりとＨＰを削っていく。

「「「アッチッィィイ！」」」

「「「【ウォーターランス】！」」」

『キシュアアアアアアッ！』

スリップダメージに耐えきれなくなった《劣火竜《サラマンダー》》によじ登って【連衝拳】を放っていたプレイヤー達がシンクロ競技をしているのかというほどそろった動きで一斉に飛び退く。

そのタイミングを狙って後方の魔道士達が一斉に『水魔法』を放ち、じゅぁっ！　と音を立てていくつもの水の槍に貫かれた《劣火竜《サラマンダー》》が絶叫を上げる。

「5割切ったぞ！　パターン変更に注意！」

「「「オウッ！」」」

こう言った即興レイドパーティーでも自然とリーダー役に収まるプレイヤーが出てくるわけで。リーダー役のプレイヤーの指示の下にしっかりと連携する事が出来るようになってきている。

『キシュアアアアアアアアアアアアアッ！』

結束を高めてきたプレイヤー達の前に、その瞳に明らかな殺意と憤怒を滾らせた《劣火竜《サラマンダー》》が咆哮を迸らせ、自身の纏う炎をより一層燃え上がらせる。

火事にガソリンをぶちまけたかのようにごうごうとさらに激しく燃え盛る《劣火竜《サラマンダー》》。その火力はつい先ほどまで纏っていた炎がちゃちな火遊びに思えるほどの大火力。触れれば一瞬で消し炭になるだろうことは想像に難くない。

「人柱いっきまーすぁぁぁぁぁぁぁぁぁぁぁちぃぃぃぃぃぃぃぃぃぃ！」

「クソッ！　撤退撤退！　あんなん無理だ近付けねぇッ！」

想像には難くなくとも実際にやってみなければ分からないと無謀《ゆうかん》に突撃したプレイヤーが一瞬で焼き尽くされる。勇気ある人柱マンによって《劣火竜《サラマンダー》》の纏う炎が見た目通りの超火力であることが証明された。

「一秒持たないぞ!?　こんなん前衛職メタが過ぎるだろ！」

「タイムは〇・七八秒。世界新記録ですね」

「クッ……！　【レジストエレメント】を使える奴はいるか!?」

【レジストエレメント】は『付与魔法Ｌｖ：６』で使用可能になる魔法であり、その名の通り各属性からのダメージを減らす魔法である。正式な名前は【レジスト～エレメント】であり、この『～』の部分に、火属性《ファイア》、水属性《ウォーター》、風属性《ウィンド》、土属性《アース》、光属性《ライト》、闇属性《ダーク》と各属性に対応した文言が入る。この魔法は特定の属性しか軽減できない代わりにかなり大きな軽減率を与えられているため、この状況では攻撃手段以上に重要と言える。

「すまん！　使えねぇ！」

「ごめんなさい！　私もまだ無理！」

「私使えます！　けど、ＭＰが心許なくて……！」

だが、やはり『付与魔法Ｌｖ：６』からという制限が大きな壁となってプレイヤー達に立ちふさがる。純粋に、使えるプレイヤーが少ないのだ。加えて言えば、【レジストエレメント】を使えるという事はそのまま優秀な『付与魔法』使いという事であり、そういったプレイヤーには必然的に負担が多くかかってしまい、ＭＰの問題が付きまとう。

「いや、使えるだけでも助かる！　とりあえず遠距離攻撃組とヘイト調整組は今まで通りに、使える奴は火力出せる奴メインで【レジエレ】を頼む。近付けない近距離組はすまんが好機が見えるまで待機、『回復魔法』持ちは近付ける近距離組の回復を優先。可能なら【レジエレ】と『水魔法』を使える奴にＭＰポーションを譲ってやってほしい！」

「「「「オウッ！」」」」「「「「了解！」」」」

それでも、リーダー役の指示によって各々が自分の仕事を確認し、行動に移す。共通した目標に向かって進むことで何とか戦線を保っていた。ＨＰが半分を切ったことで防御力が上がったのか、先ほどまでよりも《劣火竜《サラマンダー》》のＨＰの減りがかなり緩やかになっているが、それでもやる気に満ち溢れたプレイヤー達にとってそれは大した問題ではない。

真に困ったのは《劣火竜《サラマンダー》》によじ登る事をメインとしていて、なおかつ属性ダメージを軽減する【レジストエレメント】をかけてもらえなかったプレイヤー達だ。そういったプレイヤー達は大体『軽戦士』や『軽業師』をジョブとして選択しており、本当にやることがない。

「俺たちはどうすりゃいいんだ⁉」

「このままハブなんて嫌だぞ⁉」

他のプレイヤー達が《劣火竜《サラマンダー》》と決死の覚悟で戦っている中、自分達だけ傍から見ているなんてのは燃えるボスによじ登るような度胸を持ったプレイヤー達には出来そうになく、されど今の《劣火竜《サラマンダー》》相手に自分達に出来る事は無いと言うジレンマに陥り、焦ったように声を上げる。そんな彼らだが、天啓ともいえる閃きを得た。

「違う、逆だ……！　近付けねぇなら近づかなきゃいい！」

「なんだと⁉　その心は⁉」

「邪魔んなんない程度に石でも投げてようぜ！」

「貴様天才か⁉」

近付けない近接組は天才の発案によって近接兵から投石兵へとジョブチェンジを果たした。

「その手があったか！」

「おっしゃぁ『投擲』合戦じゃぁぁぁっ！」

「やったるでぇぇぇッ！」

「「「「「しゃおらぁぁぁぁぁぁぁぁッ！」」」」」

十人近くの近づけない組が足元や周囲の石を拾っては《劣火竜《サラマンダー》》に投げつけると言うシュールな光景が出来上がった。中には『投擲』のレベルを上げていたプレイヤーも居たようで、武器を使う時とは比較にならない程に少ないが、決してゼロではないダメージを《劣火竜《サラマンダー》》に与える事に成功している。

「うっわぁ！　ダメージしょっぺぇ！」

「ばかやろう！　塵も積もれば富士マウンテンって言うだろ！　……言うよな？」

「言わねぇよ!?　有名なことわざくらい覚えとけ！」

「おいおい、俺が知ってることわざなんて泣きっ面蹴ったりくらいだぞ！」

「テメェは鬼かッ！」

「ありゃ？　二兎追う者の皮算用だっけ？」

「そんなもんもねぇ！　何で全部ちょっとずつ違うんだよ！」

「はぁ!?　じゃあ後は仕事幽霊飯弁慶《しごとゆうれいめしべんけい》その癖夏痩せ《くせなつや》寒細り《かんぼそ》たまたま肥《こ》ゆれば腫れ病《はやまい》しか知らねぇぞ！」

「逆に何でそれ知ってんだよ！」

「お前も何で知ってんだよ！　博識かよ！」

「あっバレた？」

「「「うっぜぇぇぇぇッ！」」」

近付けない組改め、投擲組は愉快な会話をしながらも機関砲もかくやと言うペースで『投擲』を
し続けている。自然と『投擲』持ちのプレイヤーがメインで石を投げ、『投擲』を持ってない、ま
たは『投擲』のレベルが低いプレイヤーが周囲から石を拾い集め、『投擲』レベルの高いプレイヤ
ー達に渡すと言う形が出来上がっていた。結果、《劣火竜《サラマンダー》》に石を投げつつ会話にせいを出す十人
近いプレイヤー達と言うボス戦においてどこかシュールな雰囲気を醸し出す事となっている。

そんな中、数少ない【レジストエレメント】をかけてもらったプレイヤー達はと言うと、相も変
わらず燃え盛る《劣火竜《サラマンダー》》によじ登って袋叩きにしていた。

「おらおら！　火力足りないんじゃないのか蜥蜴ちゃんよぉ!?」

「おいおい、これじゃ近所のサウナの方が百倍あちぃぞ！」

「ふっふー！　トーカの説教に比べりゃぬるいぬるい！」

「んー、もうちょい全体の温度均一にできない？　こっちそんな熱くないんだけど」

「お、毛皮の手甲が燃えて炎の拳になってら。ロマン技だな！」

どうやら熱さで脳がやられたらしい。そうとしか思えないような頭のネジがぶっ飛んだ発言が飛
び交う《劣火竜《サラマンダー》》の背はある意味地獄より地獄だろう。それでも、この地獄絵図を描いているのは
『限られた【レジストエレメント】の枠を優先して回そう』ととっさに認められるプレイヤー達だ。
《劣火竜《サラマンダー》》のＨＰはしっかりと削っている。

そして、それぞれがそれぞれにできることの限りを尽くして《劣火竜《サラマンダー》》と命のやり取りを繰り広

げることしばらく。

「レベル上がりました！　【レジエレ】行けます！」

「ウチも行けるで！　エムポもちょい余裕あんで！」

「よし！　【レジエレ】開放《あ》いたぜ！　けどMPがカツカツだ！」

「来たか！　MPに気を付けながらそこの投擲組に掛けてやってくれ！　ストックに余裕がある奴はエムポ譲ってくれ！　補填は後でオレが責任をもって主導する！」

頭のネジが溶け切ったシュール空間にも終わりが訪れた、何人かのプレイヤーが『付与魔法』のレベルが上がり【レジストエレメント】を使えるようになった。

そして今回使うのはもちろん【レジストファイアエレメント】。さすがに投擲組含めた前衛組全員に使うほどの余裕はないが、それでも確実に戦力が続々と復帰していく。

反撃の狼煙が上がる。

「おっしゃッ！　これで蜥蜴野郎をぶん殴れるぜ！」

「オメェら！　覚悟キマッてんな⁉」

「「「「「イェアァ！　野郎ぶっ殺してやるァアァァァァァアァアァッ！！！！！！！」」」」」

多くのプレイヤーが異口同音にたまりにたまった鬱憤を晴らすようにどちらが獣かわからない咆哮をまき散らしながら素早い動きで《劣火竜《サラマンダー》》にあるものはよじ登り、またある者は即かず離れずの攻撃範囲《キルレンジ》に陣取り、籠手や短剣で連撃を食らわせていく。

一方、事前組であるリクルスも他のプレイヤーの熱狂かあるいは《劣火竜《サラマンダー》》の物理的な熱か、はたまた別の要因か。超熱で沸騰した脳は前の強敵の撃滅のみを求め、半ば無意識に【狂化】を発動し紅い蒸気を纏い《劣火竜《サラマンダー》》の背中へ【連衝拳】を放ち続ける。

「ヒャッハァァァァ！　【衝拳】【衝拳】【衝拳】【衝拳】【衝拳】【衝拳】【衝拳】【衝拳】【衝拳】【衝拳】【衝拳】」

「【衝拳】【衝拳】おうおう小僧【衝拳】【衝拳】やるじゃ【衝拳】【衝拳】ねぇか【衝拳】【衝拳】」

「【衝拳】【衝拳】おっさんこそ【衝拳】【衝拳】すげぇ【衝拳】【衝拳】じゃねえか【衝拳】【衝拳】」

「【衝拳】【衝拳】まだまだ若造に【衝拳】【衝拳】負ける【衝拳】【衝拳】かってんだ【衝拳】【衝拳】」

「【衝拳】【衝拳】小僧って【衝拳】【衝拳】舐めてっと【衝拳】【衝拳】痛い目見るぞ【衝拳】【衝拳】」

狂ったように【連衝拳】を繰り返していたリクルスに、近場で同じく【連衝拳】を放っていた渋いフェイスのオッサンが【連衝拳】の合間にリクルスに話しかけてくる。それに対しリクルスも【連衝拳】の合間に返事を返す。会話の途中にアーツを発動するため、非常に聞き取りにくいことこの上ないが、それでも二人の間では普通に通じているらしい。互いに相手の言葉を受けてその顔に凶悪な笑みを浮かべ、更に【連衝拳】のペースを速めていく。

「【衝拳】【衝拳】【衝拳】【衝拳】【衝拳】【衝拳】【衝拳】【衝拳】【衝拳】【衝拳】【衝拳】【衝拳】【衝拳】【衝拳】っつぁ！　やはりここま、なぁッ!?」【衝拳】【衝

拳】【衝拳】ッ！」

渋いフェイスのオッサンの【連衝拳《フルオート》】が途切れてもリクルスの【連衝拳】は止まらない。もはやすべての理性をかなぐりすてた本能の完全にキマッた目で両の拳を振り下ろし続ける。と、何十度目かもはや分らぬ拳を振り下ろした瞬間、リクルスが獣のような動きで《劣火竜《サラマンダー》》から飛び退く。

「ッ！　転がるぞ！」

「なっ、待ってくれ！　君には聞きたいことが！」

ＨＰがゴリゴリと削れてさすがに辛くなってきたのか、《劣火竜《サラマンダー》》の転がりもどこか動きが緩慢で月欠ける命の灯の気配をひしひしと感じさせる。ならばそれを吹き消すのがプレイヤーの定め。

「お前らッ！　彼らに負けて良いのかッ!?　俺は嫌だね！　お前らもそうだろッ!?　残り三割、全身全霊体底の底まで全力振り絞ってくぞぉぉぉぉッ！」

「「「「ウォォォォォォォォッ！」」」」

リーダー役が狂える獣のように《劣火竜《サラマンダー》》に群がるプレイヤーを利用し、更にレイドパーティーの士気を高める。負けず嫌いとも言う。そして、リーダー役の言葉に反応する負けず嫌い達からの攻撃がより一層激しくなるのも必然だろう。

「っしゃ、俺ももっかい行くぞぉ！」

「待ってくれ少年！」

そんなモチベマックスなレイドパーティーに後れを取らないために駆け出そうとするリクルスを渋フェイスのオッサンが呼び止める。

「あ？　ってさっきのオッサンじゃんか。このままじゃおいしいとこ持ってかれちまうぞ？」

「それは確かによろしくないが、それ以上に俺には確かめないといけないことがあるんだ。俺の名前はテンタクル。【連衡拳】の可能性に魅入られた一人の男だ」

「【連衡拳】？　名前的に【衝拳】を連続でぶっ放すあれか？　名前付いてんのか」

「なっ……!?　まさか群れず独りでこの荒野を往くというのか……!?」

リクルス的には当然のことだったが、どうやら渋フェイス……テンタクルにはよほど衝撃的だったらしい。恐れ戦くように二、三歩後退ると、何やらとてつもない存在と出会ってしまったかのようにふらふらと再びその距離を詰めてリクルスの肩をガッと掴む。

「いや、今聞くべきはそうではない……！　さっきのは偶然か!?　それとも……少年、【連衡拳】の安定連続数はどのくらいだ!?」

「安定連続数だ……？　いや、数えたことねぇし分かんねぇよ。ただ、あんくらいならいくらでも……。ってか【衝拳】って無限にコンボできるアーツじゃねぇのか？」

「お、おぉ……！　我々の持つ壁などあなたには意識する物ですらないと……いや、そもそもの視点が違うのか……。我々のように限界を定めず、当然のように前人未到を駆け抜ける……。なんという……格が違いすぎる……」

「よく分んねぇけど……もう行くぞ？　祭りの最後に参加できねぇ事ほど虚しいもんもねぇ」

突然態度を急変させたかと思うと跪いて涙を流す渋フェイスオッサンに若干引きながら《劣火竜《サラマンダー》》を囲むプレイヤーの群れ目掛けて駆け出す。

「あぁっ！　待ってくれ神よ！　せめてその御名を教えていただきたい……！」

「なんかオッサンのキャラが分かんねぇ！　俺はリクルスだ！　じゃあ俺はもう行くぞ！」

キャラ急変渋フェイスオッサンことテンタクルから逃げるように『疾走』と『跳躍』を駆使して《劣火竜《サラマンダー》》に飛び掛かり、【連衝拳】のラッシュを叩きこむ。

そして、プレイヤー達の士気が最高潮に達したその時。上がりきった士気とテンションを更に上げる、あるいはそれ事ぶった切る人物が豪快に登場した。

「間に合っ、たアアアアアアアアアアアアアアアッぶねぇ!!」

絶叫にも似た大声を上げ、《劣火竜《サラマンダー》》の残りＨＰに実際に絶叫を上げ、大剣だとしても巨大が過ぎる大剣を《劣火竜《サラマンダー》》の背に振り降ろす。

「【絶《ぜつ》、断《だん》】ッ！」

轟音と共に《劣火竜《サラマンダー》》の巨躯にめり込む刃が、物理法則というどこぞの神官も悪用した絶大な理《ちから》を全力で利用しつくしＨＰを確かな量削り取っていく。

『剣術Ｌｖ：10』で派生する『大剣術』のスキルレベルを5にすることで開放される、絶対的な破壊力を以って全てを断ち切るアーツ【絶断】。現時点で《ＥＢＯ》プレイヤーが持ちうるすべての攻撃の中でも最高クラスの破壊力を秘めているであろう最強の一撃。

βテスト最強と名高い圧倒的強者《アッシュ》の最強の一撃が、荒れ狂う《劣火竜《サラマンダー》》の尻尾を一刀のもとに断ち切る。

「ぶった斬ってやったぞオラァァァァァァァァッ！」

「「「「ウォォォォォォッ！」」」」

『ギジュァァァァァァァァァァァァァァァァァァァァッ!?』

残り三割のＨＰ、その三分の一を尻尾諸共断ち切られた《劣火竜《サラマンダー》》は吹き消える前に一際強く燃え盛るように身体中の炎を過去最高に燃え上がらせつつ荒れ狂わせ、痛みか怒りか、ともすればそれだけでダメージが発生しそうなほどの絶叫を上げ、盛大に暴れ回る。

アッシュの豪快な、そして最高にカッコつけた登場にプレイヤー達のテンションが振り切れる。

終盤で遅れてやってきていいとこだけ持っていく害悪プレイ？　ただの害悪プレイヤーならレイドボスのＨＰを一撃で一割削ることはできないだろう。乗りに乗ってるタイミングでの最高の援軍はむしろ最高の後押しとなってこのプレイヤー側に来ている流れを確かなものとした。

「兄貴ッ！　もうほぼ終盤っすよ！　あ、あとそのままだと燃えますよ！」

「へ？　ホアッチャァッ!?　ちょ、死ぬ！　誰か回復プリーズ！」

しかし、遅れてきたゆえに【レジストエレメント】の恩恵に与れず、スリップダメージの存在も知らないアッシュは残心をスリップダメージに強制キャンセルされて慌てて逃げ惑う。高いレベルにものを言わせたステータスの暴力と上質な防具のおかげでなんとか即消し炭とはならなかったが、なんとも緊まらない叫びを上げ逃げ回るアッシュにプレイヤー達が声を上げて笑い、それに対してアッシュが「何笑ってんだテメェらッ！」と叫び、それが更に笑いを誘発する。

士気が限界突破し、バカ笑いした事で適度に肩の力が抜けたプレイヤー達が死に体の《劣火竜《サラマンダー》》を光に変えるのにそれから大した時間は掛からなかった。HPが残り1割を切ったことによるさらなる火力アップと発狂モードは残念ながらこの盤面をひっくり返すには至らなかったようだ。

「《劣火竜《サラマンダー》》討ち取ったりィィィィィィッ！」

「「「「「「シャアアアアアアアアアアアアアアアアアッ！」」」」」」

《北エリアのイベントボスが討伐されました》

《以降は北エリアに新モンスターが出現します》

《北エリア、東エリアの両イベントボスが討伐されました》

《以降は北東エリアに新モンスターが出現します》

三節　極彩色の暴風圏

《東エリアのイベントボスが討伐されました》

《以降は東エリアに新モンスターが出現します》

「なんっ⁉　早すぎないか⁉」

西エリアのイベントボスと戦闘していたカレットは突如辺りに響いたインフォメーションに驚きの声を上げ、思わず辺りを見回す。と、そんなカレットの隣で魔法を発動していたノルシィが落ち着きのないカレットのほっぺたを軽くつつく。

「カレットちゃん？　きょろきょろしてると危ないわよ～？　コレが攻撃だったら……ね？」

「ふっ、ほふはな。ふはんふはん」

「別に、顔を逸らすくらいはしていいのよ？」

現在カレット達は西エリアのイベントボス、《劣風竜《ワイバーン》》と激戦を繰り広げている真っ最中だ。相手は今回のイベントボスの中では唯一、空を飛ぶという大きなアドバンテージを持った実に厄介なボスだ。まぁプレイヤーの主戦力が魔法な西エリアではちょっと戦線がY軸に広くなったに過ぎないのだが。

色鮮やかに光り輝く西エリアの空を悠々と……とは言い難い動きで無数に魔法を避けながら飛翔している《劣風竜《ワイバーン》》は灰色に近い暗緑色の鱗とまさに一般的に想像されるドラゴンと言った見た目の頭部と鋭い牙が生え揃った顎《アギト》を持ち、比較的細い（とは言っても人間と比べると充分大きいのだが）二本の後ろ足と対照的に大木ほどもありそうな太さの尻尾の先には、これまた巨大な鏃のような棘を携えている。そして何より特徴的なのは、その前足と一体化した一対の大きな翼だ。はばたく度に暴風が吹き荒れる大きな翼は《劣風竜《ワイバーン》》の巨体を空にとどめるという奇跡を実現させていた。

《劣風竜《ワイバーン》》は自身だけに許された特権を存分に発揮し、多くのプレイヤーが見上げる大空を我が物顔で飛び回り、その度に吹き飛びそうなほどの暴風をまき散らす。よって、西エリアの天候は極彩色の暴風雨とでも言うべき混沌《カオス》極まった空間となっていた。

基本的に空を飛び続ける《劣風竜《ワイバーン》》にダメージを与える為には、魔法か弓あるいは投擲などの遠距離攻撃か、突進などで地上近くに降りて来た際にカウンター気味に攻撃を叩きこむ必要があり、どの方法を取るにも高い集中力やエイム、度胸など色々なものを求められる。

飛行しているという圧倒的なアドバンテージに加え、多彩な攻撃を持つ《劣風竜《ワイバーン》》は今イベントにおいて最も戦い難い強敵であると言えるだろう。だが、相手《うん》が悪かった。

《劣風竜《ワイバーン》》の弱点属性は『火属性』。緋色のヒャッハーが最も得意とし、ごく最近新たな知見を得て更に強化されたあの火属性である。

「みんな～カレットちゃんの射線は邪魔しないようにね～」

この西《エ》フィ《リ》ー《ア》ルドでは、β最高の魔道士とよばれたノルシィすら超えて超広範囲焼却によって最強の『火魔道士』であることを証明して見せたカレットを軸にした作戦がノルシィの指揮の下、ボス戦に参加しているプレイヤーによって展開されていた。

ほとんどのプレイヤーは【ランス系】や【カッター系】といった刺突、あるいは斬撃属性を兼ね備えた魔法で左右の翼を狙い、《劣風竜《ワイバーン》》の動きを阻害し、そこをカレットとノルシィが装備や称号などで強化された『火魔法』で狙い撃つ。そんな、他のエリアとは違い特定のプレイヤーを軸に組み立てられた異質な作戦で戦っていた。

同じ称号を持っているノルシィの判断で、仲間の護衛などで西エリアに来る事を選んだ数少ない近接職のプレイヤー達が動けないカレットとノルシィを護衛するように周囲を固めており、このおかげでメイン火力たる二人が周囲を気にかけること無く、最大のパフォーマンスを発揮することが出来ているのがかなりのアドバンテージとして働いていた。

「私の魔法、受けてみろッ！【風炎槍《ふうえんそう》】ッ！」

「いくわよ〜。【混色ノ刃《コンショクノヤイバ》：赤緑】」

『グギガァァァァアァッ！』

『魔法合成』によって登録された【ファイアランス】と【ウィンドランス】の合成魔法【風炎槍】。同じく【ファイアカッター】と【ウィンドカッター】の合成魔法【混色ノ刃：赤緑】。

ともに、【ウィンド】によって強化された【ファイア】を相手に放つ、魔法二種類の合成魔法である。

と、こうして仕組みだけ聞くと単純に思えるが、効果は単体で放つよりもかなり強化されており、この二つの魔法によってイベントボスである《劣風竜《ワイバーン》》のＨＰが５％近く削れた事実がその火力を物語っているだろう。

改めて、『魔法合成』は二種類以上の魔法を組み合わせた魔法を登録し、それをオリジナル魔法として次回以降に使う事が出来るようになるという、複数属性を使う魔道士御用達のスキルである。

登録方法は簡単で、一度自力で成功した組み合わせの魔法が自動で登録され、それにメニュー欄から名前を付けることでそれ単体の魔法として発動可能になる。しかしＭＰ消費が普通に使うよりも多くかかってしまうと言うデメリットもある。

そういった効果を持つスキルであるが、その本質は、強みは、そこではない。まず、『魔法合成』に登録された魔法は『そういう魔法』として登録されるため、手動でやる場合と違い失敗する心配は無い。次に、登録された魔法は素となった魔法と切り離されるという事。つまり、カレットの魔法を例に挙げるならば【風炎槍】と【ファイアランス】【ウィンドランス】は別の魔法であり、MPが許すのならばこの三つを連続して放つことも可能という事。そして、『魔法合成』は別に合成魔法しか登録できないと言う訳ではないという事。他にも自由に名前を決められるなどというメリットもあるが、それはそれ。これらの強みがあるからこそ、『魔法合成』は強スキルなのだ。

「【ウィンドカッター】、【ウォーターカッター】、【アースカッター】、【ファイアカッター】」

ノルシィが四属性のカッター系魔法を連続で発動し、的確に《劣風竜《ワイバーン》》の左翼を引き裂いていく。魔法系スキルLv：2で使用可能になるカッター系の魔法は属性効果の他に、斬撃属性も兼ね備えている魔法だ。他にもランス系の魔法は刺突属性を兼ね備えているなど、魔法系スキルは意外と副属性が多く設定されているのだ。

「カレットちゃんはMP大丈夫かしら〜？」

「むぅ……さすがにそろそろ厳しいぞ……」

ノルシィの言葉にカレットが声を沈ませながら答える。カレットは対《劣風竜《ワイバーン》》におけるメイン火力となっているため、MPの消費が他のプレイヤーに比べてとても早いのだ。

「なら、これ使ってねぇ〜」

「これはッ……!?」

ノルシィから手渡されたのは、丸底フラスコの様な容器に入った毒々しい紫色の液体。飲むことで魔道士の命ともいえるMPを回復させる薬……MPポーションである。

「……なんだ？　自決用の毒か？」

「あらぁ？　知らないの？　というか発想が物騒ね」

「うむ、皆目見当もつかないぞ。発想が物騒……ぷふっ」

「…………カレットちゃんは魔道士よねぇ？　まぁいいわ、飲んでみてねぇ」

なにか色々な感情を飲み込んだようなノルシィが呆れを前面に押し出して呟くが、それも仕方がないことだろう。魔道士、特に一定レベル以上の実力を持っている者ならばMPポーションは必需品であり、よしんば持っていなくてもその存在くらいは知っていて当然の物なのだ。故に、それの存在を知らなかったカレットに驚きを禁じ得ない。ついでに、そんな型破りというには尖り過ぎたカレットに先を越されたのかと思うと、身に宿る五つが少し疼いてしまう。だが、当のカレット《一つ宿す者》は物珍し気にMPポーションを眺めると、毒々しいその液体をためらいなく喉の奥へと流し込む。

「それではお言葉に甘えて、ングッ、ングッ……おおッ！　MPが回復したぞ！」

「MPポーションだもの、当然よ～」

「こんな便利な物もあるのだな！」

「魔道士なら知っておくべきなんだけどねぇ～」

MPポーションを飲み干したカレットがまるで未知との遭遇を果たしたかのようにはしゃぎ、そんなカレットにノルシィが若干呆れたように額に手を当て、首を振りながら呟く。ノルシィ的に……というか魔道士的にMPの回復手段なしでどうやってここまで腕を上げたのか、カレットの身に宿るソレを加味してなお、首をかしげずにはいられないノルシィだった。

ちなみに、特化しすぎたことによる、量より質という一戦における魔法使用数の少なさと優秀な保護者によるＭＰ管理が、そしてカレットの知能がＭＰポーションを知らずにここまで来た真相だ。

「ぬ？　いや、待ってくれ確か……」

「あら？　どうしたのかしら？」

ノルシィの呆れた様な顔に一瞬気まずそうな顔をしたカレットだったが、何かを思い出したのかインベントリを漁り始めた。そして数秒後、ドヤ顔でノルシィにウィンドウを見せつける。

「あら？　カレットちゃんもＭＰポーションしっかり持ってるじゃない」

確かにそこには《ＭＰポーション×９》と言う表示が映し出されており、それを確認したノルシィの感心したような声に、更にカレットが言葉を続ける。

「うむ！　イベントが始まる前にトーカが持たせてくれたのを思い出したのだ！」

「あらら～結局カレットちゃんは知らなかったって事なのかな？」

持っている事には持っているが、持たせられたものなら結局はカレットがその存在を知らなかった事には変わらないので、結局ノルシィに呆れられてしまっている。

「だっ、だが見た目の割にＭＰポーションには味が無いな！　りんご味が良かったぞ！」

「あら、話を逸らしたわねぇ。でもまぁポーションに味が欲しいって言うのには賛成だけど、そこはグレープじゃ無いかしらねぇ？」

ＭＰポーションが抱える大きすぎる問題点。それは、まったく味がしないという点。水のようですらない完全な無味。しかも、飲むヨーグルトのように微妙にとろみを帯びているのだ。実感しないと分からないかもしれないが、味のしないとろみを帯びた物を口に入れるというのはなかなかに抵抗感を覚えるものなのだ。それこそ、味を切実に求められる程度には。

戦場にあるまじきほのぼのした雰囲気に護衛の近接プレイヤー達が若干呆れてしまっている。先程は呆れる側だったノルシィが今度は呆れられる側に早変わりしてしまっているのは彼女の人徳か。

「二人とも！　ほのぼのするのも良いけど攻撃もしてくれ！」

「了解だ！【風炎槍】ッ！」

「わかったわ～、【混色ノ刃：四ツ巴】～」

カレットが放った風と炎で構成された槍が《劣風竜《ワイバーン》》の右翼に風穴を空け、ノルシィによって放たれた火、水、風、土の四属性を持った刃が一斉に相手に襲いかかると言う凶悪なオリジナル魔法が既にボロボロだった左翼を完膚無きまでに破壊していく。もはや翼は使い物にならないだろう。両方の翼、主に左翼がズタボロになった事で、翼による飛行を維持出来なくなった《劣風竜《ワイバーン》》が錐揉み回転しながら地面に激突する。

《劣風竜《ワイバーン》》の強み、それは間違いなく空を飛べる事だろう。その強みが今、カレットとノルシィ二人のオリジナル魔法によって奪われたのだった。

「みんな！　今だッ！　一斉に行くぞっ！」

「「「「おおッ！」」」」

カレットの号令と【ファイアランス】を皮切りに多数のプレイヤーから大量の魔法が《劣風竜《ワイバーン》》を襲う。燃え盛る魔法の槍が《劣風竜《ワイバーン》》の胴体を貫き、水球が頭部で弾け、風刃が《劣風竜《ワイバーン》》の身体を切り裂き、土の爆弾が既にズタボロの翼に追い討ちをかける。しかし《劣風竜《ワイバーン》》もただ魔法に撃たれるがままではない、不用意に近付いてしまったプレイヤーを噛み砕き、時に自ら魔法の嵐の中を突き進み、尻尾で吹き飛ばしていく。

「ぐあっ！」

「おわっ！　大丈夫か!?　【ハイヒール】！」

「すまねぇ！　助かった！」

いかなる理由か魔法が有効な西エリアに来る事を選択した希少種な騎士のプレイヤーがカレット達に近付こうとする《劣風竜《ワイバーン》》の皮膚を浅く切り付けるが、その攻撃は大したダメージを与えられず、それどころか直後に尾による強烈な反撃によって吹き飛ばされてしまう。吹き飛ばされた騎士の辛うじて残っていたＨＰを、吹き飛ばされた先にいた神官が【ハイヒール】を使い回復させる。幸いにもその隙にノックバックの大きい打撃属性を含む【ハンマー系】の魔法が殺到し、《劣風竜《ワイバーン》》を押し止める事には成功する。

「分かっちゃいたけど物理がほぼ効かないのは辛いな……」

「そこは西エリアを選んだのだからしょうがないんじゃないかしら？　とは言っても、おかげで私達は『固定砲台』の効果を十全に発揮できる訳だしねぇ。それに、全く何も出来ないのもつまらないでしょうしねぇ～何かないかしら？」

前衛組を代表したプレイヤーの嘆きにノルシィが律儀に答えつつも首を傾げる。魔法特化の西エリアを選んだ自業自得とは言え、さすがにボス戦で何も出来ないのは辛いだろうとその奇特さに助けられている身として解決策を模索している様だが妙案は浮かばないらしい。

「だめだ……何もアイディア出ねぇ……」

「私もダメねぇ……他のみんなはどうかしらぁ？」

ノルシィが周りに訊ねるもいい反応は返ってこなかった。そんな会話をしていると、若干メイン火力の攻勢が衰えた隙を見逃さず、《劣風竜《ワイバーン》》が近くにいたプレイヤー達に雄叫びを上げながら突っ込んで行く。

《劣風竜《ワイバーン》》の巨体に見合わぬ素早い、半ば倒れ込むような突進は運悪く狙われた魔道士を、その近くにいた数人ごとまとめて一瞬で大地の染みに変える。

『グギガァァァァァアッ！』

突進で崩れた体勢を一瞬で立てなおした《劣風竜《ワイバーン》》は大きな咆哮を上げる。よく見ると、今の突進が最後の一押しになったのか、あるい突進の前からそうだったのか、ＨＰが既に半分を切っている。そのためのパターン変化だろうか、その咆哮には多少のダメージ判定があるらしく、巻き込まれたプレイヤーのＨＰが少なく無い量が減少する。

「半分切ったわぁ、パターン変わるわよぉ。気を付けてねぇ」

ノルシィの号令によりプレイヤー達が警戒を強める。しかしその中の数名ほどが動けずにいる。よく見ると動けていないプレイヤー達のＨＰバーの横にはスタンを示すアイコンが出ていた。どうやら、あの咆哮には《劣地竜《バジリスク》》と同じく確率スタン効果があったようだ。

『グガァァァァアッ！』

スタンにより動けずにいるプレイヤー達に狙いを定めた……かは定かではないが《劣風竜《ワイバーン》》はそ

の場で大きな尾をしならせ、素早くその身を翻しコマのように一回転する。ビュオウッ！　と風を切り裂くような、否、事実として風を切り裂いた鋭い音が辺りに鳴り響く。そして、それは風の刃として《劣風竜《ワイバーン》》を中心にしたサークル状で全範囲に撒き散らされる。

「おわっ⁉　よけ……いや、しゃがめ！」

咄嗟に状況を把握したプレイヤーの掛け声もあり、大体のプレイヤーがサークル状に展開される風刃をしゃがんで回避する事に成功した。《劣風竜《ワイバーン》》の体の大きさもあり、尾が描いた軌道に沿って発生する円状風刃は全範囲をカバーしているためかなり大きく後退しない限りどう避けようが当たってしまうが、その場でしゃがめば簡単に回避できるのだ。

「ぎゃぁっ！」

「ぐわぁっ！」

しかし、それはしゃがめればの話。咆哮によるスタンのせいでしゃがむ事の出来なかった数人のプレイヤーのほぼ全員がスポーンっと綺麗に首を撥ね飛ばされて死亡した。

『ほぼ』と言うのはスタンさせられていたプレイヤーの内の一人が、身長がとても低かったが為に円状風刃が頭の真上を通過して無事だったからだ。少し悲しそうな目をしていた気がするが気のせいだろう。あっ、スタンが解けて泣きながら崩れ落ちた。

そんな悲劇から少し経って、現在西エリアでは、恐らく身長にコンプレックスを持っていたのであろう一人のプレイヤーの心に大ダメージを与えた《劣風竜《ワイバーン》》の円状風刃をなかなか攻略出来ず、苦戦を強いられていた。

避ける事自体はそこまで難しくもなく、ただしゃがめばいいだけ。しかしそのしゃがむという行為がとても厄介なのだ。しゃがむ為には攻撃を中断しなければならず、《劣風竜《ワイバーン》》の追撃を回避する為に円状風刃を回避したらすぐさま立ち上がらなければならないと言う、強制バービージャンプをさせられるのだ。魔道士としてのステ振りをしているプレイヤーにはそれが地味に辛く、「ならしゃがみ続ければいいんじゃね!?」と閃いて匍匐前進を始めたプレイヤーは当然の帰結として真っ先に匠《ワイバーン》の手によって大地の染みに早変わりさせられる事となった。

なんということをしてくれたのでしょう。

「でかい図体で暴れまわりおって……！　飛んでいる時も厄介だが地上に降りてからも厄介だな！」

「カレットちゃん、焦らない、焦らない。焦ってもいい事なんて無いわよ～」

「むぅ……分かってはいるのだが……【風炎球《ふうえんきゅう》】！」

雄叫びを上げながらめちゃくちゃに尾を振り回している《劣風竜《ワイバーン》》にカレットは苦虫を噛み潰したような表情で【ファイアボール】と【ウィンドボール】の合成魔法である【風炎球】を放つ。しかし、暴風と炎で形成されたその魔法は、その巨体をぶんぶんと振り回して暴れ回る《劣風竜《ワイバーン》》の激しい動きに対応できず遥か彼方へと飛んでいってしまう。

ＨＰが半分を切ってからと言うもの、《劣風竜《ワイバーン》》の行動パターンが本能的と言うか理性の欠片もなく跳ねて転がって突進してと本当にしっちゃかめっちゃかに暴れ回るだけになってしまっているので遠距離攻撃が大変当てにくいことになっているのだ。全く当たらない訳ではないが、下手に理性的な行動をされるより全然当てにくいのだ。

加えて《劣風竜《ワイバーン》》の尻尾が振るわれる度にその直線上に高威力の風刃が発生するので危険極まりない。さすがに動く度に……と言う訳では無いが、尻尾の叩き付けや振り回しなど、尻尾による攻撃モーションには必ず風刃が付随するのでとても厄介な事になっているのだ。射程がそこまで長くないことが不幸中の幸いだろう。

それでも、攻めあぐねているなりにヘイトを集めたりなど頑張っている前衛組や色とりどりの魔法を放つ後衛組の努力もあって着々と《劣風竜《ワイバーン》》のＨＰは減り続けている。

荒れ狂う尻尾を、翼の殴打を、嚙みつきを、咆哮を、風刃を、時に避け、時に相殺し、時に仲間の屍を乗り越えて。戦い続ける。

「今度こそっ！　【風炎槍】【ファイアランス】【ウィンドランス】ッ！」

カレットが放った【風炎槍】は、追加で発動された【ファイアランス】【ウィンドランス】と手動で合成され、二発の【風炎槍】を束ねた【二重風炎槍】として暴れ回る《劣風竜《ワイバーン》》の背中を抉るように着弾し、ＨＰを確かな量削り取る。

「まだまだァ！　【二重風炎槍】【風炎槍】【ファイアランス】【ウィンドランス】ッ！」

あぁ、止まらない。赤い燐光を纏ったカレットはＭＰポーションという回復手段を得たことでタガが外れたのか、ひたすらに魔法を合成し、放ち続ける。

「あらあら、負けてられないわねぇ。【混色ノ四槍《ヨツヤリ》：赤緑】【混色ノ四矢《ヨツヤ》：赤緑】」

負けじと緑の燐光を纏うノルシィも合成魔法を放つ。暴風に煽られごうごうと燃え盛る魔法の槍が、赤と緑が混ざり合った矢が、《劣風竜《ワイバーン》》の傷ついた翼をさらにぐちゃぐちゃに破壊し、ひび割れた尾の棘を砕き、尾に比べて貧相なほどに細い足を穿つ。

『クギガァァァァァァッ！』

たまらず叫び声をあげのたうち回る《劣風竜《ワイバーン》》だが、それは先ほどまでの攻撃的なものではなく、痛みを僅かでも紛らわせようとする悲痛な暴走だ。そして、その隙を逃すようなプレイヤーはこの場にはいない。

「畳みかけるぞ！　【二重風炎弾】【二重風炎刃】【風炎槌】ッ！」

それぞれ【バレット】【カッター】【ハンマー】の魔法による合成魔法の連打が容赦なく《劣風竜《ワイバーン》》に襲い掛かる。ちなみに、【風炎槌】はＭＰの関係で二重にはできなかったとポーションを喉に流し込むカレットは悔しがっていた。それを皮切りにノルシィや他のプレイヤー達からも続々と魔法が放たれ、《劣風竜《ワイバーン》》を色鮮やかに彩っていく。悲鳴はスパイスだ。

「デカいの行くぞッ！　【五重風炎嵐】ッ！」

それは、諸々の効果で消費軽減してなお全回復したカレットのＭＰを一発ですべて持っていく圧倒的な大食いの魔法。カレットでなければ発動すらできないであろうその極大の魔法は、広範囲攻撃たる【ストーム】の火と風をどちらも五発ずつ、計十発を一つにまとめた頭が悪いとすらいえる足し算の産物。しかし、だからこそソレは絶大な破壊力を持って顕現した。

《ＥＢＯ》の魔法というのは、ある程度はその形態を使用者が制御することができる。無論、その魔法の本質を変えるほどの変化は望めないが、ある程度はサイズや形状を自由に変える事が出来るのだ。例えば、範囲攻撃の魔法を大きくしてダメージを多少犠牲に範囲を広げたり、貫通系の魔法をデフォルトより鋭くして貫通力を上げたり、といった具合に。

そして、今回カレットは【ストーム】の持つ攻撃規模を限界まで絞った。これにより、持ち味の範囲を犠牲に威力と密度を上げた魔法は、《劣風竜《ワイバーン》》の巨体を飲み込み、その威力のすべてが《劣風竜《ワイバーン》》ただ一匹に注ぎ込まれる。その威力は絶大で、《劣風竜《ワイバーン》》のＨＰがガリガリと削れ２割を下回る。

『グギガァァァァァァァァァァァァァッ！』

特化型魔道士であり今や《ＥＢＯ》最強の火魔道士といっても過言ではないカレットの最高火力を一身に受けた《劣風竜《ワイバーン》》はたまらず悲鳴を上げ、のたうち回るどころかボスの威厳もへったくれもなく破壊範囲から逃げ出す。這う這うの体で【五重風炎嵐】の範囲から抜け出した《劣風竜《ワイバーン》》はその瞳に明確な怒りの感情を込めてカレットを睨みつけている。

どうやらヘイトは完全にカレットに固定された様だ。カレットは鼻で笑《挑発》《し》った。

『グガガッ……グガァァァァァァァァァァァッ！』

怒髪天を衝く勢いで荒ぶる《劣風竜《ワイバーン》》はカレットを睨みつけ、両脚に思いっ切り力を込める。心做しかその脚には血管が浮き出ている様にすら見える。相当な力が込められているだろう所は想像に難くない。が、その足にも痛々しい傷跡が刻まれていて、力むたびに深紅のダメージエフェクトが噴き出ている。ちなみに、この傷を付けたのもカレットである。

そして、力をため切ったのだろう。一瞬の停滞の直後。《劣風竜《ワイバーン》》はその場でバク宙を繰り出した。《劣風竜《ワイバーン》》の身体が凄まじい勢いでその場で一回転する。すると当然、尋常じゃない勢いで

《劣風竜《ワイバーン》》の尾が撥ね上げられる事となる。結果、今までとは比べ物にならない威力の風刃がカレットたった一人目掛けて襲いかかる。

「【風炎じ……ぬおわっ!!」

咄嗟に合成魔法の【風炎刃《ふうえんじん》】で相殺しようとするが、MPを使い果たしてしまっているため発動できない。それ以前に圧倒的な速度で迫ってきた風刃はカレットが魔法を発動する前に目の前まで到達し、怨敵を真っ二つにせんとなおも突き進んでくる。

「うぐぁ……!」

「カレットちゃん!? 大丈夫かしら!?」

咄嗟に横っ飛びする事で真っ二つになる未来は避けられたが、さすがに完全に避けるという訳にはいかず、避けきれなかった左腕が断ち切られ、カレットの体も衝撃で吹き飛ばされてしまう。

「なに、HPと杖が残ってるならすべてはかすり傷だ……!」

「メンタルが男らしすぎるわねぇ……」

幸いにも被害は左腕とHPの九割だけ。杖はある。HPも残ってる。MPポーションだってある。場所を動いてしまったことで『固定砲台』の効果がリセットされてしまったのは痛いが、裏を返せば気にせず動き回れるようになったという事。状況は何も悪化していないとカレットが力強く叫ぶ。

「んぐぷはぁ! まだまだ私は戦えるぞ! というかなんだ今の攻撃は! 危ないだろう!?」

「攻撃だもの、当然よ……。この子、思考回路が好戦的過ぎてお姉さん心配になっちゃうわ……」

間一髪で《劣風竜《ワイバーン》》の超火力の風刃を回避したカレットはポーションを飲みながら起き上がり、

危険極まりない攻撃にぷんすこと怒りながら『緋杖』を構え直す。が、カレットもだいぶ危険な攻撃手段を持っているのでおあいこだろう。とはいえ、さすがにあの攻撃は危険と判断したようでノルシィもほんのりカレットのことを心配しつつ、尻尾狙いに切り替えるようだ。そしてカレットとノルシィが《劣風竜《ワイバーン》》の尻尾にカッター系の魔法……カレットは【風炎刃】、ノルシィは【混色ノ四刃】を放とうとしたその瞬間。

《北エリアのイベントボスが討伐されました》

《以降は北エリアに新モンスターが出現します》

《北エリア、東エリアの両イベントボスが討伐されました》

《以降は北東エリアに新モンスターが出現します》

北エリアのボスが討伐されたと言うアナウンスが響き渡る。そのアナウンスは《劣風竜《ワイバーン》》のＨＰとカレットの奮戦を見て鼓舞され、ラストスパートをかけようとしていた他プレイヤー達の耳にもしっかりと届いた様だ。

「ぬぁぁぁぁぁッ！　北にも負けたぁぁぁっ！」

「うわぁぁぁっ！」「くっそぉおおおおっ！」「ちくしょぉおおおおおっ！」

「みんな元気ねぇ～でも私も悔しいわねぇ～叫んじゃおっと。ちくしょ～」

別に競争とかをしている訳ではないが、東に引き続き北にも負けたという事が相当悔しかった様で、今この瞬間だけは目の前にいる《劣風竜《ワイバーン》》すらも意識の隅に追いやられ、プレイヤー達の悲痛な慟哭が各種魔法によって荒れ果てた草原に響き渡る。

若干一名《ノルシィ》は何処か楽しげな声ではあったが。

「むがぁぁぁぁぁっ！　東にも北にも負けた以上南にだけは絶対に負けられん！　というかお前ももう死にかけではないか！　《劣風竜《ワイバーン》》覚悟ッ！　【五重風炎刃】ッ！」

カレットも例にもれず相当悔しかった様で、回復したMPを即座にすっからかんにする五重を使って《劣風竜《ワイバーン》》の尻尾の付け根へ風炎の刃を叩きこむ。単品の【風炎刃】とは比べ物にならない威力を持った【五重風炎刃】が危険極まりない《劣風竜《ワイバーン》》の尻尾の付け根に大きな傷跡とダメージを刻み込んだ……が、切断には至らなかった。

「はい、ダメ押しよ～【混色ノ四刃《ヨツバ》：六ツ巴】」

『グ、ギィ……グァァァァッァァァッァァッ！』

ノルシィの攻撃魔法六属性すべてを合成した、もはや混沌と言っても過言ではない禍々しい見た目の刃がこれまた的確に【五重風炎刃】によって出来た傷跡へと叩きこまれ、《劣風竜《ワイバーン》》の尻尾が根元から切断される。

体の一部を失うという絶対的な苦痛に苦しげな咆哮を上げようとする《劣風竜《ワイバーン》》の口内に赤と緑の混ざった球体がスポッと投げ込まれた。

ドガァァァァァンッ！！！

『グギャァァァァァァァァァァァァァァ!?』

「大口を開けるのははしたないぞ。【五重風炎爆弾】をとくと味わえ」

MPポーションのせいで一発でMPを空にすることに抵抗を覚えなくなったカレットの【ボム】

を組み合わせた極大威力の爆弾が口内で爆ぜ、《劣風竜《ワイバーン》》の上下の顎が吹き飛ぶ。

ダメージの描写がマイルドにされていなければ直視できないほどにグロい状態になってしまっているが、幸いにもここはゲーム内。つまりは描写はマイルドになっているし、プレイヤーのメンタルはハイになっているため、全く問題はなかった。

「お、おうッ！　あの赤い嬢ちゃんの言う通りだッ！　負けてたまるかッ！」

「そ、そうだ！　そうだ！」「ま、負けないわよッ！」

そんなカレットの意気込みと派手な攻撃に感化された（若干引いている気がしないでもないが）他のプレイヤー達の士気も限界突破でグングンと上昇していく。

ＨＰが残り１割を切った事で発狂状態《バーサクモード》となった《劣風竜《ワイバーン》》も負けじと暴れまわるが、翼はズタズタ、尻尾は切断、顔面は爆散と満身創痍以上に満身創痍な状態ではさすがに分が悪い。《劣風竜《ワイバーン》》も必死の抵抗でプレイヤー達に反撃を与えていくが、ハイテンションだったり怒り狂っていたり（総勢一名）するプレイヤー達の猛攻の前にＨＰを着実に削られていき……。

『グルアァァァァァ……』

遂に《劣風竜《ワイバーン》》がその巨体を地に沈ませた。

「勝ったぞぉぉぉぉッ！」「やったわね～」「ウォォォォッ！」「シャオラァ！　こそぎ取ってウチ以下のチビにしてやっから死骸残せやァァァァァァッ！」「落ち着け！　目がガチだぞお前!?」

その時には大量にいたボス戦に参加したプレイヤーの数は、元の半分にまで減っており、生き残ったプレイヤー達のＭＰもほぼ空っぽになっていた。それでも、勝利には変わりない。

しばらくの間、西エリアには勝利の雄叫びが響き渡っていた。
《西エリアのイベントボスが討伐されました》
《以降は西エリアに新モンスターが出現します》
《北エリア、西エリアの両イベントボスが討伐されました》
《以降は北西エリアに新モンスターが出現します》

四節　理不尽VS理不尽

『頼む……待ってくれよ……そっちは……そっちはダメだ、ダメなんだ……アイツの、アイツがようやく手に入れた場所を壊させる訳には行かないんだよ……！』

触れぬ手を伸ばし、届かぬ声を紡ぐリベットは、必死に、縋り付く様に《劣地竜《バジリスク》》に声を投げかけ続ける。しかしその声は、その手はその巨大な背中に届く事はなく、《劣地竜《バジリスク》》は着実に町へと、彼の親友がようやく手にした工房のある東門へと近付いていく。

『ごめんな……止められ、なかった……本当に、ごめんなぁ……』

遂に膝を折り、その場に崩れ落ちるリベットの霊体。その口からは守れなかった悔しさと腑甲斐なさを混ぜ合わせた、ここには居ない親友への言葉と、彼の心情を何よりも雄弁に語る涙が零れ落ちていた。

しかし、そんな涙も、草原の地面を濡らす事すら出来ずに虚空に溶け、掻き消えていく。

「【――――】ッ！」

『……？』

膝を折り、地面に四つん這いになって無力感を噛み締めていたリベットはふと声が聞こえた気がして、顔を上げて辺りを見渡す。もしかしたら、他にも誰かが《劣地竜《バジリスク》》に挑んでいるのかもしれない。そう希望を持って《劣地竜《バジリスク》》に視線を向けるが、《劣地竜《バジリスク》》は先程までと全く変わらぬ様子で悠々と町へ向けて這いずっているままだった。

いや、『全く変わらぬ』と言うのは少し語弊があるだろうか。去りゆく《劣地竜《バジリスク》》の巨体に少し何かがまとわりついている様な気はしたが、それが何なのか、見間違いなのか、あるいは《劣地竜《バジリスク》》の新たな能力なのか。それはここからでは分からない。

『気のせい、か……』

落胆の声を零し、《劣地竜《バジリスク》》に向けていた頭を、もう一度地面に向けたその時。

「シャオラァ！【グラビトンウェーブ】ッ！」

『……！』

聞こえた、今度こそ聞こえた。気のせいではない。確かに誰かの《劣地竜《バジリスク》》へと挑む声が、リベットの耳に届いた。そして、視線を上げた先にいた《劣地竜《バジリスク》》は……。

ドガァオォオォオォオンッ‼

『キシュアァアァアァアァアァアァアッ⁉』

轟音と共に、冗談抜きで吹き飛ばされていた。

◇◇◇◇

時は少し遡り、東エリアのイベントボスである《劣地竜《バジリスク》》の出現地に空を跳びながら猛スピードで向かっているトーカへと場面は移る。

「イベントボスか……」

ヒャッハー達が《劣火竜《サラマンダー》》や《劣風竜《ワイバーン》》と戦闘を開始する少し前、北東エリアのモンスターを蹂躙して回っていたトーカがボソリと呟く。

その呟きに覆いかぶさるように《スタンピード・ベア》の断末魔の叫びと爆発音が響き、同時に【チェインボム】によって周囲に自身の受けた最終ダメージと同じダメージをばらまく熊爆弾によって五～六匹のモンスターが巻き込まれ光を散らしていく。

「ここは北東だから行くとしたら北か東だが……」

物思いに耽りながら片手間にボスを除くイベントモンスターで最強の《スタンピード・ベア》を殴り倒し、ついでに爆弾《リサイクル》にしてほかの敵も蹂躙していく様はどちらがモンスターか分かったもんじゃない。少し思案した後に、トーカは自らが挑むボスを決めた。

「北は多分リクルスが行くだろうし、俺は東かな」

そう呟くと同時に『跳躍』で跳ね上がり、『空歩』との合わせ技で恐ろしい速度で東へ向けて加速していく。その姿はまるで白い弾丸の様であったが、プレイヤー、モンスター含めそれを目撃できた者は居なかった。プレイヤーはここまで来ないので。モンスターは生き残れないので。

「意外と遠いな……。まぁ俺が奥に行き過ぎなだけなんだが」

自業自得ではあるが軽く愚痴りながら、この移動時間をどう潰すかを考える。この移動方法、最初は慎重にやる必要があったが慣れてくると意識しないでもできるんだよな。なんというか、自転車みたいな感じだ。

◇◇◇◇

という事で、時間つぶしに取得した称号やらを確認する事にした。まぁ確認とは言ってもそこらのモンスターに使ってる時間は惜しいのでわざわざ足を止めたりはしないが。

とりあえず、最初に確認するのは『呪術魔法』とやらだ。名前からしてなんかヤバそうな感じがしてくる。……ふむふむ。この魔法の効果は、簡単に言えば『付与魔法』の逆バージョンといった感じか。まぁ取得条件的にそんな感じはしてたが。

ちなみに取得条件は『付与魔法Lv：5』かつ『外道』の所持、あとは一定以上のINTでした。レベル1で使用可能になるのは【脱力の呪い】と【貧弱の呪い】の二つだった。前者は相手のSTRを下げる呪いで、後者はVITを下げる呪いだ。しかも『付与魔法』には無い効果まで付いている。どうもこの魔法で与える呪い《デバフ》は呪いと言うだけあって、持続時間が長い。

と言うか術者が解かない限り自動回復することは無く、解呪も術者が解く以外では『解呪』という専用のスキルや高レベルの『回復魔法』で取得可能な【カースキュアー】という魔法で解くか、あるいは解呪用のアイテムを使うか死ぬかという簡単には解けない実に厄介な性能を誇っている。

まぁ強みがあれば弱みもある。という事で『呪術魔法』には『付与魔法』にはないデメリットが存在する。それは、『呪術魔法』を発動する際には実際に詠唱、より正確に言うなら呪文を唱えなければならないのだ。

いい年して厨二な呪文を公衆の面前で口走るのも、恥ずかしいと言えば恥ずかしいのだが、そこはゲーム内と言う事で現実よりは（心への）被害が少ないだろう。それに、人によってはノリノリでできるだろうしな。しかし、真に厄介なのは途中で呪文を唱えるのを止めてしまうとその呪いは失敗し、呪い返りを起こす。要するに、自分にその効果が発動してしまうのだ。

これが実に厄介で、呪文を唱えているからどんな呪いなのかも丸分かりだし、妨害して呪文を紡ぐのを中止してしまえばMPを使って自分にデバフをかけることになる。

まぁMPに関しては心配ない。と言うのも、イベントの準備期間の間にメイにMPポーションを頼んでおいたのだ。無理そうなら別に大丈夫だとは伝えたが、しっかりと当日までに10本も用意してくれた。それに俺が作った4本も加えて計14本のMPポーションを所持している。

メイから貰ったMPポーションの方が圧倒的に性能がいいと言うね。一応俺も『調合』は持ってるんだけどな……。

まぁそれは置いておいて、そのMPポーションを魔道士のカレットには9本渡し、残りの5本は俺が持っている。リクルス？　アイツはMP使わねぇだろ。カレットに持たせたのはすべてメイ作の高い効果を持つポーションだ。俺が作ったものの倍以上回復するんだけど材料は同じだよね？

「ただ……カレットは俺が渡したMPポーションの事覚えてるのか？」

不安な点はそこだ。イベント直前の慌ただしい時に渡した俺も悪いとは思うが、カレットが受け取るときに「？　よく分からんが了解だ！」と言っていたことを思い出して若干不安になった。

「相手のＶＩＴを下げられるってのはありがたいな。火力が更に伸びる。というか、この移動で『空歩』と『跳躍』もレベルがガンガン上がるし、一回でいいから全力で【グラビトンウェーブ】打ってみたいな……」

そんな恐ろしい事をボソッと呟くトーカ。運営の「やめて！」と言う声が聞こえてくる様だ。

「にしても、意外と遠いもんだな……一応『疾走』も発動してるから結構速いはずなんだが……」

まぁ遠くにいるものは仕方ない。称号の確認を続けよう。

まずは『呪術魔法』と同時に手に入れた『呪術師』。

＝＝＝＝＝＝＝＝＝＝＝＝＝＝＝＝＝＝＝＝＝＝＝＝＝

『呪術師』

呪術に手を染めた者の証

＝＝＝＝＝＝＝＝＝＝＝＝＝＝＝＝＝＝＝＝＝＝＝＝＝

うん、大丈夫。まだ使ってないから。多分これから使うけど。まだ使ってないから。

別に呪術が悪って訳じゃ無いし。『呪術魔法』持ってる時点で『外道』確定？　ぐうの音もでないね。

次だ次！


＝＝＝＝＝＝＝＝＝＝＝＝＝＝＝＝＝＝＝＝＝＝＝＝＝＝

『恐怖の体現者』
圧倒的恐怖を齎す者の証
威圧系スキルの効果上昇
常時威圧（弱）を発する
初対面のＮＰＣの反応に影響

＝＝＝＝＝＝＝＝＝＝＝＝＝＝＝＝＝＝＝＝＝＝＝＝＝＝

まぁ……さっきはやりすぎた感はあるよな。ちょっと空跳んで頭冷やす（物理）したら流石にやりすぎたと思ったよ、うん。ただねぇ……常時威圧はちょっと……これ威圧オフに出来るの？

あっ、出来ない。そうですか。スキルとは別ににじみ出る恐怖ってことですか。そうですか。

ＮＰＣにもビビられやすくなりましたってか？　これもオフ……出来ませんよね知ってた。

次ぃ！


＝＝＝＝＝＝＝＝＝＝＝＝＝＝＝＝＝＝＝＝＝＝＝＝＝＝

『危険人物』
とても危険な人物である証
もうやだこの人……ホント怖い……
初対面のＮＰＣの反応に影響

＝＝＝＝＝＝＝＝＝＝＝＝＝＝＝＝＝＝＝＝＝＝＝＝＝＝＝＝＝＝＝＝＝＝＝

なんか称号のテキストさんからも怖がられてるんだけど。別に常時危険人物って訳じゃないぞ？

え？　たまにでも危険になるなら危険人物？　…………………危険でごめんなさぁい！

次ぃ！（泣）

＝＝＝＝＝＝＝＝＝＝＝＝＝＝＝＝＝＝＝＝＝＝＝＝＝＝＝＝＝＝＝＝＝＝＝＝＝＝＝

『殺戮者』
大量の命をいとも容易く奪う者の証
複数体同時攻撃時に対象の数に応じて与えるダメージが最大五倍まで上昇する

＝＝＝＝＝＝＝＝＝＝＝＝＝＝＝＝＝＝＝＝＝＝＝＝＝＝＝＝＝＝＝＝＝＝＝＝＝＝＝

これはもう運営側が全力で【グラビトンウェーブ】をぶちかませと言っているようなものでは？

というか、最大五倍ってマジで言ってる？　倍率おかしくない？　え？　一体につき１％上昇？

つまり四百体を一気に攻撃しないとそこまでの効果は発揮されないのか。よか…………いやよくねぇよ？　これ今後四百体以上の敵と一度に戦う機会があるって言ってるようなもんだろ。
ネクスト！

＝＝＝

『意思を持った災害』
一個体でありながら災害級の脅威である証
範囲攻撃の威力上昇
破壊可能オブジェクトへの影響増加

＝＝＝

え？

＝＝＝

『破壊の権化』
圧倒的破壊を齎す者の証
範囲攻撃の威力上昇
破壊可能オブジェクトへのダメージ増加

＝＝＝＝＝＝＝＝＝＝＝＝＝＝＝＝＝＝＝＝＝＝＝＝＝

えぇ？

この二つと『殺戮者』で【グラビトンウェーブ】ぶちかませってこと？

いいの？　やっちゃうよ？

……いや、とりあえず保留にしよう。大変なことは後で考えるのに限る。

ラスト！

＝＝＝＝＝＝＝＝＝＝＝＝＝＝＝＝＝＝＝＝＝＝＝＝＝

『爆弾魔』

大量に爆殺した証

爆発で与えるダメージが1・2倍になる

＝＝＝＝＝＝＝＝＝＝＝＝＝＝＝＝＝＝＝＝＝＝＝＝＝

へぇ、【チェインボム】も爆殺判定に入るんだ。これが今回では一番マシかな？

爆発ダメージって事は【～ボム】系の魔法でも効果はあるのかな？（光の消えた瞳）

なんか、普通とはかけ離れ過ぎてる気はするけどもうなんか『そういうもん』で受け入れられそうだ。思考放棄とも言う。っと、どうしたもんかな……。称号の確認も終わったぞ？

そうだ、そういや【グラビトンウェーブ】による大災害でレベルが3も上がったのにステータスポイント振り分けてなかったな今やっちゃうか。…………はい、振り分け終了。

50あったSPを全てＩＮＴに割り振りましたっと。特に悩む事も無いしステータスポイントの割り振りはすぐ終わった。さて、どう時間を潰そうか……。

っと、そうこう言ってる間にボスっぽいのが見えてきたな。

「あれは……でっかい蛇？　アイツがボスか？　ってか何でプレイヤー達は攻撃しないんだ？」

悠々と町へ向かっていくボスと思しきモンスターをプレイヤー達が傍観している事に違和感を覚えながらも『空歩』と『跳躍』に『疾走』と『縮地』を駆使して近付く最中。それは起こった。

「あっ！　誰か飛び出した！　スゲェ！　っておわっと！」

他のプレイヤーが傍観している中一人だけ飛び出したプレイヤーがボスモンスター（暫定）の噛み付きを回避してからの眼球に槍を突き刺すシーンを『遠見』で観察し、思わず声を上げてバランスを崩し落ちかける。何とか体勢を立て直し、その瞬間。あのシーンも目撃してしまう。

「うわぁ……あれはキツイな……」

目に槍を突き刺したままの大蛇（暫定ボス）がめちゃくちゃに尾を振り回した後に槍を突き刺したプレイヤーに尾を振り下ろし続ける。ひたすらに、ただひたすらにプレイヤーごと地面を叩き続ける大蛇の攻撃を受け続けるプレイヤーに同情を禁じ得ない。

「あんなん見せられたら流石に硬直しちゃうのもしょうがないか……ってあれは……」

先程一人飛び出し、暫定ボスの大蛇に尻尾で滅多打ちにされたプレイヤーが透けた霊体の状態で

（確か蘇生待機中だったか）大蛇に力なく手を伸ばし、項垂れてしまった。

何となく分かった。彼には何か必死に守りたいものがあったのだろう。それこそ、誰もが動き出せない中、たった一人でも強大な敵に立ち向かえる程には。

「アイツ……カッケェな」

自然と笑みがこぼれる。

「よし、どこまで出来るかは分からないけどアイツを全力でぶっ飛ばそう」

元々東エリアのボスモンスターは標的ではあった。しかし名前も知らない彼の勇姿を見せられた今、仮にアイツがボスモンスターでなくても絶対にぶっ飛ばしてやろうという決意が沸き上がる。

先程確認したばかりの新たなスキル、『呪術魔法』の呪文を唱え始める。射程距離外だが、『呪術魔法』は発動ワードを唱えた時に効果が発動するので、射程距離外で呪文を唱えようが発動時にさえ射程内なら関係無いのだ。そういう訳でなるべく人に聞かれないように距離がある内に、自身にいつものバフを掛けてから味のしないMPポーションを呷り、覚悟を決めて呪文を唱え始める。

「我が言の葉に、あらん限りの呪詛を込めて。汝を蝕む呪いは我が祈り。【その身、儚き硝子細工の如くなりて】。願わくば我が祈り、汝を縛る枷とならん事を。そう、これは呪いの言葉。ソレは」

今俺が唱えているのはVITを下げる【貧弱の呪い】の呪文。硝子細工の如くと言うが、実際にVITを半減させると言うレベル1から使えるとは思えない強力な効果を持っている。

とは言え、純粋に半減にする訳では無い。それだと流石に強すぎるだろう。『呪術魔法』は込めたMPによって相手のステータスを最大で半分減少させる。また、ボスなど相手によっては効き目が悪い事もある。MPを全て注ぎ込めば半減する。つまり注ぎ込むMPと減少する数値比率は2：1となっている。しかも、『呪術魔法』で消費したMPはその呪いが解かれるまで回復しないので、実質MPの上限を削って使用するという他の魔法にはないデメリットを抱えている。MPポーションがあるから平気、じゃないんだよ過去の俺……。

ちなみに、呪文は基本的な部分は同じだがその中に含まれる特定の文言を切り替えることで言葉によって効果が変わってくる。っと、そろそろ効果範囲か。

「【貧弱の呪い】」

『呪術魔法』の射程圏内に大蛇を捉えた瞬間、早速呪いを発動する。

今回はMPの半分を注ぎ込んで対象のVITを25％減少させる程の呪いに仕上がっている。幸いな事に射程ギリギリから発動したおかげか、あるいは俺の現在地のおかげか、大蛇の意識が俺に向いている様子はない。

一度地面に着地して『空歩』の回数をリセットすると『隠密』の発動を確認し、『跳躍』と『空歩』そして『疾走』を組み合わせ、ステータスに物を言わせてガンガン加速していく。

「ここ……！」

そして大蛇……やはりボスか。名前は《劣地竜《バジリスク》》と。ビッグネームじゃねぇか。

丁度背後から接近する形になった《劣地竜《バジリスク》》から5ｍほど離れた位置に来た所で『縮地』を発動し、《劣地竜《バジリスク》》の顔の下に移動する。

突然だが《ＥＢＯ》の『縮地』についての豆知識、あるいは小技を少し。

一つ、『縮地』は足が地面（『空歩』の足場など本当の地面でなくても可）に着いた瞬間に発動する。

これは走ったりしてる時でなくても、その場で軽く足踏みしても発動するという事だ。

二つ、『縮地』で移動する前の状態などは縮地先に引き継ぐかは任意で決められる。判断していない時は失われる。

これは全力ダッシュ中に『縮地』をした時に縮地先でもその加速は引き継いだままダッシュを続ける事も出来るし、急停止も出来るという事だ。

三つ、『縮地』出来る最長距離以下なら好きな距離を任意で移動可能。判断していない時は最大距離で発動される。

これは例えば『縮地Ｌｖ：５』のプレイヤーは５ｍ以下なら好きな地点に移動する事が出来ると言う事だ。それこそ１㎝でも１㎜でも大丈夫なので、何かに吹き飛ばされた時に地面に足さえ着ければその場に縮地すれば衝撃を受け流せるという事だ。もちろん物凄いシビアな判定なうえにそれをしっかり認識して意識しないと失敗するかなり難易度の高い小技だが。

四つ、障害物があっても回り込めたり、通れたりする程度の隙間があれば無視して移動出来る。

これは、例えば大盾を装備したプレイヤーの真後ろになら少し回り込めば行けるので移動可能だが、ダンジョンなどの壁を無視して向こう側に行く事は出来ないという事だ。

これらの小技はイベントの準備期間に少し『縮地』について検証している時に発見した技だ。そして今回俺はこの豆知識と言うか小技を全て使用する。

一つ目の小技で『空歩』の足場で『縮地』し、二つ目の小技で今までの加速を全て引き継ぎ、三つ目の小技でちょうどいい位置に移動し、四つ目の小技で《劣地竜《バジリスク》》の目の前（の下）に移動した。

そして、相手のＶＩＴを大きく減少させ、自身のステータスは最大限まで強化し、称号による諸々の効果を乗せた、俺が今放てる最強の一撃を《劣地竜《バジリスク》》の下顎に全力で打ち込む！

「オラァッ！【アースクラッシュ】ッ！」

ゴパシャッ!!

諸々を乗せた渾身の【アースクラッシュ】は綺麗に《劣地竜《バジリスク》》の下顎に叩き付けられ、決して生物から鳴ってはいけないような音とともに《劣地竜《バジリスク》》の巨体を打ち上げる。

『ギシュアアアアアアアアアアアアッ!?』

完璧な不意打ちを下顎にモロに食らった《劣地竜《バジリスク》》は面白い様に吹き飛んでいった。

「おっわぁ……派手に飛んだなぁ」

《劣地竜《バジリスク》》に盛大な不意打ちを成功させたあと、スタっと地面に着地し、亀甲棍を肩に担ぎ直す。

そして15ｍほど吹き飛ばされ、草原に仰向けに転がっている《劣地竜《バジリスク》》を左手を目の上に当てて眺める。のたうち回ってら。

「っと忘れる所だった、【リヴァイブ】、続いて【ハイヒール】っと」

俺の近くで顔を引き攣らせて呆然と《劣地竜《バジリスク》》を眺めていたプレイヤー（霊体）を蘇生させる為に【リヴァイブ】を発動し、ＨＰが１しかないのでついでに【ハイヒール】で回復させる。覚えておいてよかった【リヴァイブ】。地味に覚えるための条件が大変なんだよな。

回復させ終わったら、少なくなったMPを補充する為に味のしないMPポーションを喉に流し込む。MPが半分しか使えないからこまめな回復が重要だ。

うっへぇ……味がしないって想像以上に不味いな。いや、不味いと言うか体が受け付けない感じか。平常時に飲むのは辛いな……『料理』もあるし味付けられないかな？　イベント終ったら試すか。

「おーい、流れで蘇生させちゃったけど大丈夫だったか？」

膝立ちのまま呆然としているプレイヤーに声をかける。

「……あ、え？」

自分達を今まで散々苦しめてきた《劣地竜《バジリスク》》が、目の前で勢いよく吹き飛ばされていくという光景に、脳の許容量が一瞬でオーバーしてフリーズしていたリベットは《劣地竜《バジリスク》》を吹き飛ばしたと思われる、神官服に身を包み狐のお面を被ったプレイヤー……トーカに声をかけられて、彼の意識が現実に帰還する。

「何が……起こったんだ？」

「アイツは俺が吹っ飛ばした。多分あれボスだよな？」

「……あぁ、だが……あれを吹き飛ばした？　どういう事だ？」

現実に帰還したからと言って理解が追いつく訳じゃ無いので、未だに脳内に疑問符が乱立しているリベットは疑問を口にする事しか出来ない。むしろ、話しかけられたから反射的に返事が出来てるだけであってこのまま放置されたら他のプレイヤーのように絶句し続けていただろう。若干一名は別の方向で絶句しているような気がしなくもないが。

「いや、うん、まぁ色々スキルとかでブーストかけてな？」

「そ、そうか……」

当然の疑問に仮面の下の表情を苦笑いの形に歪めながらトーカが倒れ込んでいるリベットに手を差し出し、反射的にリベットはその手を掴み立ち上がる。

「それで……蘇生させて大丈夫だったたか？」

「あ……あぁ、むしろ蘇生してくれて助かったよ。俺はリベット、君は？」

「そうか、自己紹介がまだだったな。俺はトーカだ、よろしく」

「トーカって言うのか、こちらこそよろしく」

軽く自己紹介を交わし、二人とも《劣地竜《バジリスク》》に視線を戻す。そこでは、既に起き上がった《劣地竜《バジリスク》》が殺意を漲らせながら二人をというかトーカを睨み付けていた。

「俺は絶対に町を壊させる訳には行かないんだ。その為にはアイツを倒さなきゃいけない。それで……トーカ、協力してもらえるか？」

「おいおい、ここに来てそれにノーって言う奴はいないだろ。俺もボスと戦いたくて来てんだぞ」

リベットの協力要請に即決で頷く。ここでノーって言ったら俺はただのバカだろ。

「ところでリベットの武器は……アイツの目に刺さってるあれか？」

「あぁ……目ん玉にぶっ刺したら怒り狂って尻尾で滅多打ちされたからな……」

「そりゃ目に槍をぶっ刺されたら怒り狂うだろ」

俺が軽く突っ込むとリベットは「確かにな」と軽く笑う。っと《劣地竜《バジリスク》》がそろそろ戦闘再開しそうなので、先程までの若干緩んでいた気分を引き締める。

「予備はあるか？　俺があれ《槍》取ってくるまでの繋ぎだが……」

「前まで使ってたのがまだあるが……ん？　取ってくるってどういう事だ？」

「それは……こういう事だよッ！」

そうリベットに伝えると『縮地』と『跳躍』を駆使して《劣地竜《バジリスク》》の頭部の真後ろに移動する。

そして『空歩』と『跳躍』を合わせて思いっ切り踏み込み、体を加速させる。

「ハアッ！【スマッシュシェイク】ッ！」

ズガンッ！

『シュアアアアアアアッ!?』

先程の【アースクラッシュ】程の馬鹿げた威力では無いが、『不意打ち』に『外道』などがしっかりと発動した【スマッシュシェイク】は的確に《劣地竜《バジリスク》》の後頭部に打ち込まれる。

「からの、食らえ！【インパクトショット】ッ！」

『シュアブアッ!?』

《劣地竜《バジリスク》》が強制的にお辞儀させられる瞬間に、『跳躍』と『空歩』で三角飛びの要領で移動して《劣地竜《バジリスク》》の降ってくる頭の下に回り込み、【インパクトショット】で頭をかち上げる。出迎えアッパーだありがたく受け取れ。

「届……けッ！」

そして、跳ね上がっていく《劣地竜《バジリスク》》の頭部を追いかける様に『跳躍』で跳び上がり、真上に向けられている《劣地竜《バジリスク》》の鼻っ面に足を引っ掛けて方向転換し、眼球に突き刺さったままの槍を手で掴む。

「よしッ！　後は離脱だけ、だッ⁉」

槍を引っこ抜こうと持つ手に力を込めると、その際の痛みが原因か《劣地竜《バジリスク》》がいきなり頭を振り回し始めたせいでバランスを崩し、投げ出されてしまう。

「あっぶねぇ！　急に頭振るんじゃねぇよッ！」

なんとか空中でバランスを取り『空歩』と『跳躍』で、《劣地竜《バジリスク》》から距離を取ってリベットの近くに着地し、《劣地竜《バジリスク》》に怒鳴りつける。

どうやら変な熱が再燃し始めた様だ。言動が荒くなるのが分かる。

「トーカ……お前は神官なんだよな？」

「……？　あぁ、そうだが……それがどうした？」

「……いや、何でもない（あっるぇ？　神官ってそんな動きするジョブだっけ？）」

神官ってなんだと頭を悩ませているリベットに悩みの原因《トーカ》から声がかかる。

「ほれ、槍。なんとか取ってこれたぞ」

「あ、ありがとう……（うん、絶対に違う。でも……あれだ、気にしたら負けってやつだ。気にしないでおこう）」

リベットは若干頬を引き攣らせながらトーカから槍を受け取る。短時間にいろいろありすぎて決して万全とは言い難い精神状況だったが、武器を手に持った瞬間気が引き締まる様な感覚を覚える。

（あぁ……やっぱり武器があると無いとじゃ感覚が全然違うんだな……）

改めて武器があるという事のありがたみを実感させられたリベットは（それが現実で必要な実感かは別として）一度大きく深呼吸をし、気持ちを入れ替える。

「リベット、ダメージ量的にアイツのヘイトは俺に向いてる。だから俺とは別方向から攻撃してくれ。俺の攻撃の威力はさっきよりは落ちると思うが……ヘイト的にもまだ大丈夫だろう」

「そうなの……あぁ、そうだな。多分相当変な事しなきゃ俺にヘイトは回ってこないだろうな」

トーカの発言に一瞬訝しげに《劣地竜《バジリスク》》に目をやるが、そのHPが既に残り4割を切りそうになっているのを見て納得する。

（……いやいやいや！　ダメージ量おかしくないか⁉　何で数十人でようやく3割削れる程度なのにトーカの数発で同じくらい削れるんだ⁉）

あまりに自然な言い方だったため一瞬納得するものの、有り得ないダメージ量を見て心の中でパニックになるリベット。そして彼は……考えるのをやめた。

（いや、もうそう言うもんなんだろう。考えてもしょうがない。それよりも今は《劣地竜《バジリスク》》を倒せる可能性が高くなってきた事を喜ぼう、そうしよう）

◇◇◇◇

「よし！　行くぞッ！　【マジックアップ】【アタックアップ】、【アジリティアップ】！」

大きな声と共にリベットに『付与魔法』で強化を施してから、《劣地竜《バジリスク》》の真正面に向って走り出す。勢いでごまかそうとしてるわけじゃないよ？　ほんとだよ？

「ハァァァッ！　……って流石に何の補正も乗らないアーツすらない素の一撃じゃダメージらしいダメージは通らないか」

亀甲棍で何発か《劣地竜《バジリスク》》を殴り付けるが、トーカの攻撃力を頭おかしいレベルにまで引き上げている称号達が今回は珍しくほぼ何も発動していないため、《劣地竜《バジリスク》》にかかっている呪いと自身にかけた強化だけの攻撃ではろくなダメージが入っていない。

ＨＰバーの減りを見ても、リベットの方もそうなのだろう。さすががボスモンスターなだけはある。

それでも、トーカの乱入によって事態が好転したことで意識が復活した他のプレイヤー達も戦線に復帰し、勢いに乗ってなんかあからさまに弱点っぽい額の傷跡とか顔面とかをメインにちまちまと殴り続けていると、しばらくして《劣地竜《バジリスク》》のＨＰが２割を切った。

「ここまで来たぞ！　押し切れ！」

「「「ウォォォォッ！」」」

すごいな……全体の士気が高い。俺が来る前に何かあったのか？　って、そりゃめちゃくちゃ強いボス相手に苦戦し続けたら鬱憤も溜まるか。その気持ちはよく分かる。

『シュアアアアアアアアアッ！！！』

「って、危ねぇッ！」

ＨＰが２割を切った途端に、《劣地竜《バジリスク》》がその巨体を振り回し始めたので、慌てて離脱する。リベットや他のプレイヤーも同じタイミングで離脱したようで、《劣地竜《バジリスク》》から少し離れた位置に移動させられてしまった。

「ＨＰ２割切ったぞ。ここからが正念場だな」

「あと２割、されど２割って事か」

そう短く言葉を交わした俺達は、《劣地竜《バジリスク》》の巨体振り回しが終わったタイミングで再び突撃しようとするが、それよりも早く《劣地竜《バジリスク》》が新たな手札を切る。

『シュアアアアアアッ！』

《劣地竜《バジリスク》》がプレイヤー達を睨み付ける。そして、灰色の瞳が一瞬チカッ！　と光ったと思った瞬間、体が少し重くなった様な感覚に囚われた。

「なんだ、これ？」

そんな違和感に言葉を漏らし、視界の隅に出現したデバフアイコンに目がいく。そこには見慣れない、灰色の剣が中心からへし折れているアイコンが出現していた。そのアイコンが何を示すかを確認しようとする前に、同じ事をしたらしいプレイヤーの一人が震える声で言葉を漏らす。

「なんだこれ……！　ＳＴＲがゼロにされてる！」

「はぁ!?」

確認したプレイヤー曰く、ステータスにおけるＳＴＲの基礎値（素のステータス）がゼロになってしまっているらしい。しかも効果時間は六十分と超長い。というか自然解除まで待ってたらイベント的にも防衛的にもタイムアップだ。幸い装備などによる補正はそのままになっているので、攻撃してても全くダメージが無いと言う事にはならないらしいが……。

はたして《劣地竜《バジリスク》》に装備補正だけのＳＴＲでの攻撃が効くのだろうか。

「厄介な状態異常だな……【キュア】！」

「できるだけまとまってください！　【エリアキュアー】！」

厄介な状態ではあるが状態異常ならばと『回復魔法Ｌｖ：１』から使える状態異常を治す【キュア】を発動する。同じタイミングで、小学生くらいだろうか、小さな少女がプレイヤーをまとめてより上位の【キュアー】を範囲内の全員に付与するエリア化して発動する。

やべ、自分のことしか考えてなかった。

あんな小さい子が周りを気遣ってるってのに俺は……いくらハイになっていつも面倒を見てる二人がいなくて油断してたとはいえ神官としてこれはどうなんだ……？

自分の小ささに打ちひしがれている間に、【エリアキュアー】のエフェクトに包み込まれる。

だが、エフェクトは起これど何も変わらない。どうやら、【キュアー】では解除できないらしい。

え？　俺の【キュア】はって？　みんなを気遣うあの子が使った【キュアー《上位互換》】がダメなのに自分のことしか考えてない俺の【キュア《下位互換》】が有効なはずないわな。

「あう……ごめんなさい……。ダメみたいです……」

状態異常が治せなかったことに、あの小さな女の子の顔が申し訳なさそうに歪む。

「回避できたのか、あるいは解除用のギミックがあるのかは分からないが……魔法とかじゃこのデバフは解除できないみたいだな」

「そんな……」「あぅ……」

思考をまとめるために呟いた俺の言葉に、リベットがショックを受けた様に俯く。それもしょうがないだろう。ようやく見えた希望が更なる絶望で塗り潰されてしまったのだから。

ついでに、聞こえていたらしい神官の女の子の表情がさらに曇る。ちがっ、別に責めるとかじゃないし君が気に病むことじゃないから……！　俺みたいな自分のことしか考えてない上にMPケチった奴のいう事なんか気にしなくていいから……！

『シュアァァァァァァァァァァッ！』

「何で……守れなかったんだろうなぁ……」

STRというこの場で最も頼りになる力を封じられたことでお通夜ムードの漂うプレイヤー達の集団に、ここぞとばかりに飛びかかってくる《劣地竜《バジリスク》》。

それを見たリベットは諦めたように、あるいは絶望したように乾いた笑みを浮かべる。神官少女や他のプレイヤー達もおおむね似たような反応をしている。

確かに絶望的な状況だろう。抗う手段を奪われ、蹂躙されるしかないこの状況は。

しかし、ここにはヒャッハーがいる。ちょっと自分の矮小さにダメージを受けているヒャッハーが。そんなヒャッハーは改めてこのデバフの内容と自身のステータスを吟味し……。

「ふむ、STRの基礎値がゼロ……か。問題無いな」

そう呟いた。

STR《抗う手段》を奪われたリベットが半ば絶望に心を飲まれかけ、それでもなお半ば無意識に槍を構えている横で、同じ状態異常にかかっているはずのトーカは何故か余裕そうな笑みを浮かべて亀甲棍を振りかぶり、一歩踏み出した。

「【アースクラッシュ】ッ！」

踏み込みと同時に発動した『縮地』で《劣地竜《バジリスク》》の顎の下に移動したトーカは、思いっ切り亀甲棍を振り上げ、《劣地竜《バジリスク》》の下顎に【アースクラッシュ】を打ち込む。

ＳＴＲがゼロにされる。それはあらゆる物理攻撃を封じられたに等しい、『亀甲棍』や『？？？の短剣』などの補正がかかってるとはいえ、それだけでは飛びぬけて高い防御力を持つイベントボスである《劣地竜《バジリスク》》には大したダメージは与えられないだろう。

しかし、そうはならなかった。

ドゴォオンッ！

『キシュァアアアアッ⁉』

死角から振り上げられた【アースクラッシュ】に反応出来なかった《劣地竜《バジリスク》》はとても素のステータスのＳＴＲ値がゼロとは思えない攻撃力を持った一撃に吹き飛ばされ、そのＨＰを３％ほど減らし、またしても草原に仰向けに転がされてしまう。

「ふぅ……よし。やっぱ割と大丈夫だったな」

「え、ちょ、どういうことだ⁉」

大丈夫だろうとは思っていたが、万が一という事がある。少しばかり不安だったが、しっかりとダメージを与える事が出来たようで何よりだ。確かな手ごたえにほっとしていると、混乱した様子のリベットが駆け寄ってくる。

え？　何でＳＴＲゼロにされてるのにそんな火力が出るのかって？　それは単純。この前の洞窟での戦闘で取得した称号、『撲殺神官』のおかげだ。

今の俺の火力の大部分を支えてくれている、その効果がこちら！


＝＝＝＝＝＝＝＝＝＝＝＝＝＝＝＝＝＝＝＝＝＝＝＝＝＝＝＝＝＝

『撲殺神官』
神官なのに撲殺し続けた証
打撃系武器装備時、ＩＮＴの値をＳＴＲに加算する
ねぇ、あなた聖職者だよね？

＝＝＝＝＝＝＝＝＝＝＝＝＝＝＝＝＝＝＝＝＝＝＝＝＝＝＝＝＝＝

この物騒極まりない、しかし今の俺を的確に表現したぶっ壊れ称号によって神官に必要なＩＮＴを上げると同時に、攻撃力に直結するＳＴＲを打撃武器《条件付き》装備時とはいえ同時にカバー出来るのだ！

そして加算されるという事はあくまで補正扱いという事。つまり、素のステータスをゼロにされてもこの称号には影響が出ないという事だ。

俺の現在のＩＮＴは２５０ある。『撲殺神官』を取得してからＩＮＴに割り振ると実質ＳＴＲにも割り振ってるようなもんだったからな。ＩＮＴメインでポイントを割り振ったのが功を奏した。

そこにＬｖ：99とかいうアホみたいな高さのレベルを持つ《劣地竜《バジリスク》》と戦っていることで『ジャ

イアントキリング』が発動し、ステータスが1・5倍でINTが375になり、装備品での上乗せがINTに『戦神官の服（上・下）』で30、『白狐面』で15、『知恵者の手袋』で15の合計で60あるので、それと合わせて435。STRには『亀甲棍』で30、『？・？・？の短剣』で50、『戦神官の服（上・下）』で20、『知恵者の手袋』で10の合計110の補正があるので合わせて545の補正があるという事になる。つまり、素のSTRがゼロにされたとしても俺のSTRは545も残っているのだ。STRの素の値が150なので、補正だけでも四倍近い値になる。

　この数値なら並のプレイヤーのSTRよりは多いだろう。更に言えば『外道』や『不意打ち』の効果でダメージ量も増えているので、素のSTRがゼロにされていても相当な威力が出るのだ。

　しかも、これでもまだ真に全部盛りという訳では無いのだ。こっちが複数いるし、相手が一体なので『蹂躙せし者』が発動していないし、STRがゼロになってしまっているので『打撃好き』の効果も意味をなしていない。もしこれらが全て発動すれば、考えただけでも恐ろしい《ワクワクする》。

　ちなみに、『知恵者の手袋』はこれまたメイに作ってもらった腕装備だ。『戦神官の服』によく似合う、袖口に黒のラインが入った白い手袋《グローブ》で、STRとINTを強化してくれる。VITは上がらないが一応防具カテゴリらしい。

　と、長々と語ったが結局何が言いたいかと言うと……。

「素のSTRなんて飾りです、偉い人《バジリスク》にはそれがわからんのです」

「いや、前衛職にとっては最も重要なステータスの一つだぞ？」

　STRをゼロにしただけで勝ち誇って吹っ飛ばされた《劣地竜《バジリスク》》に向けて煽りの意味も込めてそ

う言うと、理解不能が一周してむしろ冷静になったリベットに突っ込まれてしまった。解せぬ。

「はは……トーカ、お前は何者なんだ？　何があればそんなことになるんだ……？」

ＳＴＲゼロでボスを吹き飛ばすという、もはや理解不能な存在であるトーカに、乾いた笑いを浮かべるリベットが問いかけ、その質問に対しトーカは苦笑いで言葉を返す。

「そんなヤベェ奴見る目をされてもな……称号の効果だよ。名前と効果が少しおかしいのが何個も何個も掛け合わされて……まぁ、あれだ、塵も積もれば山となるってやつだな」

「山となる……ね。その山って富士山か？　それともエベレストか？」

「いつかはマウナケア山を目指したいな」

「いや沈んでんじゃんそれ……」

「伝わった⁉」

そんな軽いやり取りを交わしてから、ようやく起き上がった《劣地竜《バジリスク》》に向かっていく。スタンでも入ってたか？　ならもっと殴っとけばよかったな……。

リベットは悔しそうに流石に補正だけのＳＴＲじゃ戦いにならないと、駆け出そうとする俺に「頼む、アイツを倒してくれ」と言って邪魔にならない位置まで移動していった。

本当なら囮としてでも戦いたかった様だが、先程までの戦いを見てどう足掻いても邪魔にしかならないと判断した様だ。本当に、それはもう本当に悔しそうに俺に《劣地竜《バジリスク》》の討伐を託して下がって行った。

リベットの思いに報いる為にも《劣地竜《バジリスク》》は絶対に倒さないとな。まぁ元々負ける気はさらさら無いが。勝てるかどうかは別として負けるつもりで挑む奴は居ないだろう。

というか、ＳＴＲゼロって俺の『撲殺神官』みたいな称号がなきゃ本当に大変なことになるが……これどうやって倒させるつもりだったんだ？　さすがにこのイベント形式でボスが負けイベってことは無いと思うが……。

『シュアアアアアアアアアアアアアアアアアアアアアアアアアアアアッ！』

っと、他の考え事をしてる場合じゃないな。さすがに何度も殴り飛ばされればどんな奴でもその相手に殺意の一つや二つ抱くだろう。《劣地竜《バジリスク》》は最初に見た時よりも数段階も深く煮えたぎった怒りと殺意を込めて俺を睨み付けてくる。

「さてさて、キレるだけで思いどおりになんならこの世は楽だろうな。ま、そうじゃねぇってことを教えてやるよ。簡単に死んでくれるなよ？」

イベント熱にでも当てられたのだろうか。普段の俺なら言わない様な言葉が、思考がポロポロと溢れ出てくる。いや、違うな……当てられたのはリベットの本気の熱にだろう。さっきまでもコイツは倒したかったしそれより前もイベント云々は抜きにしてモンスターを倒す事を楽しんでいた。

けど今は何より純粋にコイツを倒したい。

「だったら……やっぱりとっとと死ねや！」

『キシュアアアアアアアアアアッ！』

俺の言葉が通じていたのかは分からないが、俺が言葉を言い切ると同時に《劣地竜《バジリスク》》が飛びかかってくる。その速度は先程までよりも格段に素早くなっており、それがＨＰの減少によるステータスの上昇なのか、はたまたそれ以外の要因なのかは分からない。ただ《劣地竜《バジリスク》》の動きが先程よりも素早く、加えて言えば俺の体もあったまってきて先程までよりも素早く動く事は確かだ。

「畳み掛ける！　【インパクトショット】【スマッシュ】【ハイスマッシュ】【プッシュメイス】ッ！」

『シュアッ⁉　シュアアアアッ！』

『縮地』で真後ろに回り込み、『棍術』アーツによる三連撃を《劣地竜《バジリスク》》の背中に叩き込む。反撃の尻尾による殴打は【プッシュメイス】をぶつける事で衝撃を相殺する。しかし完璧に相殺し切れず少なく無い量のダメージを受け、少し吹き飛ばされる。なんかくすんだ紫色の液体を吐き付けてきたので転がって後退しながら回避し、体勢を立て直しながら【ヒール】を発動しＨＰを回復する。

やっぱ便利だわ自己回復。自分が受けたダメージを自分で回復させられると言う大きな利点があるのに神官で前衛をしている奴を見かけないのは何でなんだ？

『シュアアアアアアアアアアッ！』

「っと危ねぇッ！」

吹き飛ばされた勢いに乗って距離を取ったはずだが、《劣地竜《バジリスク》》は一瞬で距離を詰めてきた。そのまま流れるように振るわれた尾による薙ぎ払いを、余計な思考を中断してギリギリで後ろ向きに倒れ込むように回避する。

「当たってねぇぞ！　【アースクラッシュ】ッ！」

倒れた体勢のまま、真上にあった《劣地竜《バジリスク》》の尻尾を【アースクラッシュ】で思いっ切り打ち上げる。体勢が悪く上手く力を乗せられなかったので、大したダメージにはなっていないだろう。しかしそれでも『飛ばし屋』の効果か《劣地竜《バジリスク》》の尾は打ち上げられる。

その隙に、『疾走』と『隠密』を発動して《劣地竜《バジリスク》》の尾の下から駆け出る。短い時間だったが、尾の下にいる間はずっと『威圧』を発動していたので、存在感のギャップで気付きにくくなっているだろう。明るい光のそばにある弱い光は見えにくいのと同じ原理だ。いや、ちょっと違うか？

この技の効果はイベントの雑魚モンスター達で実践済みで、《スタンピード・ベア》にも有効だったので《劣地竜《バジリスク》》にも多少は効果があるだろう。そう考えての実行だったが、どうやらしっかり惑わされてくれたようで、《劣地竜《バジリスク》》は俺を見失いキョロキョロとし出す。そしてすぐに俺を見つけたが……数秒の隙さえあれば充分だ。

「ハアッ！【グラビトンウェーブ】ッ！」

《劣地竜《バジリスク》》の胴体の中程までの距離を走り、『跳躍』を発動して前方に跳ぶ。何も『跳躍』は真上にしか跳べない訳では無い。立ち幅跳びの様に前に跳躍する事だって充分可能だ。

そして空中で体勢を整え、三角飛びの要領で《劣地竜《バジリスク》》の頭部の真後ろに回り込む。現在の《劣地竜《バジリスク》》は尻尾と頭を同じ方向に向けている……つまりはU字磁石の様な体勢で、主に尻尾の辺りを見渡して既に居ない俺を探している。

すると当然、いきなりの頭部への攻撃は『不意打ち』扱いになる。たとえすでに『不意打ち』を叩きこんだ相手であっても知覚から完全に抜け出す事が出来れば再度『不意打ち』を叩きこむことが出来る。戦闘中に完全に知覚の外に出るのは難しいとは言え、何度でも使えるのはありがたい。

しかも、最近気が付いたのだが、『不意打ち』が発動すると必ずセットで『外道』が発動している。

どうやら不意打ちは外道だと言いたいらしい。運営は不意打ちに恨みでもあるのだろうか。

『シュアアアアアアッ!?』

後頭部を思いっ切り殴り付けられた《劣地竜《バジリスク》》は盛大に顔面を地面に打ち付け、大きな悲鳴をあげる。『空歩』と『跳躍』の合わせ技により加速された勢いの乗った【グラビトンウェーブ】は、本来の使い方ではなく『インパクトの衝撃に応じて効果が上昇する範囲攻撃』であるという事を悪用した、相手の体を起点に体内に範囲攻撃の衝撃を伝えるという事をした甲斐もあってか《劣地竜《バジリスク》》のHPを一撃で5%近く吹き飛ばした。

「……いや、まて。なんか、与えるダメージが大きくないか？」

確かに、諸々の効果で素のＳＴＲをゼロにするなんて言うクソデバフを実質無効化しているといっても過言……ではあるか、称号の効果が一個死ぬ的な意味でも辛いし。

まぁ半減くらいはしているとはいえ、それにしても与えるダメージが多すぎる。なんなら、このデバフがまだなかった時よりダメージが出てるまであるぞ。

「ギミックの香りがすんなぁ……！」

戦いながら考えろ。こっちの攻撃力が下がってるのに与えるダメージが増えてる。理由は何が考えられる？　さっきまでと何が違う？　まず分かってる変化。こっちのＳＴＲがゼロにされて補正値だけで戦わされてる。あとは《劣地竜《バジリスク》》の動きが速くなったな。つまり向こうにも変化がある？　となると……こっちの攻撃力の減少以上にあっちの防御力が下がってる？

『キシュ、キ……シュアアアアアアアアアアアアッ！』

思考が何かにたどり着いた瞬間。時を同じくしてＨＰが残り１割を切った《劣地竜《バジリスク》》は今までとは比べ物にならない程の音量の咆哮を放つ。どうやらダメージ判定があるらしく、その咆哮によってＨＰをガリガリ削られながら吹き飛ばされるように飛び退き、【ハイヒール】を自身にかける。するると、咆哮のダメージよりも、【ハイヒール】の回復量の方が多かった様で、ゆっくりとだが削られたＨＰが回復していく。

「あっぶねぇ、危ねぇ」

一時的に２割を切るまでに減らされたＨＰに冷や汗をかきながらも、無意識に口角を吊り上げ、《劣地竜《バジリスク》》の次の動きを見逃さない様にしっかりと見据える。その視線の先では、あんまり効いているようには思えない呪いのエフェクトを纏った《劣地竜《バジリスク》》が息を荒くして俺を睨み付けている。そして、不自然に喉からごぽごぽと音を鳴らして息を吸い込む。その動作は……。

「ッ！　ブレスか！」

そう叫んで回避した瞬間、水鉄砲なんてちゃちなレベルではない、ウォーターカッターのような勢いで一瞬前までいた場所をくすんだ紫が撃ち抜く。

おいおいブレスなんてもんじゃねぇよこれ。もはやレーザーだよ。

「んなっ！　しかもこれ着弾点から毒煙発生させせんのかよ！　【キュアー】！」

着弾点から発生したくすんだ紫色の煙によって患った何らかのデバフ……聞いた話的に石毒を解除しながら叫ぶ。遠距離毒付与ってなんだよ……。【キュアー】で解除できるのが救いか。

となるとＭＰ上限持ってかれてるのさすがに辛いな……。効いてる様子もないし呪い解除するか？　なんか、呪い込みでもＳＴＲゼロにされてからの方がダメージ出てるぞ……って、まさか。

「『その呪詛は役目を果たした。もはやその身を蝕まず』。もし予想通りなら……」

とある仮説を確かめる為に呪いを解除し、《劣地竜《バジリスク》》へと駆け出す。

『キシュアァァァァァァァァァァァァァァァァッ！』

「うぐ……！　よく鳴く蛇だこと……！」

駆け出すタイミングで叫び始めた《劣地竜《バジリスク》》の咆哮によって体の動きが硬直する。これが話に聞いていた咆哮によるスタンか。これはちょっとまずいぞ……。

最悪のタイミングでスタンを食らってしまった。ここで攻撃されたら紙防御も相まって一発でお陀仏だ。突然の窮地に忌々し気に《劣地竜《バジリスク》》を睨み付けると……。

「なっ⁉︎」

《劣地竜《バジリスク》》はこちらに攻撃を仕掛けてこなかった。ただし、それは何もしないと同義ではない。《劣地竜《バジリスク》》のけたたましい咆哮に呼応する様にぼこぼこと地面が盛り上がり、《劣地竜《バジリスク》》を三回りくらい小さくした様な蛇たちが、いち、に、さん……計十匹這い出てくる。

ＨＰが残り１割を切り瀕死となった《劣地竜《バジリスク》》。そしてその《劣地竜《バジリスク》》が呼び出した十匹の蛇達。呼び出された蛇達は全員土色をしており、《劣地竜《バジリスク》》との違いは体の大きさと額に紋章が無いと言う違いだけだ。

クソッ、ここでの戦力増強はさすがにキツイ。呼び出した十匹の子蛇達。仮にもボスがピンチになってから呼ぶ取り巻きだ。《スタンピード・ラビット》クラスの雑魚ってことはないだろう。下手すると《スタンピード・ベア》と同等、場合によってはそれ以上もあり得る。ただでさえワンパンで死にかねない状況で敵の頭数が増えたらさすがにヤバい。せめて子蛇の対処だけでも他のプレイヤーに任せるか？　最悪倒さなくてもいいから足留めさえしてもらえれば……。

あまりにあっけない形勢逆転に苦虫を噛み潰したような顔で《劣地竜《バジリスク》》を睨み付けていると、ヤツはとんでもない行動に出た。呼び出した子蛇をけしかけるでもなく、囮にして逃げるでもなく。最も近くにいた子蛇に顔を近付け……。

「……は？」


ばきょり、ごきょり、ぐしゃ、ぐちゃ、ぐちゃ、ぐちゃ、ぐちゃ、ぐちゃ、ぐちゃ、ごくん。


子蛇を銜《くわ》え、噛み千切り、口に含み、咀嚼し、嚥下する。

蛇なんだから丸呑みにしろよ。そんな場違いな感想が出てくるほどにごく自然に、追い詰められた《劣地竜《バジリスク》》は自身によく似た子蛇を餌にした。

目の前で同胞が食い殺されたというのに、子蛇達は逃げもしない。それどころか、《劣地竜《バジリスク》》の顔の近くに集まっていくではないか。まるで、食べやすいように口元に運ぶように、子蛇達は自ら場を整える。

「どういう事だ……？」

あまりに訳が分からない事態にスタンは解けたにもかかわらず、その場に立ち尽くしてしまう。

そして、理解不能ばかりが浮かぶ思考で呆然と《劣地竜《バジリスク》》を眺め続け、理解した。

《劣地竜《バジリスク》》のＨＰが一割回復している。つまり、子蛇一匹に付き一割、回復するという事だろう。

そして場には十匹……いや、残り九匹の子蛇が残っている。すべて食われたら全回復、仕切り直しだ。それだけは避けなくてはならない。

「ッ、そういう事か！　子蛇を仕留めろ！　あの野郎、子蛇食って回復する気だ！」

そう叫び、食われ待ちしている子蛇達のもとへ全速力で駆けつける。

「なっ⁉」「また回復なの⁉」「仕留めろったってＳＴＲが……」

「ＳＴＲをゼロにしてこっちの心折ってそのまま逃げるつもりか悪足掻きのこけおどしかは知らねぇが、俺の予想通りなら今のアイツらの防御力はほぼゼロだ！　むしろダメージ出るぞ！」

そう叫ぶと早速二匹目の子蛇を銜えて今にも噛み砕こうとする《劣地竜《バジリスク》》と行儀よく食べられ待ちしている子蛇に向かって駆け出す。

「【コリジョンバック】ッ！　戦闘中にお食事なんて悠長じゃねぇか！　相手してくれよ！」

《劣地竜《バジリスク》》が銜える子蛇にノックバック効果の高いアーツを叩き込み、吹き飛ばす。

自ら呼び出した子蛇を銜えていた《劣地竜《バジリスク》》は邪魔が入る寸前、鎧を装備したプレイヤーすら噛み殺す咬合力を遺憾なく発揮して子蛇を噛み千切っていたようだ。

頭部のない子蛇の亡骸が吹き飛ばされ、光となって溶け消える。口内に残った子蛇の頭部をごくりと飲み込んだ《劣地竜《バジリスク》》のＨＰを見れば、３％ほど回復していた。

「全部食わなくても回復すんのかよ……！」

『シュロロロロロロロロロロロロロロロロロロッ！』

「はん、お食事タイム邪魔されてご立腹か？　永遠にお預けがお似合い……うぉっと！」

僅かにしかHPを回復できなかった《劣地竜《バジリスク》》は憤怒に燃える瞳でトーカを睨み付け、煽りをすべて聞くことなく尻尾を振りぬく。ぶおんッ！　と重たい風切り音を唸らせる尻尾を紙一重で回避したトーカは仕返しとばかりに亀甲棍を叩き付ける。

「クソッ……！　食事中は無敵ってか？」

だが、《劣地竜《バジリスク》》のHPは僅かたりとも変動していない。どうやら、食事中はHPの減らない無敵モードらしい。とはいえ、ノックバックや怯みすら無効化するスーパーアーマー状態ではないらしく、《劣地竜《バジリスク》》をその場に押し止めることは不可能ではない。

そこから導き出される結論は……。

「子蛇をどうにかするまでは《劣地竜《バジリスク》》は無敵だ！　STR補正の高い装備を着けてる奴は優先して子蛇を処分してくれ！　タンクと神官はこっちで《劣地竜《バジリスク》》の足留めを手伝ってくれ！」

「わ、分かった！　みんな、聞いたな!?　彼の言う通りアタッカーは子蛇の対処を！　タンクと神官は《劣地竜《バジリスク》》を押さえ込むんだ！」

「「「了解！」」」

リーダー役のプレイヤーが仲介することで他のプレイヤー達も動き出す。STRをゼロにするという極悪な能力と取り巻きの召喚と回復アイテム《かいふくアイテム》というクソコンボに煮え湯を飲まされたプレイヤーの殺気は凄まじく、たとえ子蛇の防御力がある程度あろうと1でもダメージが通るなら死ぬまで殴り続ける！

最悪他のモンスターの攻撃を誘導してでも仕留める！　と蛮族のような雄叫びを上げて子蛇に群がって行く。

「おう、飯全部ダメになるまで遊んでけや」

『シュロロロロァァァッ！』

普段のトーカなら絶対言わない言葉も、今のハイテンショントーカなら当然のように言い放つ。

普段は飯を作る側であるはずのトーカに自ら呼び出した子蛇を食らうというＨＰ回復手段を妨害されて激高した《劣地竜《バジリスク》》が襲い掛かる。だが、激高した大ぶりの噛み付きや尻尾の殴打ではちょこまかうごくリクルスの動きになれたトーカに攻撃を与えることなどできはしない。

それは《劣地竜《バジリスク》》もすぐに理解したようだ。ならばどうするか。

『キシュアァァァァァァァァァァァァァァァァァァァッ！　シュアッ！』

「うッ……！　ぐアッ……！」

動きを止めてから狙えばいい。スタン付きの咆哮でトーカの動きを止めると、毒液のレーザーでトーカの頭部を白狐面諸共撃ち抜く。《ＥＢＯ》では頭部や心臓を撃ち抜かれたからと言って、即死するわけではない。しかし、相応にダメージは増加する。いくらここに来るまでの大量撃破でレベルを上げているとはいえ、ボスモンスターの一撃をもろに、それも頭部に食らっては大ダメージは免れない。

しかし、即死でさえなければ、生きていれば立て直す手段はいくらでもある。

「ウオォォォォォォッ！　俺たちに任せろ！」

「あんたにばっかいいとこは持ってかせねぇよ！」

「あ、でもちょっとずっとはキツイんで早く復帰してくれると嬉しいなって！」

毒液レーザーでＨＰの９割以上を失ったギリギリ死んでいないだけの状態で吹き飛ばされ、さらに追加で石毒の状態異常にもかかった状態で倒れ臥すトーカのかわりに、大楯を構えたタンクプレイヤーが《劣地竜《バジリスク》》に立ちふさがる。

「すぐに回復します！　【ハイヒール】！　【キュアー】！」

そして、少し遅れて小柄な神官の少女が駆けつけ、大ダメージと吹き飛ばされた衝撃で一時的に行動不能状態になっていたトーカに駆け寄り『回復魔法』を施す。

ルーティ《ルーティ》は神官としてはトーカより優秀なのか、瀕死状態だったトーカのＨＰが一瞬で安全圏まで回復し、石毒のついでにスタンもきれいさっぱり解除された。

「っつ……。狐面がなきゃ即死だったな……。いや、回復がなきゃ毒でそのままお陀仏だったか。回復してくれたのは君だよな？　本当に助かった」

「い、いえ！　私はこれしかできないので……。役に立てたならよかったです。私は、あなたみたいに戦ったりできなくて後ろにいるしかないから……」

完全回復したトーカが礼を言いながら立ち上がると、ルーティはトーカの構える武器を見て悲しそうな笑みを浮かべる。同じ神官なのに、この人は前線であの怪物相手に一歩も引かず戦って、淀んでいた悪い流れを変えてしまったというのに、自分はこうして後ろにいる事しかできない。そんな思いが暗い自責の念となってルーティの心を締め付ける。

「そんな卑下することはないさ。こういう状況で君みたいなみんなのことをサポートしてくれるプレイヤーがいるってのはすごい助かるんだ。逆に、俺なんか自分のことで精いっぱいでそれすらこのざまだったからな。今君たちが来てくれなかったらあっけなく死んじまうところだった」

「あっ……」

泣きそうな顔で無理やり作った笑みを浮かべる少女の頭にぽんっと軽く手を乗せて優しくなでると、爛々としたヒャッハースマイルではなく、保護者モードの顔で安心させるように微笑む。

「得意不得意は誰にでもあるし、この世界じゃそれはただの方向性だ。大丈夫、君なら今後、いくらでも好きな方向に進んでいける。それに、今の君だって立派に役に立ってる。でもまぁ、今回は前で戦うのは俺達に任せて君はサポートを頼むよ。っとそろそろヤバそうだな。じゃ、行ってくる！」

「はいっ……！　頑張って……いや、頑張りましょう！」

「あぁ、お互い頑張ろうな」

そう言って駆け出すトーカの背をルーティは晴れやかな顔で見送ってから、トーカと入れ替わりで退避してきたタンク三人組を癒すべく杖を構えた。

「三人がかりでこのざまとはな……持ちこたえらんないとかこれ受けるより避けるが正解っぽいな。もっと硬くなりてぇ……どっかにめちゃつよスキル落ちてねぇかな」

「むしろしっかり生き残ってんだから十分だろ。俺ら以外のタンクとかもっと前に死んだぜ？」

「にしてもあの神官はなんで軽戦士みたいにぴょんぴょん動き回れるんですかねぇ。サブに軽戦士

か軽業師でも入れてんのか？」

「あのっ、回復します！　【エリアヒール】！」

「助かった嬢ちゃん！　ふー、死が見えたぜ……」

「お、ヒールサンキュ」

「あー、生き返る……。回復あんがとな」

「いえいえ、これが私のできる事、ですから！」

◇◇◇◇

タンク組と入れ替わって《劣地竜《バジリスク》》に攻撃を仕掛ける一瞬の間。トーカの脳は高速回転していた。

（あれ、俺なんかめちゃくちゃクサい事言ってなかったか？）

ルーティに回復をかけてもらった後のやり取りを思い出して、いまさらながらその時の状況を客観視してしまったトーカは自分の行った初対面の小さい子相手になんかかっこいい事言って頭をなでるとかいう、今時小説でも見ないようなクサい言動にダメージを受けていた。

（いや、なんかあの子の様子がしょぼくれたカレット《明楽》にかぶって見えただけで別にカッコつけようとか自分に酔ってた訳じゃないし……！　あの子にかけた言葉自体は本心だし……！）

とりあえず、この事が幼馴染の二人《リクルスとカレット》にばれたら絶対いじられるやつなので絶対に隠し通そう。そう心に決めて、僅かに残る気恥ずかしさを力に変えて得物を振るう。

「とりあえずお前が悪い！　【アースクラッシュ】ッ！」

『キシャァァァァァッ⁉』

今回のイベントで起きたことの原因は全部ボスにある。とんでもない超理論で気恥ずかしさを押し殺し、《劣地竜《バジリスク》》の頭部をどつく。双方ともに言葉は通じていないはずだが、この戦いの中で一番悲鳴らしい悲鳴を上げていた気がするのは気のせいだろう。

「って、あれ？　ダメージ入ってる？　ってことは……」

「子蛇は全部倒したぞ！　そっちはどうだ⁉」

「ナイスタイミング！　ちゃんとダメージ入るぞ！　ボスの残りＨＰは１割ちょい。無敵は消えた！　つまりは反撃の時！　動きに注意しつつ囲んで殴れ！」

「「「ウォォォォォォォォォォォォォォォォォッ！」」」

予想通り、いやむしろそれ以上に子蛇は弱かったようだ。ルーティをバックに添えたタンクとトーカのローテーション耐久はたったワンセットで終わってしまったらしい。まぁ、本人達的には無敵モード相手に耐久戦とか微塵も楽しくないだろうしむしろありがたいだろう。

と、そんなわけでこれまでの鬱憤を晴らすかのように怒涛の連携攻撃が《劣地竜《バジリスク》》に叩きこまれるのだった。


さて、ここで一つ裏話をしよう。東エリアのボスたる《劣地竜《バジリスク》》は本来、討伐されることを前提にしていなかった。

北エリアの《劣火竜《サラマンダー》》と西エリアの《劣風竜《ワイバーン》》は討伐されることを前提にプレイヤー達の壁とし

て出現したが、東エリアの《劣地竜《バジリスク》》と南エリアの《劣水竜《シーサーペント》》は討伐されないことを前提として出現した。それは一体どういう事なのか。単純な話だ。東と南のボスは、ある種のフィールドギミックとして選出された。

《劣水竜《シーサーペント》》は草原に突如出現した大きな池の中から一方的にプレイヤーを狙う、イベント終了まで避けるべきお邪魔ギミックとして。

《劣地竜《バジリスク》》は圧倒的防御力で死なずに町の破壊を積極的に狙う、イベント終了まで侵攻を止めるべきお邪魔ギミックとして。

無論、システム上無敵などという興醒めな存在ではない。しかし、『攻撃特化のプレイヤーでもなければまともにダメージが入らないほどの防御力《VIT》』とか『HPが7割を切ったらただでさえ硬い防御を上昇させて回復モードに入り、自身のHPを全回復させる（額のクソ硬い紋章を破壊しない限り回数制限なし）』とか『高確率で動きを止める咆哮（対象が石毒なら確定）』とか『毒のスリップダメージと全ステータス随時低下のデバフを与える特殊な状態異常《石毒》』とか『自身のVITと範囲内の敵全員のSTRを同じ割合だけ下げる解除不可デバフ』とか『HPが1割を下回った時取り巻きを呼び出して捕食し、一体につきHPを1割回復する』とか『取り巻きが存在する限りHPが減らない』とか『巨体ゆえの純粋な破壊力』とか、冷静に考えて勝たせる気がない、けど一応勝ち筋はありますよと言い訳してるようなクソスペックのフィールドボス《お邪魔ギミック》というのが《劣地竜《バジリスク》》なのだ。

さて、何が言いたいかというと。

《東エリアのイベントボスが討伐されました》
《以降は東エリアに新モンスターが出現します》

《劣地竜《バジリスク》》が討伐される。しかも一番最初に。あまりにも想定外の事態に運営はめちゃくちゃ驚き、エボ君と妖精《リーリア》ちゃんはめちゃくちゃ笑った、という事だ。
ちなみに、お邪魔ギミックの片割れたる《劣水竜《シーサーペント》》もこのあと釣り上げられてボコられて最期は首ちょんぱで討伐されたので、運営の驚きとＡＩコンビの大爆笑はもう一回引き起こされるのだが
……それはまた別の話。

五節　歴史は繰り返される

《劣地竜《バジリスク》》の残光が未だ漂う戦地跡、一度は心を折られた強敵を乗り越えた達成感に雄叫びを上げるプレイヤーが続出する中、しれっと【アースクラッシュ】でラストアタックを勝ち取ったトーカがスタっと音を立てて着地する。この神官空中戦してましたよ。

「へぇ、ボスって討伐されるとアナウンスが流れるのか……。って事はここ《東エリア》がボス討伐一番乗りか。そりゃ良かった。これでリクルスとカレットに自慢出来るな」

仮面の下で悪そうな笑みを浮かべたトーカは、しかしその笑みをすぐに消すと、深く息を吐く。溜息などではなく、大きな何かをやり遂げた達成感から来る心地よい疲労と満足感が駆け巡る体

を落ち着かせるための儀式のような深い呼吸。

「お疲れ。ありがとうトーカ。君がいなきゃどうなってたことか……」

そんな神聖な儀式を終えたトーカのもとに疲れ果てた様子のリベットがやってくる。最前線で槍を振るい続けた彼もまた、《劣地竜《バジリスク》》戦に多大なる貢献をしたと言えるだろう。いや、それ以上に誰もが諦めてしまうような絶望の中で戦い続けた彼を称える者はいても貶める者はいないだろう。

「おう、お疲れさん。俺だって元々ボスを倒そうと思ってこっちに来たんだから気にすんなって」

「それでもお礼を言わせてほしい。トーカがいなかったら……」

だが、彼にとってそれは誇れるようなものではないらしい。諦めないと結果を出すは違う。そして、自分は諦めずに足掻いただけで決して自分では《劣地竜《バジリスク》》をどうすることも出来なかった。そう分かっているからこそ、それを言わずにはいられないのだろう。

「そう……か。じゃあ素直にお礼を受け取っておくかな」

「あぁ、そうしてくれ」

そう言ってトーカとリベットは軽く笑う。周りを見れば、ともに戦った名も知らないプレイヤー同士が肩を組み、お互いを称え、町を守り抜いたことに安堵していた。

そこに暗く淀んでいた空気はもはやなく、《劣地竜《バジリスク》》という強敵を打ち倒した達成感と強大な試練をともに乗り越えた連帯感が明るく満ち溢れていた。

「さて、一息つきたいところではあるが、イベントはまだ続くからな。新モンスターとやらも気になるし、そろそろ行くとするか」

「すごいな……こんな激戦の後ですぐ次の戦いか。って、そっか。ボスを倒して終わりじゃないんだもんな。ふー、もうひと踏ん張り、しますか」

「そういうこった。お互い頑張ろうぜ。んじゃ、またいつか」

リベットに手を振って別れを告げ、『疾走』『縮地』『空歩』『跳躍』の合わせ技で奥地へと駆け出す。やってることが神官どころかまともな人間の動きじゃないが、できるんだから仕方ない。

「さーて、新モンスターとやらでスコアを稼ぐとしますか！」

強敵を打ち倒したウキウキ感のままに、トーカは空を蹴って突き進む。

◇◇◇◇

「なんというか……とんでもない奴だったな。またいつか……か。さて、次会うときには情けないところを見られないように強くなんなきゃな」

「あ、あの！」

晴れ晴れとした気分で空を駆ける（どうやってんだあれ）トーカを見送ったリベットは、ボスがいなくなったことで再集結し始めたモンスター達から町を守るべく槍を構える。

と、そんな彼に話しかける小柄な人影が。

「ん？　って君は……。たしか後方で回復とバフめっちゃくれた……」

「はい、ルーティです。それで、あの助けてくれた人にお礼を言いたくて探してたんですが……」

「あー、最後の悪足掻きで《劣地竜《バジリスク》》がめちゃくちゃに暴れまわった時に陣形ぐちゃぐちゃになったし後衛組は退避してたもんな。っても、ちょうどいま行っちまったところだぜ」

「あう……そう、ですか……。あの人、神官なのに前でガンガン戦ってて、すごいなって。それにあの人にお礼、言いそびれちゃった……」

「なるほどな……。君もトーカと同じで神官だもんな。ってもあれは例外じゃないかなぁ。ま、同じゲームしてるんだ。いつか会えるさ」

「っ！　そう、ですよね！　それまで私、頑張ります！」

「おう、お互い精進あるのみだ！　じゃ、俺も行ってくるわ」

「頑張ってください！【オールアップ】！」

「おっ、バフサンキュ！」

友のために戦い続けた槍使いの青年と己の無力さに泣いた神官の少女。年も性別も、ジョブすらも違う二人は奇しくも同じ人物を目標に掲げ、新たな一歩を踏み出したのだった。

◇◇◇◇

「この後はどうすっかな……」

あ、またいつかとか言っといてフレンド登録してないじゃん。んー、まぁ同じゲームやってんだしいつかは会えるだろ。

現在時刻は午後9時、イベント終了までは……確かイベントが午後六時開始で午後十時までだったはずだから……あと一時間か。ボス戦は楽しかったがその分大変だった。時間はまだあるし、さしあたってこれからの目標は新モンスターとやらを狩るってとこか。さて、一時間でどれくらいスコアは伸ばせるのかなっと。
ちなみに《劣地竜《バジリスク》》を倒した時のポイントはこうだった。

＝＝＝＝＝＝＝＝＝＝＝＝＝＝＝＝＝＝＝＝＝＝＝＝＝＝

【討伐】
劣地竜《バジリスク》……１００００Ｐ
【ドロップアイテム】
劣地竜の肉×32……１６００Ｐ　劣地竜の鱗×22……２２００Ｐ
劣地竜の牙×18……３６００Ｐ　劣地竜の骨×12……３６００Ｐ
劣地竜の血×９……４５００Ｐ　劣地竜の石毒袋×４……２０００Ｐ
劣地竜の尻尾×１……１０００Ｐ　劣地竜の逆鱗×１……１５００Ｐ
【その他】
《ＭＶＰ》劣地竜の紋章×１……２０００Ｐ
《ＬＡ《ラストアタック》》地竜核（小）×１……２０００Ｐ
《討伐報酬》大地の加護……１０００Ｐ
合計　３５０００Ｐ
総合　７６７６０Ｐ

＝＝＝＝＝＝＝＝＝＝＝＝＝＝＝＝＝＝＝＝＝＝＝＝＝＝＝＝＝

圧巻だ。……と、言いたいがこれに近いスコアを見たことがあるためそこまで衝撃を受けなかったのは少し《劣地竜《バジリスク》》に申し訳ない気分になるな。とはいえ、あっちは無数に雑魚を倒した結果だ。それに比べれば、《劣地竜《バジリスク》》単体で3万ちょいというのはとても高い。

俺の勘だが、《劣地竜《バジリスク》》は倒すことを前提にしてなかったように感じる。イベント終了時間まで食い止めるのが本来な想定された戦い方だったのではないだろうか。

それを倒してしまったものだから想定にないトンデモポイントになった……と予想している。まぁ、ポイントもドロップアイテムも設定されてたってことは予想外ではあっても想定外ではないのだろう。ならば、その結果に甘えるのもプレイヤーとしての役目だ。ごちそうさまです。

それに、なんか報酬でもらったアイテムもあるし、あとで確認するのが楽しみだ。

「おっ、見〜つっけた」

新モンスターとやらを探して東エリアを奥に駆ける事数分。イベントボスを倒した事で出現する様になったモンスター（正確には見慣れないモンスター）を、ようやく見つけた。そのモンスターの姿は《劣地竜《バジリスク》》が最後の悪足掻きで呼び出した子蛇に酷似した蛇だ。

子蛇は残念ながら倒せなかったからな。リベンジマッチとは違うが、八つ当たりさせてもらうぞ。

「切りす……殴り捨て御免！　【インパクトショット】ッ！」

『ジュギュアッ……！』

新しく出現する様になったモンスターこと《スタンピード・スネーク》の真後ろに『縮地』で移動し、そのまま相手に視認されることも無く【インパクトショット】で殴り飛ばす。

称号ががっつり乗ったこの一撃を、新モンスターとはいえ強雑魚程度の存在でしかない《スタンピード・スネーク》程度に耐えられるはずもない。

「ッ!? 危なっ！」

『シュアアアッ！』

はずだったのだが、《スタンピード・スネーク》のHPは、ほんの一ミリ程を残していた。

「あれ？ 耐えられた？ まぁいっか」

耐えられた事には一瞬面食らったが、所詮は残りHPは一ミリ程度。噛み付きを回避してからの顔面強打で余裕でした。

「おっかしいなぁ……耐えられるとは思わなかった」

光になりゆく《スタンピード・スネーク》を見ながらトーカが首を傾げる。

《劣地竜《バジリスク》》を討伐したおかげで、大量に入った経験値によってレベルが一気に2つも上がり、得られた20SPをINTに10と先の戦闘ともう慣れてきた空中移動にも使えるという事でAGIに10振り分けたので、火力は上がっているはずなのだが……。

「うーん……何でか、なッ！ っと」

少し首を傾げていると、隙が出来たと思ったのか飛びかかってくる《スタンピード・ウルフ》を右足を軸にして回転し、その勢いを乗せた一撃で消し飛ばす。

「まぁ、二発で死ぬし関係無いか」
少し考えたが、一体分しか情報が無いとなると考察の仕様がない。なら変に考えるよりもどんどん倒して行こう、と言う方向に方針が決まった。
そして、そのまま東エリアを荒し続ける。その結果分かったことは、やはり《スタンピード・スネーク》には確定耐え能力があるらしく、一撃では死なないということ。
とはいえ、だ。
「ま、一発で死なないなら二発殴るだけだがな！」
結論としては問題ないという事に落ち着いた。
光に変わり逝く《スタンピード・スネーク》に向かってそう言い捨てると、周囲のモンスターの蹂躙を開始する。地面に叩き付けたり、空の彼方へ吹き飛ばしたり、ホームランしたり、サッカーしたり、まとめて爆殺《チェインボム》したりとモンスターの大虐殺を行う。
《北エリアのイベントボスが討伐されました》
《以降は北エリアに新モンスターが出現します》
《北エリア、東エリアの両イベントボスが討伐されました》
《以降は北東エリアに新モンスターが出現します》
「おっ、北も終わったな。よし、北東に戻るか」
蹂躙途中で流れたアナウンスを聞き終わるや否や、北東エリアに出現するという新モンスターを求め、空を駆けていく。地面を走るよりも『空歩』と『跳躍』での空中移動の方が速いのはなんか人として超えちゃいけない一線の前に立ってる気がするが、気にしたら負けだ。

「おぉ、あれが北に出る新モンスターだな」

空を跳ぶこと少し。北東エリアに到達したトーカは《スタンピード・ラビット》や《スタンピード・ウルフ》などのイベントモンスター達に紛れ、東エリアのボス討伐で出現する様になった《スタンピード・スネーク》や大型の蜥蜴の様な見た目のモンスターを見つけた。

「早速……【インパク……いや、そうだ！」

途中までは見慣れぬ大蜥蜴こと《スタンピード・リザード》の後頭部に不意打ちドッキリ《インパクトショット》しようとしたトーカだが、高揚していた気分がそうさせたのだろう。

よからぬ事を思い付いた様で、一回地上で息継ぎならぬ陸《り》継《くつ》ぎすると、全力で空を駆け上がっていく。

駆ける。駆ける。駆ける。虚空を踏みしめ空を跳び、白い影が空へと昇る。

虚空を踏み締めること三度。全力の『跳躍』を重ねに重ねた飛翔は30ｍほどにまで到達し、上昇が終わった瞬間トーカは姿勢をひっくり返す。天地が反転し、眼下に広がる有象無象に無意識だろうか、ひどく攻撃的な笑みを浮かべ、温存していた『空歩』の最後の一歩を踏み込む。

「うぐぐっ……すごい風圧だな……！」

空から地面へ、まるで隕石のように勢いよく落下する。風圧で崩れそうになる体勢をステータスにものを言わせて無理やり抑え込み、握りしめた亀甲棍を振りかぶる。

「ぶち、かませ……ッ！　【グラビトンウェーブ】ッ！！！！！」

直後。すべてのエネルギーを集約させた亀甲棍が地面を叩いた。

◇◇◇◇

◇◇◇◇

《称号『災厄の権化』を取得しました》
《称号『横取り』を取得しました》
《称号『意思を持った災害』が『災厄の権化』に変化しました》
《称号『ウサギの天敵』が『兎の鏖殺』に変化しました》
《取得した称号『ウルフキラー』が『オオカミの天敵』から『狼の鏖殺』に変化しました》
《取得した称号『ボアキラー』が『イノシシの天敵』から『猪の鏖殺』に変化しました》
《取得した称号『バイソンキラー』が『ウシの天敵』から『牛の鏖殺』に変化しました》
《取得した称号『ベアキラー』が『クマの天敵』から『熊の鏖殺』に変化しました》
《取得した称号『スネークキラー』が『ヘビの天敵』から『蛇の鏖殺』に変化しました》
《取得した称号『リザードキラー』が『トカゲの天敵』から『蜥蜴の鏖殺』に変化しました》
《レベルが上昇しました》《レベルが上昇しました》《レベルが上昇しました》
《レベルが上昇しました》《レベルが上昇しました》《レベルが上昇しました》
《運営からのメッセージが届きました》

「………………っぁ……っはぁ！」

生命の気配がまるで無い荒野にドサリと倒れ込む人影が一つ。トーカである。

全身全霊の【グラビトンウェーブ】が、より正確に言えば【グラビトンウェーブ】の起点となる亀甲棍の一点が地面に触れ衝撃波が大地を駆け抜けた瞬間、時間が止まった。

トーカが放った全力【グラビトンウェーブ】の被害処理を一気に行ったあまりの負荷に耐えきれず、一秒にも満たない僅かな時間とは言え世界がフリーズしてしまったのだ。

「一瞬とは言え動けなくなるとは……。金縛りってこんな感じなのかな……」

何が起こったのかうすうす察しつつも、ぼくぷれいやーだからわかんないとしらを切って珍しい体験をした事を少しばかり楽しみながら立ち上がり、土埃を払うようにぱっぱっと服の裾を払う。

辺りを見渡せば、モンスターの残光が辺りを埋め尽くし辺り一面がきらきらと光り輝いていた。

原材料さえ考えなければ満天の星の中を漂っているような幻想的で美しい光景だ。

あまりの美しさに見とれ惚けてしまったが、数秒もすると無数の残光も空に溶けて消え、燦々たる様子の荒野と、このもの淋しい空間を作り出したトーカだけがその場に残された。

「……。あ、そういや、なんで俺は生きてるんだ？」

今は頭が冷えたが、さっきまではボス戦の後という事もあって脳内麻薬ドバドバで大破壊キメられんなら一回死ぬくらい別にいいやって気分だったから特に対策もしてなかったんだが……。

冷静に考えて、今生きてるのはおかしい。あの高さからなら普通に落下しただけでもまず助からないのに、さらに加速をつけて落下するとか確実に死ねる。

ピキピシ……パリンッ。

なぜ生き残ったのかを考えていると、ガラスが割れるような儚い音とともに通知が現れる。

《『大地の加護』が消滅しました》

「『大地の加護』……そういや、《劣地竜《バジリスク》》の討伐報酬でそんなのももらってたな」

多分だけど落下ダメージを一度だけ無効化するとかそんなアイテムだったんだろうか。

破壊された『大地の加護』に思いをはせていると、ビキッと再び嫌な音が手元から響く。

「あっ……」

否応無しに別れを予期させる音に、恐る恐る手元へ目を向ける。その瞬間。パキンッ……。と、打ち立てた偉業に対してあまりにあっけないささやかな音を立てて亀甲棍が砕け散る。幾度となく繰り広げられてきた激戦を乗り越えた相棒も今回の【グラビトンウェーブ】には堪え切れなかったらしい。さすがにこの使い方は無茶がありすぎたようだ。

なんだかんだで初日から連れ添った相棒との別れは辛いものがある。それも激戦の果てに散るのではなく、俺の無茶が原因と来れば尚更だ。亀甲棍を握っていた右手に向けて小さく「ごめんな。いままで、ありがとう」と呟く。もし亀甲棍に自我があれば何と答えただろうか。手に残っていた亀甲棍の残骸が溶けるように空中に消えていくのをトーカはゆっくりと見つめていた。

「……あっ、武器ないじゃん」

相棒の旅立ちをしんみりとした顔で見送っていたトーカだが、自分が現在丸腰であることに気付いたらしい。打撃系武器を持っていないトーカなどちょっと殴れる器用貧乏神官なので、亀甲棍との別れによる軽い放心状態から復活してすぐに、慌てて『初心者のメイス』を装備する。

初期装備なので亀甲棍とは比べ物にならない程低い性能なのだが、打撃系武器さえ持っていれば大体の敵なら粉砕できる火力は確保できる。現に亀甲棍から初心者のメイスに変わったことで、STRが25下がりAGIが5上昇したが、正直ここまでくると25の差などあってないようなものだろう。訂正、やっぱりレベル2・5分のステータス減少は痛いです。

だが、初期装備の初心者のメイスを使う理由は代用品というだけではないのだ。初心者装備に共通して設定されているとある性質が今は最も必要になる。その性質とは『破壊不能』。つまり、どんな無茶な扱い方をしても初心者装備は壊れないのだ。これさえあれば、まだ戦える。

「あ……さっきの結果は……」

未知の体験の感覚や幻想的な光景に浸っていたり、相棒の殉職を見送ったりで確認を忘れていた惨劇の結果を示すウィンドウにようやく目を向ける。


＝＝＝＝＝＝＝＝＝＝＝＝＝＝＝＝＝＝＝＝＝＝＝＝＝＝＝＝＝＝＝＝＝＝＝＝＝＝

【討伐】
暴走兎×99＋……990＋P　暴走狼×99＋……1980＋P
暴走猪×99＋……2970＋P　暴走牛×99＋……4950＋P
暴走熊×99＋……5940＋P　暴走蛇×99＋……14850＋P

暴走蜥蜴×99+……11880+P

「うぇっ！　あ、閉じちまった！」

なんか頭のおかしい討伐量が羅列されてたんだが。反射的に閉じちゃったぞ。カンストというか表示限界振り切ってなかったか？

戦果のウィンドウは一回閉じたら再び見る事は出来ないのでもうどの程度の被害だったかを確認する術は無い。それがいい事なのか悪い事なのかは……俺には分からない。分かりたくない。

「それにしても、このイベント始まってからレベルがグングン上がってくな、【グラビトンウェーブ】での大虐殺二回に推定想定外のボス討伐だから仕方ない……のか？」

考えたら負けだ。リクルスとカレットに勝ち誇れる内容が増えたんだしいいじゃないか、と自分を誤魔化しておこう。レベル上がったばっかなのに一気に6も上がるのおかしくない？　とか、そもそもレベル上がるの早くない？　とか、フリーズの後遺症か知らないけど頭ん中がめちゃくちゃチカチカするんだけどこれ何？　とか、言いたい事はいっぱいあるけど……まとめて意識の隅にぶん投げろ！　ずるはしてないから俺悪くないっと、そぉぃっ！

とりあえず称号を確認して心を落ち着けよう。それがいい。

『いいとこ取り』はカレットのと同じだな、トドメ刺したら経験値が1・2倍になるってやつだ。

さて、他のは……っと。

＝＝＝＝＝＝＝＝＝＝＝＝＝＝＝＝＝＝＝＝＝＝＝＝＝＝＝＝＝＝

『横取り』
人の努力を後から掻っ攫いまくった証
自分以外のプレイヤーによってＨＰを減らされている相手へのダメージが１・２倍
【類語】ハイエナ
＝＝

あぁ……【グラビトンウェーブ】で他のプレイヤーと戦闘中のモンスターを横取りしちゃったんだな、本当にすいません……。いや、一応今回の大型ボスモンスターみたいな特別な相手以外は戦闘中に無関係のプレイヤーが割り込むことは出来ないから逃げるなりプレイヤーに勝つなりで勝負が終わった後の個体をまとめて葬っただけではあるんだけど。って、これが取得できちゃってるってことは【グラビトンウェーブ】の被害が他のプレイヤーのいるエリアまで到達したって事だよな？

ＰＫは出来ない仕様だからダメージはないとは言え、相当迷惑なんじゃ……やばい、尋常じゃない罪悪感が……。

かもんねくすと！　……に、逃げた訳じゃ無いぞ⁉

＝＝
『災厄の権化』

災害級などという生ぬるい存在ではなく、災厄そのものである証
範囲攻撃の威力上昇
破壊可能オブジェクトへの影響増加
範囲攻撃に災厄属性を付与
＝＝＝＝＝＝＝＝＝＝＝＝＝＝＝＝＝＝＝＝＝＝＝＝＝＝

確かに【グラビトンウェーブ】は災厄って言っても過言では無いけど……。そうか……生物扱いすらしてもらえなくなったのか……。ところで……災厄属性って何ですかね？　え？　レイドボスクラスの超強力なモンスターが持つ特殊属性？　通常は2倍のはずの弱点属性によるダメージ上昇倍率が1・5倍と低い代わりに全ての存在に弱点判定が付く？　破壊可能オブジェクトなどの破壊にボーナス？　……もういいです、お腹いっぱいです、勘弁してください。そんなもの受け取れません返却いたします。え？　出来ない？　そんなこと言わないでよぉぉぉ！

はっ！　錯乱してた。と、とりあえず残りの称号を確認しちゃおう。

＝＝＝＝＝＝＝＝＝＝＝＝＝＝＝＝＝＝＝＝＝＝＝＝＝＝
『兎の鏖殺』
兎。それは不倶戴天の怨敵。生かしてはおけぬ。故に果たさねばならない。鏖殺を。
ウサギ系の敵に与えるダメージと得られる経験値が2倍になる

一定範囲内のウサギ系の敵の位置を把握できる
＝＝

殺意高くない？　別に俺そこまで兎に殺意持ってないよ？　え？　やってることだけ見ればそう思われても仕方ない？　ぐうの音も出ねぇや。

というかさっきから頭の中でチカチカしてるのはこの称号の効果だったか。怨敵は絶対逃がさないという強い意志を感じる。しかもなんかどの種類に対して発動してるのかも分かる便利仕様。

ちなみに、他の鏖殺系称号も効果は対象が変わるだけで全く同じだった。

いやね？　効果自体はめちゃくちゃ優秀なんだよ？　与ダメも経験値も2倍で索敵もしてくれるっていうめちゃくちゃ優秀な効果なんだよ？　けどさ、物騒過ぎるよね、名前が。キラー、天敵と来てその次が鏖殺は段階飛ばしすぎじゃない？　間にもう何ステップか挟むべきじゃないかなって思うよ俺は。あとさ、これだけあっても恐怖は与えない辺りに逃がさないって意地を感じるよね。

「とりあえずはこんなもんか。いろいろ言いたいことはあるけど、……気にしない方針で行こう」

開き直ることでメンタルへのダメージを無効化していると、チラホラとモンスター達がリポップし始め少しずつ周囲は喧騒を取り戻し始めていた。

ここも近い内にモンスターの波に飲み込まれるだろう。周囲の惨状とそれでも生まれ続ける命の力強さを改めて確認し、初心者のメイスを握る手に込める力を少し強くしながら、誓った。

「流石に全力の【グラビトンウェーブ】は自重しよう」

誓いを立てると、そのまま『疾走』を駆使して奥へ駆け出す。充分速度が乗ったら『跳躍』で斜め前に跳び上がり、そこからは『空歩』での移動に切り替える。

なんか空を跳ぶのが普通になってきたな……このイベントで変な方向に進んだ気がする。果たして普通の神官に戻れるのだろうか……。そういや狩人らしい事ほとんどして無いな。イベントの最初の一発だけじゃないか？　まぁ神官らしい事もして無いのだが……。

そんな事をぼんやりと考えながら、モンスターが再び湧き始めたとはいえ未だ閑散としている地上が高速で後方へ流れて行くのを尻目に新たな戦いの場を求めて奥へ奥へと進んでいく。


…………………やっぱ見なきゃダメ？　運営からのメッセージ。

チカッ、チカッ、チカッ。

「やっぱ見なきゃダメかぁ……」

知ってたよ、なんかいろんな通知に交じって明らかに毛色が違うのが交ざってるってことは。運営からのメッセージとか嫌な予感しかしないんだが。やり過ぎたとは思ってるよ？　でもあんな馬鹿みたいな被害が出るとは思わなかった訳ですし……。知ってたら当然やらないですよそんなこと。

「はぁ……」

心の中でどれだけ言い訳を重ねても、視界の隅でチカチカと自己主張し続けるアイコンは消えてくれない。手紙の封筒のマークを丸で囲んだ様なアイコンはフレンドメッセージや運営からのお知らせなど、なんらかのメッセージが届いた事を伝えてくれるアイコンだ。そのアイコンが「こっち見ろ！」とでも訴えてくる様に、チカチカと自己主張を続けてくる。それはもうウザいくらいに。

　まぁ実際見ろって訴えてきてる訳だが……。

　悪気は無かったとは言え、他プレイヤーのハイエナ行為とかやらかしちゃったっぽいしな……。運営もキレたんだろうか。普通に考えて個人へ運営からコンタクトがあるとは考えにくい。だが、そうも言ってられない異常事態だというのも理解している。悪い方の心当たりがある分余計気が重くなっているのだ。どうしようかなぁ、このまま無視して忘れるかなぁ……。

「これから注意しますってことで見なくても……。いや、やっぱ見なきゃダメっぽいよな……。見ない方面に心が傾くとチカチカが強くなるし……いや、でもなぁ……」

　トーカは悩む、空を駆け、たまに陸継ぎしながら考え続ける。途中で西エリアのボスが討伐されたと言うアナウンスが流れた様な気もするが、反応すること無く考える。

　気分は学校でなにかやらかした後にそれが先生にバレて校内放送で職員室に呼び出された時のそれと同じだ。小学校の頃は瞬と明楽のやんちゃっぷりもなかなかに悪ガキのそれだったからな。だけどですね、当時の先生。確かに教員用トイレに忍び込んでトイレットペーパーの向きを入れ替えて使いにくくするとかいう地味な割にイラっと来る姑息ないたずらを仕掛けつつ二人そろって犯行現場《教員用トイレ》に証拠《名札》を落としてくるとかいうむしろわざとだろってくらいくだらない事やってしらばっくれてたあの二人が悪いですよ？

　それでも「鷹嶺護君、米倉瞬君と神崎明楽さんを職員室まで連れて来てください」って校内放送はさすがにどうかと思うんですよ。確実に二人を呼び出せる効率的な方法なのは認めるところではあるけども、実際即連行したからそう言った意味でも間違いじゃないどころか大正解ですけども。それって生徒が先生に言いつける《チクる》のとやってることは同じですよ？

過去の思い出《現実逃避の》に浸った末に、ようやく結論を出す。

「よし、無視しよ『チカッチカッチカッチカッチカッチカッチカッチカッチカッチカッチカッチカッチカッ』すいません読みます」

許されなかった。とは言え、モンスターがうじゃうじゃいるこの場所で読む訳にも行かない。こんな所で悠長にメッセージなんて読んだら即袋叩きで町まで強制送還されるだろう。なんかそれならそれでゆっくり確認できるからやったら？　みたいなオーラがメッセージアイコンから伝わってくる気がするが、どうしたものか。

もう一回【グラビトンウェーブ】を……いやいやいや。それはダメだろう。【グラビトンウェーブ】は余程のことが無い限り全力で使うのは封印しようと誓ったばかりじゃないか。というか、その件でメッセージが来てるんだから読むためにもう一回は絶対にダメだ。

そんなことをしたら生え際が後退してることを気にしてる先生をツルピカ先生と呼んでめちゃくちゃ怒られた挙句「ごめんなさい。まだツルピカじゃなくてちょいピカでした」って謝って教室中を爆笑の渦に沈めつつ説教のおかわりをくらって授業を潰した瞬とやってることが同じだ。

……まだ現実逃避から完全に復帰できてない気がするぞ？

微妙に残った思考の汚染を振り払うように頭を振って自身に誓いを立てる様に握りこぶしを掲げ

る。その覚悟は果たしていつまで持つのか……それは神（官）のみぞ知るといったところか。

「と言う訳で、まずは運営からのメッセージを確認するために邪魔なモンスターを処理しよう」

そういうと、初心者のメイスを振りかぶって地上に向かって『跳躍』する。加速するトーカの姿はまるで白い流星のようで……。

「【グラビトンウェーブ】！　からの【ハイヒール】！」

大地が爆ぜる。誓いは数秒しか持たなかった。幸いと言うべきか、高度がかなり低かったので危害規模は半径10ｍほどで済んだようだ。何の足しにもならない慰めだが。

《レベルが上昇しました》

「ふぅ、これで読めるな。……あっ」

誓いを数秒で破った事に達成感とレベルアップの通知で気付いたトーカは、辺りを見渡し、明らかに「やっちまった……」と言う様な顔をしていた。これじゃ明日から早起きするって言った翌日に大寝坊かました明楽と同じじゃないか……！　レベルアップを知らせるファンファーレがどことなく非難がましいのは気のせいだと思いたい。

だが、結果としては辺りのモンスターは地形ごといなくなり、10ｍも距離が空いていればモンスターの知覚範囲には入らないので少しの時間ではあるが安全地帯が出来上がったのもまた事実。

「とりあえず、結果オーライだ。次から気を付けよう」

即行の誓い破りは無かったことにして、さっきと全く同じように握り拳を作り、さっきと全く同じ誓いを立てる。その姿を見たものはどう思うだろうか。

《称号『詐欺師』を取得しました》
……うるせぇやい。
運営からのメッセージを確認する前に、先ほど何故か取得した『詐欺師』を確認してみる。
詐欺なんてしてないんだけどな……。おかしいね。（すっとぼけ）

『詐欺師』
その手腕をもって多く《運営》を騙した証
欺く系のスキル、称号の効果が上昇
騙したな！

………ちゃうねん、ここがメッセージ確認するためにはあまりに危険すぎたねん。だから少し辺りを平和にしただけなんねん。ほら、偉い人も言ってたやん「邪魔する者は皆殺せ」って。今回はノーカンやノーカン、次から気を付けるんで堪忍してや。（キャラ崩壊）
「それで、メッセージは……」
自責の念に駆られながらカタカタと小刻みに震えているメッセージアイコンをタップする。そういやこのアイコンずっと震えてたな……アイコンにすら怯えられてるのかと思ったが、どちらかというと怯えてるというよりは中に何か生き物が入ってるような動き方だった気が……。

その思考がアイディアに結び付く前に、トーカの指がアイコンに触れる。

『ばばーんっ！　呼ばれて飛び出て妖精ちゃん！』

その瞬間。無駄にキラキラした魔法少女チックな演出と共にGMコール担当用AIにしてなぜかイベント進行も兼業してる妖精ちゃんことリーリアが飛び出して来た。

「うわっ、出た！」

『そんな部屋の中で虫見つけちゃったみたいなリアクションされるとさすがに泣くよ？』

「この状況で君がなぜかメッセージの中から出てきたら仕方ないと思うんだが」

ちょっと後ろめたいというか引け目がある状態でウザ喧しいとは言え運営からのメッセンジャーがやってきたのだ。こういう反応になっても仕方ないだろう。

「えっと、なんで君が？　いや、大体の用件は分かるけども。そうじゃなくて、AIである君が実際にここに来た理由がよく分からないんだけど……。あと来る手段。君郵便物だったの？」

『違うよ!?　なんかさー、言いにくい内容だけどリーリアなら言えるっしょ。みたいなノリで私が選ばれたんだよね。それはまだいいよ？　最初にプレイヤーの前に出たり仕事が多かったりで私がGMコール担当用AIの顔みたいになってたり、君とは面識あったり、この性格《キャラ》だったりで私が選ばれるのはね？　全然かまわない訳ですよ。けどさぁ、移動手段がメッセージに添付《つめこむ》ってどう思う!?』

「あ、俺のこと覚えててくれたんだ」

『そりゃ初めてのプレイヤーの前に出る仕事ですから！　って気にするのそこ⁉』

「あ、いや。どこから突っ込んでいいか分からなかったからとりあえずそこかなって」

『なるほど。確かに困惑するよね。で、どう思う？』

「あ、聞いてくるんだ。なんというか、愉快な方法だね？」

『私は全然愉快じゃないですぅー！　暗くて狭くて外からは物騒な音が聞こえてきて……もう二度とごめんだね！　この方法を提案してきたマーシャにはいつか絶対やり返してやる！』

ガルルルル……！　と肩を怒らせて他の妖精だろうか、マーシャなる人物に怒りを露わにしている。ところで、ボケのつもりかもしれないけど肩を怒らせるって威圧的な態度って意味で怒りの表現じゃないよとわざわざ肩から吹き出しだして「(＃゜Д゜)」やら「ガルルルル……！」と文字を表示してる妖精ちゃんに伝えた方がいいのだろうか。

「えっと、それでメッセージって？」

このままだと永遠に本題に入れなさそうなのでこちらから切り出す。正直あんまり切り出したい話題じゃないけど……。はっ、まさかこうしてこっちから言わせるための作戦だった⁉

『……あっ、忘れてた』

違うっぽい。この子がメッセンジャーで大丈夫なのだろうか。不安にならざるを得ない。

『ま、運営的《こっち》にはよほど悪質じゃない限りはユーザー個人に直接干渉はしたくないって方針ですからね。それに、このメッセージってどうしても言いにくい内容なんで』

「【グラビトンウェーブ】の使用は控えてくれみたいな話か？」

『大正解！　八十点！　システム的に再現可能なただのコンボ技でズルとかじゃないけど規模だから他プレイヤーに被害が出そうな一般フィールドで使うのは自重してねって話ですよ』

「まぁ当然っちゃ当然だよな。ところで大正解なのに八十点とはこれ如何に」

『運営的に言いにくいことをずばっと言われたはらいせです。あ、そうだ無茶言うお詫び《ワ》の品《ィロ》ってことでこちらのスキルをプレゼント！』

「それは運営的に大丈夫なのか……？」

《『手加減』を習得しました》

あ、違うわ。これ言い方がリーリアフィルター通してるだけで普通に行動を縛るための枷だ。これ使って被害減らしてね的な無言の圧を感じるもの。

『効果は単純！　このスキルを使うと、攻撃の威力、範囲、対象、追加効果とかを各項目ごとに任意の割合だけ減少させることが出来るよ！　どうしてもアレを使うならこれで範囲絞ったり地形への影響をカットしたりしてねってことだね。もちろんただそれだけの枷スキルじゃないよ？　なんと、このスキルで減少させた割合分だけ対象のクールタイムが減少するよ！』

ふむふむ。手加減した分だけクールタイムが短くなると……。

「……え、強くない？」

『だから言ったでしょ？　ワイロだって。あ、一応あらゆる判定を参照してクールタイムの減少量は決まるから追加効果だけゼロにして無限連打！　とかはできないよ？』

「まぁ当然だな。……それでも十分有効活用できそうだ。ありがたく使わせてもらうとするよ」

『はいさーー！　んじゃ、今後とも《ＥＢＯ》をよろしくお願いしまーす。では、さらだば～！』

そう言うと、リーリアは無駄にキラキラしたエフェクトの軌跡を残して夜空の彼方へと飛び去って行った。ちょっと狙撃してみたいなという悪戯心が湧いたが、さすがに自重した。

と言うか、軌跡で遊んでるな？　なんだＭｅｒｒｙＸｍａｓって。サンタの季節にはまだ早いぞ。

最後までハイテンションだったリーリアを苦笑いで見送ってから、壮絶な破壊痕以外何も無い空間から少し進むと、そこは既にモンスターパニック状態だった。

辺りに大量のモンスターがひしめき、唸り声や咆哮が響き渡っている。だが、ちょうどいい。

「今のレベルが色々あって49だから……目標は55だな。ってな訳でお命頂戴するぜ」

砕けてしまった亀甲棍の代わりに装備した初心者のメイスを肩に担ぎ、空いた左手に？？？の短剣を握り、たまたま視線の先にいた、これから死にゆく《スタンピード・ベア》に向けて宣言する。

ただ普通の神官は基本的に前衛をしない事はトーカには関係の無い事だ。今のトーカにとって普通とは、【グラビトンウェーブ】で一切合切を薙ぎ払ったりしないことなのだから。そもそもトーカにとって今のスタイル《撲殺神官》が普通なのだから。普通ってなんだ。

「しゃいくぞ！　なんとなくイベント限定の気配がする素材と経験値置いてけ！」

その後もトーカの普通（自己申告）の戦闘は続き、【チェインボム】で量産される爆弾でまとめて吹っ飛ばしたり各種棍術アーツの猛攻を掻い潜って至近距離まで近付く猛者を？？？の短剣で切り裂いたりと、その草原から儚き命の残光と猛り狂った叫び声が絶える事は無かった。

そんな殺戮劇は最後のエリアのボス南エリアの《劣水竜《シーサーペント》》が討伐されてからも続き、『手加減』

でフィールドへの被害をゼロにしつつ範囲を半径１００ｍに絞った【グラビトンウェーブ】が吹き抜けた直後に午後十時《終了時刻》を迎えて終了となった。

こうして、《ＥＢＯ》初のイベント『トルダン防衛戦』は運営の胃に多大な影響《ダメージ》を与えつつ、何とか幕を閉じたのだった。

もはや防衛戦ではなく殲滅戦だったのは気のせいだろうか……。

掲示板回③

【町を】《EBO》イベントスレNo：58【守れ！】
ここは《Endless Battle Online》、通称《EBO》の初イベント
『【トルダン】防衛戦』に関して話し合うスレです。
次スレは>>950を踏んだ奴が宣言して立ててね。
誹謗中傷はダメだぞ

68．名無しのプレイヤー
そういやさ、みんなはどのエリア行った？　俺は西で魔法バンバン撃ってたけど

69．名無しのプレイヤー
俺は東だな。レベル20前半でスキルもそこそこ鍛えてたから最初は北行ったけど
あそこは魔境だった。マジで他エリアとは頭一つ飛びぬけて強かった

70．名無しのプレイヤー
我東にいたねん。色々あったけど楽しかったぜな
蛇は絶滅させるけど

71：名無しのプレイヤー
ほー東ってあれだろ？　ボスがバカみたいに強かったっていう
だいぶ怨みキマッてんねぇ

72：名無しのプレイヤー
いやマジで、エグい強かったわ。メタクソ硬い上に自己回復持ちとか……
勝たす気ねぇだろって感じだったわ。運営を恨んだね

73：名無しのプレイヤー
へぇー。でもさ、一番最初に討伐したの東やん
強かったのにすぐ倒せたん？

74：名無しのプレイヤー
そうなんだよ！　東に凄いプレイヤー達と物凄いプレイヤーがいてさ
そいつらのおかげで何とかなった。まさに狐につままれたって感じだわ

75：名無しのプレイヤー
どゆこと？　詳しくプリーズ

76：名無しのプレイヤー
なんていうか……凄いプレイヤーは
・他のみんなが腰が引けてる時に1人でボスに挑む漢の中の漢
・かいがいしくみんなをサポートしてくれるロリっ娘

とかそんな感じのプレイヤーで

77．名無しのプレイヤー

ガタッ！

78．名無しのプレイヤー

ガタッ！

〜〜〜〜〜〜〜〜〜〜〜〜〜〜〜〜〜〜〜

96．名無しのプレイヤー

ガタッ！

97．名無しのプレイヤー

このノリにもそろそろ突っ込まねぇからな？

んで、物凄いプレイヤーってのは……一応、嘘とかじゃないから信じてくれよ？

98．名無しのプレイヤー

そんな前置きしなきゃいけないようなレベルなん……？

99．名無しのプレイヤー

まずな、そいつ空から降って来たんだよ

100．名無しのプレイヤー

？？？？？？？

101．名無しのプレイヤー

いや、言葉の通り空から降ってきてボスぶっ飛ばしたんだよ
102．名無しのプレイヤー
そん時俺いたけどあれマジでヤバかった。
さっき上がってた漢の中の漢いるやん？
アレがボスの尻尾連打で殺られてから少しして降って来たんだよ
103．名無しのプレイヤー
プレイヤーが降ってくるとか魔境かな？
そんなとんでもないプレイヤーならそこそこ名が知れてると思うけど……
104．名無しのプレイヤー
いや、まったく知らん奴だった
狐のお面被ったメイス使いの神官でとんでもない火力出るってこと以外不明
105．名無しのプレイヤー
有名人掲示板で探せば出て来るかね？　ってか、だから『狐』につままれたなのか
106．名無しのプレイヤー
なぁなぁ、そいつ前衛神官なの？
確か色々あって扱いにくいって人気なかったんじゃなかったっけ
107．名無しのプレイヤー
あぁ、ステータスまんべんなく伸ばさなきゃいけないしな

それに、HP・MP・クールタイム・バフのタイミングとか普通の神官とか戦闘職よりも管理しなきゃいけない要素が多すぎてパンクするとか聞いたぞ

108．名無しのプレイヤー
普通の神官ならリトゥーシュとか凄い奴もいるんだけどな
前衛神官の話は全然聞かなかったな……

109．名無しのプレイヤー
たしか最初の方はちらほら目撃情報あったよな？
一定数の奴が挑戦してたみたいだけど

110．名無しのプレイヤー
俺も最初は殴れる神官目指してたんだけどさ、無理だってあれ
序盤でさえ最低でも倍は欲しいレベルで火力が足りん
ウサギにすら手間取るのは致命的だって

111．名無しのプレイヤー
INTとSTR共有できたりすれば話は別なんだろうけど……
魔法剣士タイプも同じ理由で見かけねぇもんな

112．名無しのプレイヤー
一応公式が物理魔法両対応を謳ってる騎士もな……
やっぱサブで魔法が使えなくもないってレベルだしな

本気でどっちも同じレベル使おうと知るとクソ雑魚器用貧乏になる

113．名無しのプレイヤー
それにやっぱまんべんなく伸ばすと器用貧乏になるからなぁ
攻撃魔法全部鍛えてるノルシィみたいな例外はいるけどさ
あれだって結局のところステ振り自体は魔道士型だろ？

114．名無しのプレイヤー
ってか魔道士型ってステ振り自体がβん時のノルシィが確立したやつらしいし
そのノルシィにしたって特化型っぽい奴にその分野じゃ負けてたしな
西でボス戦してた奴は知ってると思うけどあの娘すげぇんだわ

115．名無しのプレイヤー
あー、カレットね。火魔法だけならマジで頭2～3つ飛びぬけてるよな
多分装備もガッチガチに火魔法特化に固めてるぞアレ

116．名無しのプレイヤー
あそこまで特化型だといっそすがすがしいよね
けどあの娘火魔法は凄いけどそれ以外は抜けたとこあるっぽいんだよね
MPポーションの存在知らなかったのはさすがにどうかと思うけど

117．名無しのプレイヤー
Mポ知らんてマジで言ってる？

魔道士の生命線なんだが？？？
１１８．名無しのプレイヤー
生命線が繋がってないのにあのレベルに到達してるの見ると天才っているんだなって
天才ってやっぱどっか常人とズレてんだな……
１１９．名無しのプレイヤー
東の狐に話し戻すけどさ、あの神官って結局どう実現してんだ？
ジョブが神官なだけで戦士型のステ構成してるとか？
１２０．名無しのプレイヤー
神官の意味……神官であることこそが意味かもしれんが
あるいは装備とか称号で盛ってるとかじゃね？
根気強くやってればそれ系の称号とか生えそう
１２１．名無しのプレイヤー
つまり検証班案件か。もう食いついてるだろうけどどうなるやら
１２２．名無しのプレイヤー
今までは前衛神官はβで無理って結論がほぼ出たから優先度低かったらしいけど……
実例が出て来たしなぁ。嬉々として今からビルド変更してやりかねないな
１２３．名無しのプレイヤー
そして低レベル時からそのルートじゃないと手に入らないスキルとか称号とか見落とすんです

ね分かります

124．名無しのプレイヤー
そしてそれが最も大切なパーツで全然再現できなくて嘆くまで見えた

125．名無しのプレイヤー
でも検証班ならソフトもう一本買って新しいアカウントで検証しなおすまではやりそう

126．名無しのプレイヤー
このゲーム称号のカバー範囲クソ広いからな。噂じゃ運営が元から用意してたのに加えてＡＩが判断して称号とかスキルとかを随時増やしてるとかなんとか
同じジョブでもバトルスタイルとかで全然ステータス変わってくるしな
マジで拡張性が無限なんだよこのゲーム

127．名無しのプレイヤー
んじゃそこら辺は検証班に任せて、その狐がチーターとか運営側って線はないのかな？
あるいはクソボスにし過ぎてヤベってなった運営が用意したお助けキャラとか

128．名無しのプレイヤー
チートに関しては常日頃から運営が言ってる様に対策ガッチガチだからなぁ
初日にもなんかプレイヤー同士でもめてた時に自信満々に言ってたからな

129．名無しのプレイヤー
害悪プレイヤーで有名だったβの奴と無名の狩人装備の奴の決闘の時だっけか

害悪がピーピー喚いてそれに対して妖精ちゃんが言ってたなそういや
まぁチートなんてされても興醒めだしなぁ
130．名無しのプレイヤー
運営側って線も無いと思う。だってこの運営だぜ？
プレイヤーの活躍の場押しのけてお助けＮＰＣ出しゃばらせる理由ある？
131．名無しのプレイヤー
まぁそれもそっか。出てこられてもなんかお膳立て感あってすっきりしないしな
それに狐はボス戦終わってすぐいなくなったらしいけど、一方的な戦いじゃなくて普通に苦戦もしたし他のプレイヤーと協力してたって話だから俺ＴＵＥＥＥしたいだけのイキリではなさそう？
132．名無しのプレイヤー
まぁそのせいでお助けキャラって言われてる面もあるんですけどね
133．名無しのプレイヤー
一応狐については妖精ガチャ勢達がいいネタ拾ったとばかりにＧＭコールしたらしいぜ
134．名無しのプレイヤー
ＧＭコールに対応してくれる妖精がランダムかつ偏りがあるせいでガチャラーと化したあの妖精キチどもか……半ば風紀委員みたいな感じで治安維持には一役買ってるらしいけど、確かに奴らにとってはいいネタだろうな

それでどうだったん？

135．名無しのプレイヤー

結果としてはシロだったたって話だぞ

しつこいって怒られて幸せって言いながら妖精板に書き込んでる奴が言ってた

136．名無しのプレイヤー

さすが変態の巣窟妖精板

近々変態の双璧を成す紳士連盟と戦争起こすらしいっすね

137．名無しのプレイヤー

マ？　変態大決戦とかこの世の地獄かよ……

どっちの対象も似たようなもんだろなんでケンカしてんだよ

138．名無しのプレイヤー

呼びましたかな？

あとそこ履き違えてるようなら〝教育〟いたしますぞ？

139．名無しのプレイヤー

よんだかいっ？

んであんなのと一緒にされるのは我慢ならないから〝布教〟しちゃうぞっ☆

140．名無しのプレイヤー

お帰りください

141．名無しのプレイヤー
むしろ土に還れ

142．名無しのプレイヤー
辛辣ですなぁ。我々は崇高な使命のために戦っているというのに

143．名無しのプレイヤー
ははっ☆いつかぼく達の気持ちが分かる日が来るさっ
ちなみに件の狐はシロだったよっ！　6人から聞いたからあと4人さっ

144．名無しのプレイヤー
そのうち運営への迷惑行為でBANされんじゃねぇかなアイツ……
〜〜〜〜〜〜〜〜〜〜〜〜〜〜〜〜〜

165．名無しのプレイヤー
……それそろ消えたか？

166．名無しのプレイヤー
っぽいな
変態共も去ったところで、勇気ある英霊の137に黙祷の意を込めて、敬礼！
（｀ー´ゞ）

167．名無しのプレイヤー
（｀ー´ゞ）

１６８．名無しのプレイヤー
（・∀・）ｖ

１６９．名無しのプレイヤー
（￣＾￣）ｖ

〜〜〜〜〜〜〜〜〜〜〜〜〜〜〜〜〜〜

１９７．名無しのプレイヤー
（゜ω゜）ｖ

１９８．名無しのプレイヤー
黙祷はこのくらいでいいだろ。んじゃ他のエリアはなんかあったか？

１９９．名無しのプレイヤー
西はノルシィとカレットを除くと
・実力の証明（サングラス）
・ボス戦と言う名のリンチ（囲んで魔法で叩く）
・風の刃（精神攻撃）
とかか？

２００．名無しのプレイヤー
（精神攻撃）ってｗｗｗ
え、なに、凄い臭かったりするの？

201. 名無しのプレイヤー
人の心の傷掘り返すのよくない
カップ焼きそばの麺をシンクにドボンなんて比じゃないほどの悲しみが私を襲った
なのでこのことを掘り返す奴とワイバーン族は私が始末する
202. 名無しのプレイヤー
あっ……(察し)あの時の娘かぁ……
203. 名無しのプレイヤー
俄然気になる詳細。誰か教えてぷりーず
204. 名無しのプレイヤー
ワイバーンに屈伸煽りでもされたの???
一人だけが話題になるレベルで恨んでるの笑うしかないんだが
205. 名無しのプレイヤー
相当な心の傷になったんだぞ⁉ 掘り返そうとしないでよ!
分かる⁉ 身長が低いのがコンプレックスなのに!
動けない私の頭上を通り抜けていく風の刃! ヴォンって!
他のプレイヤーは首がコロッと逝くのに! 私にはノーダメージだよ!
むしろ風が心地よかったよ! あの羽根付きトカゲめぇぇぇぇぇッ!
ノルシィとカレットよ! あざっす!

でもワイバーンの体もうちょっと削ぎ取りたかったからトドメは待ってほしかったな！
206．名無しのプレイヤー
長文乙
語るに落ちてるんだが……まぁ、ドンマイ
207．名無しのプレイヤー
この話は踏み込むと謎の襲撃によって物理的に身長を縮められかねない
よって話題の変更を要求する！　すでに一人英霊が生まれてるんだ増やしたくはない
208．名無しのプレイヤー
そんな207の後ろに小さなひとk
209．名無しのプレイヤー
死んだな。新たな英霊への黙祷は省略して次の話題に行こう
210．名無しのプレイヤー
んじゃあれだ。サングラスって何よ
リスポって町戻った時になんかサングラスめっちゃ売ってたし着けてる人いたけど
211．名無しのプレイヤー
あーそれね。西って魔法やら死亡時エフェクトやらでめちゃくちゃ眩しくてね
西に行ったプレイヤーはモンスターと同時にみんな目のチカチカとも戦ってたんだよ
そんな時に現れた救世主がサングラスなんだ

212．名無しのプレイヤー
着けてるとマジで全然眩しくねぇの。これが便利でな
やられて町にリスポンしたときとかについでに買う奴が多くてな
213．名無しのプレイヤー
んで、サングラス着けてるってことは何らかの理由で町に戻ったってことなんよ
となるとサングラス着けてない奴＝一回も死んでないって図式が成り立ってたんだよ
ちなみにカレットとかノルシィも当然のように着けてなかったぞ
214．名無しのプレイヤー
いやさ、もちろん一回町に戻っただけとか戻った奴から受け取ったとかはあるぞ？
でもさ、やっぱそういうイメージがついてたんだよ
215．名無しのプレイヤー
なるほろ……それで実力の証明なのか。ってこのグラサンって店売りなんだよな？
元々予想して運営が用意してたんかね？　それともこれもＡＩが作ったんかね？
216．名無しのプレイヤー
いや、どうもそれがプレイヤー製らしいんだよね
正式名称は『五月のサングラス』っていうんだけど、製作者は非公開なんよ
地味に暗視スキルレベル1分の視界補正とＶＩＴ＋5の高性能
217．名無しのプレイヤー

雑に強くて笑う。今後は洞窟や夜にサングラスが必需品になるのか……
って、なぜ五月……？
218．名無しのプレイヤー
ネタ装備に良せかけてこれヤバいぜ
まずプレイヤーメイドでスキル付き（正確には違うけど）の装備ってだけでヤバい
これが量産されてるのがさらにヤバい
そんな生産職が隠れてるってのがそれ以上にヤバい
でも五月は分からん。なぜ五月……？
219．名無しのプレイヤー
ちなみにお値段298トラン！　三個セットならおまけで一個付いてくる！
220．名無しのプレイヤー
押しが強すぎるし値段設定が姑息なんだよなぁ……
なに？　お前サングラスの回し者なの？
221．名無しのプレイヤー
いや、リアルでもサングラスヘビーユーザーなので……

それより、囲んで殴る……はまぁどこも似たようなもんだろうし、東西に続き南北はなんかネタ持ってないのか？
222．名無しのプレイヤー

さすがに東西レベルのネタとなるとな……
・燃える敵に突っ込む勇者共
・最高の登場をしたアッシュ
・燃えてもなお殴って殉職した愛すべきバカ達
くらいか？　やっぱ基本はボス戦周りの話だな

223．名無しのプレイヤー
北のレパートリーよ。総合するとバカとアッシュって事か？

224．名無しのプレイヤー
ただのバカじゃなくて愛すべきバカだ
北エリアのボスであるサラマンダーは身体中が燃えている巨大なトカゲだったんだ
もちろん近付けば炎のスリップダメージが入る

225．名無しのプレイヤー
にもかかわらず、だ。その愛すべきバカ達は当然のように接近戦を仕掛けてるんだ
あるバカは燃える巨体によじ登りまたあるバカは燃える巨体の側で剣を振り続ける
それがサラマンダーのＨＰが半分を切るまで続いた

226．名無しのプレイヤー
うわぁ……近付くだけでダメ入る奴相手に接近戦は勇者だわ

227．名無しのプレイヤー

そんでもって、ボスのＨＰが半分切ったら体に纏う炎が一段と激しくなったんだよな
それこそ一瞬で無視出来ないどころか即死クラスのダメージが入るレベルで
何人かは【レジエレ】もらってそのまま殴ってたけどな

２２８．名無しのプレイヤー
んでもってそんな感じで脳内麻薬ドバドバで炎がなんぼのもんじゃぃしてて、終盤くらいに凄い奥の方に行ってたアッシュがいいタイミングで入ってきてな
ボスの尻尾一撃でぶった切りやがったんだ

２２９．名無しのプレイヤー
あんときの盛り上がりは凄かったなぁ……。もうみんな『うぉぉぉぉぉッ！』ってなって後はもうみんな半狂乱のノリと勢いで囲んでぼっこよ

２３０．名無しのプレイヤー
正直あの時の記憶はおぼろげだけど『燃え尽きるまで』って称号ゲットしてたからそういう事なんだと思う

２３１．名無しのプレイヤー
すっげ、頭バーサーカーかよ
でも西も最後はそんな感じだった気がするからやっぱテンションって怖いわ……

２３２．名無しのプレイヤー
そういや、ここまで話題がほぼない南はどうなんよ

一番弱いって話だったけど無双ゲーみたいな感じなのか？
２３３．名無しのプレイヤー
南ぃ……？　面白人材は基本他に吸われてっからな……

目立つのはボス一本釣りして活け造りにしたことくらいしかないぞ？

＞＞２３２さすがに無双ゲーってほどじゃないぞ。ボス戦以外はストレスなく対大群戦が出来る環境ではあったな。まぁ俺のレベルが南にしては高かったのもあると思うけど
２３４．名無しのプレイヤー
ボス一本釣りってめちゃくちゃ面白そうな話題じゃないですかヤダー
２３５．名無しのプレイヤー
そうか？　他に比べりゃ微妙じゃねぇか？
２３６．名無しのプレイヤー
逆になんでそう思ったん？？？？？？

話題の塊じゃが？？？？
２３７．名無しのプレイヤー
なんでって……ボスが突然湧いた池の中に引きこもって芋砂してるクソ害悪だったからプレイヤーが結託して池から釣り上げてボコっただけぞ？

リアル板前の指示に従ってみんなで協力して捌いて画家の俺のセンスで盛り付けて締めにクールで元気なねぇちゃんが弓の弦でボスの首ポーンって刎ねて、刀使いの渋カッコイイ爺さんが居

合切りで尻尾切って完成したフグ刺しならぬシーサーペント刺しを囲んでみんなでスクショ撮って盛り上がっただけだぞ？
238．名無しのプレイヤー
本気でそのネタが弱いと思っていらっしゃる？
他全部食いかねないお子様ランチみたいな全部セットしてるぞ？
239．名無しのプレイヤー
登場人物もやってることも濃すぎるんよ
どの口で面白人材他に吸われてるって言えたんだ
240．名無しのプレイヤー
正直まとめてみるとだいぶ面白かったなって
隣の芝生は青く見えるってやつだな
241．名無しのプレイヤー
真っ青の住人がなんか言ってやがる
それにしてもボス戦が面白ネタの宝庫過ぎる
242．名無しのプレイヤー
リアル板前、画家（237）、首刎ね娘、居合ノ翁
南の四天王かな？　ランキングが楽しみだな
243．名無しのプレイヤー

ところがどっこい。翁は疲れたからとボス戦後にログアウト
板前はボスの素材でSUSHI握り始めて俺はずっと絵を描いてたからボス戦後もまともに戦ってたのは首刎ね娘だけだぞ
244．名無しのプレイヤー
いろんな意味でこわぁ……
んでさらっと流したけど弓で首ちょんぱって何よ
245．名無しのプレイヤー
それなら心当たりがあるぞ。弓闘術ってスキルの首刎ってアーツだと思われ
現状確認されてる唯一の即死技……なんだけど普通ボスに決めるかね
246．名無しのプレイヤー
弓の弦で首刎ねるアレか。問題はサイズだな
仮にもボスだろ？　そんな小っちゃかったのか？
247．名無しのプレイヤー
それがな……弦が伸びたんだ。メジャー伸ばす感じってのが一番近いかな？
ともあれなにあのギミックって感じの弓だった
248．名無しのプレイヤー
そっか……（現実逃避）なんだかんだどこも楽しんでそうだったな
249．名無しのプレイヤー

その言葉、東の民でないとお見受けする
アレは地獄だったぞ。いったい何人が今回で『蛇の鏖殺』を取得したことか……
250．名無しのプレイヤー
鏖殺系称号ってあれだろ、特定種族を倒しまくるキラー系称号をもったうえでさらに倒し続けて派生する天敵を持った状態でさらに大量に倒して初めてとれる称号だろ？

今回の大量討伐を前提としたイベントでも意識しなきゃとれないレベルの要求数なのに後半から出現した蛇系ので取ったとか殺り過ぎだろ……
251．名無しのプレイヤー
これぞ八つ当たり。ところでだれか蛇肉塊取ってくれない？
使い道無くて困ってるんだよね。料理スキル持ってないし
252．名無しのプレイヤー
料理周りのシステム的恩恵少ないからイラネ
そのせいでスキル育ててる奴も少ないしな……
253．名無しのプレイヤー
検証班辺りにもってけば買い取ってくれんじゃね
それか料理できる奴を探して料理してもらうとか？

第三章　戦が終わって

「ふぅ……結構疲れたな……。へっくしゅん！」

《ＥＢＯ》からログアウトしたトーカ改め護はベッドの上で伸びをしたり軽くストレッチをしたり、首をポキポキ鳴らしたりして長時間のログインで凝り固まった体をほぐしていた。

凝り固まった体がほぐされるそこはかとない気持ちよさに浸りながらふと外に視線をやると、ログイン前はまだ明るさを残していた外の景色は既に闇に飲まれ、夜の帳が下りていた。その景色の違いが今回の激戦の濃密さを物語っているようで、数秒の間、何の変哲もない見慣れたはずの風景に見入ってしまう。

しかしそれは、隣の米倉家から「うぃぬぬぬぬろぁ～」と奇声が聞こえてくる事で中断された。その奇声の主だろう瞬は伸びなどの体をほぐす動きをする際に変な声を出す癖があるので、特に気にせず瞬のスマホに「うるせぇ」とメッセージを十八件程送っておく。

「初日もそうだったけど、へっくしゅん！　長時間やり続けると体が固まってしょうがないな……」

肩を回すと鳴る、ポキポキという音を聞きながら呟く。なんか、関節という関節から音が鳴る気がする。ゲーム内では忙しなく動き回ってるとはいえ、現実の体は一歩も動いていない。それでは体が固まってしまうのもしょうがない。平日はプレイ時間的にもそうでもないのだが、今日みたいに長時間プレイを続ける休日なんかは何かしらの対策が必要だろう。

そんな事を、屈伸した時に膝からなったポキッと言う音を聞きながら考える。そこでふと喉が乾いてる事に気付き、階下へ降りる。冷蔵庫から水を取り出し、コップ二杯半程を一気に飲み干す。

「っぁ～！　やっぱ喉渇いてる時の水が一番美味いな」

喉の渇きを満たした体は続いてぐぅ～と空腹を訴えだした。体は一歩も動かないとは言え、脳はフル稼働していたし結構腹が減ってるな。

時間帯的に今からガッツリ食うのも流石に躊躇われるので冷蔵庫の中にあったリンゴで空腹を紛らわせる事にした。リンゴを取り出す時にチラッと先日特売で買った豚肉が目に入り、焼いて白飯と一緒に掻っ込みたい誘惑に襲われたが、何とか理性を利かせてリンゴに手を伸ばす。

煩悩を振り払うようにパパッとリンゴをウサギ型に切ってからお皿に盛り付けると、何故か無性に麺棒か何かで殴り付けたくなる欲求に駆られたが、ここは現実だと自分に言い聞かせる。

イベントで大量に兎を殴ってたからな……。いや、待て。そもそもなんでウサギ型にカットしたんだ？　まさか、わざわざ殴るために無意識にウサギを……？

「こうやって現実とゲームの区別がつかなくなってくるんだろうか……。へっくしゅん！」

頬を引き攣らせながら、ゲームはゲーム、現実は現実でしっかり意識を切り分けなければと己に言い聞かせ、リビングに向う。なんか、やけにくしゃみが出るな……。体冷やしたか？

そんなことを考えつつ、リンゴを食べて腹を落ち着かせる。うさちゃんリンゴに爪楊枝を刺す手に力が入ってしまったのはしょうがない事なのだろうか……そういう所も気を付けないとな。

リンゴを食べ終えた後はリンゴを切った時に出た洗い物をちゃちゃっと済ませ、歯を磨いてから自室に戻る。今この家には自分以外誰もいないので自室に行かずともこの眠気に身を任せてリビングのソファーで眠るという事も出来なくはないのだが、やはり自室が一番落ち着くので自然と足がそちらに向う。ソファーよりもベッドの方が寝心地がいいしな。

「疲れたから今日はもう寝るか……。体は動いてないけど精神が疲れるんだよな、ふぁ～」

欠伸をしながら自室のドアノブに手をかけ、扉を開ける。

「あっ！　やっとき……」

「あっ！　どこいっ……」

バタン。

……………まぁ、たまには一階の和室で寝るか。日本人たるもの日本文化は大切にしないとな。

自室を後にして鷹嶺家の和室（客室として整えられているが瞬と明楽は基本俺の部屋に泊まるので客間として機能したことはない）に向う。無駄に広い我が家は二階にも空き部屋はある。だが、あえて一階にある和室へ向う。普段はベッドだし、たまには布団も悪くないだろう。

そう考え、扉に背を向けた瞬間。「待てぇぇぇぇい！」と叫びながら扉を開け放たれ、人影が飛び出してくる。完全に不意を衝かれる形になったが、激戦の中にいた感覚が残っていたのだろう。背後からの接近に気が付いた瞬間に左足を軸足として体ごと振り返り、右足で蹴りを放つ。

あっ。

「……今何時だと思ってる。近所迷惑だぞ」

「ひゃ、ひゃい……」

飛び出してきた人影……いつの間にか侵入していた瞬の顔の真横で足を止め、注意する。

危うく新しい顔がないのに古い顔をパージさせられそうになった瞬は若干顔を引き攣らせながらも返事を返してきたのでとりあえずは足を下ろす。

……。反射で迎撃しそうになったけど寸前で止められたからセウトってところか？

「こ、怖かったぁ……」

「変な事するからだろ。ほら、部屋戻るぞ」

やらかした感はあるもののそれを認めるのはちょっと恥ずかしいのでゴリ押しして本気でビビっている瞬を促して自室に入り、もう一人の侵入者と顔を合わせる。言わずもがな、明楽である。

「それで、こんな時間にどうしたんだ？」

いくらイベント終了直後とは言え、現在時刻は午後十時過ぎ。無断で人の家に押しかけるには非常識な時間だろう。そもそも無断で人の家に押しかける事が非常識なのでは？　と言うツッコミはもうし疲れた。まぁ無断で押しかけて来るのは今に始まった事じゃ無いしな。

「それはほら、イベントはどうだった～的な？」

「そうそう、やはり近くに住んでいるのだからリアルで顔を合わせて話したくてな」

俺が理由を聞くと、瞬と明楽はそう答える。まぁ気持ちは分からんでもないが……。

「明日の朝でもよかったんじゃないか？」

確かに、話すなら電話やメッセージよりも実際に顔を合わせて話す方がいいだろう。近くに住んでいるんだし、そう思うのも分かる。問題は時間《そこ》である。

「「イベントで興奮して居ても立っても居られずに」」

「仲良しかよ」

打ち合わせでもしたのかと問いただしたくなるほどに綺麗に一言一句違わずにハモったセリフに思わず突っ込む。たまに瞬と明楽の言動が完全に一致する事があるが、それを見せられるとつい突っ込んでしまうのは幼い頃からの習慣が癖になってしまっているのだろう。

「それにしたって事前にメールするなりしてくれればいいのに……。俺は別に構わないけど人によっては通報もありえるぞ」

「「通報されかけた記憶があるんですが……」」

「ん？　なんだって？」

「「なんでもないです！　サーッ！」」

ビシィッ！　と背筋を伸ばし見事な敬礼を決める幼馴染達。相変わらず息ピッタリだな。

それはそれとして近所迷惑なので二人には制裁《チョップ》を下す。

「まぁいいや、明日休みだし少し話すか。小腹空いてるだろ？　ちょい待ってな」

「俺唐揚げがいい！」「私はお好み焼きがいいぞ！」

「この時間にそんな重いもん作るか。リンゴ剥いてくるから待ってろ」

「「は～い」」

瞬と明楽を部屋に待機させてリンゴを剥いてくる。豚肉の誘惑は無視無視。

二十分ほどかけてリンゴのカットを終え、明楽にはノーマルバージョンとうさちゃんバージョンのミックスを載せた皿を、瞬には丸々一個のリンゴをそれぞれの目の前に置く。

ちなみに、この部屋には俺の勉強机の他に瞬や明楽が来た時用の机も用意してあるので今はそれを使っている。地味にデカくて折りたたんでもスペースを取るのが難点だ。

「おおっ！　相変わらず小洒落てるな！　普通の大きさのウサギの他にも半分くらいの大きさのウサギもいるではないか！」

「あぁ、何となく遊び心でな」

「母親に群がる子うさぎみたいで可愛いぞ！」

「だろ？　作るの結構大変なんだぞ」

「ほむり……それをわざわざ作ってくれたのか？　それはうれしいな！　ありがとうだ！」

明楽は俺の作ったうさちゃんリンゴを目をキラキラさせながら色々な角度から見たり、写真を撮ったりしている。流石に白兎が茶兎になるのは見たくないので早めに食べてほしいのだが……。

俺の思いが通じたのか、あるいは単に満足したのか、明楽はもしゃもしゃとうさちゃんリンゴを食べ始める。あれだけ可愛いとか言ってた割には容赦なく頭から食べていくんだな……。

あっ、今度は頭に爪楊枝刺して尻尾からちびちび食べてる。明楽は「美味いっ！」とか言いながら食べてるが……無意識っぽいしイベントの後遺症だろうか。俺にもあったし、しょうがないよね。

「おぉ～凄いなぁ……っておい！」

「ん？　どうした瞬、食べないのか？」

「いや！　これはおかしいだろ⁉」

そう言って瞬は目の前に置かれたリンゴを指さす。そこにはそのまま木に実っていても問題なさそうなリンゴがでんっと皿の上に載っけられていた。

「どこかおかしいか？」

「えぇッ⁉」

瞬がギャーギャー騒ぎ立てる。わがままだなぁ……。いったい何が不満なのだろうか。

「ギャーギャー喚いてないで早く食べろよ。あ、でもその前にヘタの部分持って持ち上げてみな」

「ギャーギャー喚きたくもなるわ！　こんなんただのリンゴじゃん！　丸々一個ってのはいいにしてもさぁ！　明楽のは剥いてあるどころかかっわいらしいカットまでしてあって俺のはノータッチじゃん！　男女差別いくない！」

「いいからヘタの部分持って持ち上げてみろよ、面白いぞ」

「ガン無視するのな……。んでなんだよその異常なヘタ推しは……ってうぇぃ⁉」

ぶつくさ文句を言いながらも俺の言った通りに瞬がヘタの部分を摘んで持ち上げる。文句を言いつつしっかりとやってみるのがコイツの面白いところだよな。

「なんだこれ⁉　某国民的アニメ《日曜日の憂鬱》よろしくリンゴが上下に分離した⁉」

「それだけじゃないぞ。中も見てみろ」

「ん？　まだ何かあるの……かうぇッ⁉　中がくり貫かれて真っ白いウサギが！」

そう、瞬に出したリンゴは上下分離式で中にはミニウサギリンゴを入れてあるのだ！　実は作業時間の7割はこのミニウサギ製作に費やされている力作だったりする。瞬は面白いくらい反応してくれるのでやってみたが、ここまで素直に驚いてくれると頑張って作った甲斐があったな。

明楽も面白い反応をしてくれそうだが……やっぱり瞬を弄りながらやる方が面白いな。

俺は内心ニヤッと笑いながら、驚いてる瞬に追い討ちをかける。

「頑張って作ったのにただのリンゴ呼ばわりか……。酷いなぁ。瞬は本当に酷いなぁ……（棒）」

「えっ、ちょっ、いや……！」

「めっちゃ頑張ったのになぁ……、切り離さないように内部をウサギ型にするのめちゃくちゃ大変だったのになぁ……（棒）」

「えッ⁉　うわマジだ、切り離されてない！　ちょ、お前これ削り出して作ったのか⁉」

俺の渾身の演技《超棒読み》に、声色と長年の付き合いから冗談とは分かりつつも、自分に非があるのは理解していた故にどう反応していいか分からずに言葉に詰まっていた瞬が俺渾身の作品の秘密に気が付いた様で、驚き半分驚愕半分の声を上げる。

「あぁ。雪兎をイメージしてみた。特に尻尾と耳に苦戦したな」

「やたら遅いなぁとは思ったけど、まさかこんなの作ってたとは……」

「作業時間のほぼ全部がお前のリンゴ作るのに費やされたぞ」

「本当に無駄な所に力を入れるよな、お前って……」

「うわーむだっていわれたーおれのどりょくをむだっていわれたー」

「なにその棒読み⁉」

俺と瞬の愉快なやり取りを横目に、隣でうさちゃんリンゴをもしゃもしゃしていた明楽が瞬の目の前に置かれたリンゴに、より正確にはリンゴの中にいるウサギに反応する。

「ぬおっ⁉　瞬のリンゴにもウサギが⁉　護、写真撮っていいか⁉」

「もう食べ終わったのか？　相変わらず食べるの早いな。写真なら俺より瞬に聞いてくれ、一応アイツのだからな」

「瞬！　写真撮っていいか⁉」

「え、俺もそろそろ食べた「ありがとう！」

「返事を待たずに写真撮り始めた⁉」

瞬の突っ込みもむなしく、明楽は瞬を押しのけ俺渾身の『兎内包接続型上下着脱式リンゴ《ウサギインリンゴ》』をこれまた様々な角度やパターンで撮りまくっていく。俺としてはそこまで写真に撮りたいとは思わないのだが……これが男女の差って奴なのかね。

結局、明楽の撮影が終わり瞬がリンゴにあり付けたのはこれから五分後の事だった。その間イベントどころか《ＥＢＯ》の話題すら出なかった。

君達本題忘れてない？　原因作った《リンゴ出した》俺が言うのもなんだけど。

「明楽ぁ……そろそろ食べていいか？」

「あっ、すまんすまん。完全に忘れてた」

「忘れ……なんて奴なんだ……。あ、美味しい」

ガックリとしながらもリンゴをしゃくしゃくと食べる瞬。ただ……食べるのはいいんだけど普通フォークで首切り落として脳天にフォーク突き刺して食べるか？　コイツにも後遺症はある様だ。

「二人とも……くれぐれもゲームと現実を一緒にするなよ？」

「？　あぁ、分かった」

「？　うむ、了解だ」

首を傾げている幼馴染二人を見てこれからもちょこちょこ注意していこうと決意を新たにする。流石に決定的な所で混同はしないだろうけど、一応対策は練っておかないとな。

「それで……イベントの話だったっけ？」

「そういえばそんな話だったな。すっかり忘れてたぞ」

「むもっ！　むむむぐももっ！」

「瞬は飲み込んでから話せ」

「んぐんぐ……ぷはぁ。忘れてた！」

どうやら、二人の中ではイベントの話よりうさちゃんリンゴらしい。

「こんな時間に押しかけて来て本来の目的を忘れるなよ……」

「すまんすまん。リンゴが可愛くてな」

「明楽がリンゴ食べさせてくれないから」

「人のせいにするな！」

「ここでそう返されるのは納得いかねぇ！」

気が付いたらすぐに口論を始めている瞬と明楽。この二人は本当に喧嘩《じゃれあい》が好きだな……。

「なにぃ⁉」「なんだとぉ⁉」

「はいはい、落ち着けって」

とりあえず二人をなだめる為に、瞬にはハンドタオルを顔に引っ掛けて目を覆ってそのまま端っこを掴んで後ろに引っ張りクッションの方へと体を倒し、明楽にはどうどうと言いながら頭をぽんぽんとする。

これはまだ俺達が小さい時に紗栄子さん《明楽の母親》が怒った明楽を宥める為に使っていたのを直々に伝授してもらった技なのだが、素直な性格故か高校生になった今でも通用するのだ。

流石に紗栄子《さえこ》さんは実の娘にどうどうとは言ってなかったが。

ちなみに、瞬にしたのはオリジナル。首を狙えば相手に命の危機すら感じさせられる優秀な技だ。

絶対やらんけど。上手く相手の重心を崩せれば簡単に倒せるので相手を止めるのにぴったりだ。

瞬をなだめる時やイタズラがしつこい時などに使っていた為、今では結構上達していると自負している。自分以外にやっている人がいるかは知らないが。

「落ち着いたか？　またすぐ騒ぎ始めるなよ？」

「むぅ……了解だ……」

紗栄子さん直伝の鎮静術をやると明楽は若干むくれながらも落ち着くので、今でも重宝しているのだ。むぅと唸りながら恨めしげに後ろに倒されてバタバタもがいている瞬を見ている姿が小さい子供みたいでなんか可愛い。普段なら即座に煽っているところだろうが、鎮静術の効果は偉大だ。

「扱いの差が酷い！」

「だって瞬だし……」

「ねぇ、シンプルに酷くない？」

転倒から復活した瞬は自分と明楽の扱いの差に声を上げる。しかしその訴えは、瞬をチラッと横目で見た護のため息と共に零された言葉に否定される。

瞬が驚きの声をあげるが……。いくら付き合いが長くてほぼ家族同然とは言え女の子にタオルアタックはいかんでしょ。そもそもの話、タオルアタックよりも効率のいい技がある訳ですし。

あ、でもあまりにしつこかったらやるかもしれないいな。

「それより、瞬も明楽もそろそろ本題に入ろうぜ」

「そうそう、イベントの話！　すっかり忘れてた」

「そうだった！　私はボス戦で大活躍だったからな！　いろいろ語りたいことはあるぞ！」

俺の一言でようやく話題は本題に入る。イベントの話をしに来たのにリンゴに話題を持っていかれるとか……まぁそこはもういいか。

「あっ、そういやイベント始まった直後辺りに来たメッセージってマジ？」

「あぁ、あのメッセージか。ふっふっふ……私は結構自信あるぞ」

「お、覚えてたのか。てっきり忘れてるもんだと……」

「「ひっどい！」」

瞬と明楽の声を合わせた非難をさらっと流しながら、イベント開始直後に送ったメッセージの内容を確認する。

「それで、お前等はいいか？」

「いいってあの勝負のヤツだろ？　構わんよ」

「私もウェルカムだ！」

「分かった。なら勝負と行こうか。内容は送った通り、最終ポイントが一番低かった奴が一番高かった奴になんでも一つアイス奢りな」

これがイベント開始直後に二人に送ったメッセージの大体の中身だ。勝負と決まった時から何か賭けたいな〜と思い、手頃なアイスを賭けてみたが、いい感じにやる気につながったようだ。

バカみたいに高いのでもない限りなんでも一つという条件にしたことによって、瞬と明楽の顔には『パーティー用のデカいアイスにしてやる……！』とでかでかと書いてある。ちなみに、2位の奴は蚊帳の外だ。勝者でも敗者でもない者は何も失わないが何も得る事も出来ないと言う事だ。

「とは言っても……最後の方はポイントが伏せられていただろう？　どうするのだ？」

「そこは大丈夫だ。さっき軽く公式サイトを見てきたが、最終ポイントはランキング発表後に個別に送られてくるらしいからそこで勝負だな」

「ふむ……ポイントによってはランキング発表の場がそのまま勝敗を決める場になるという事だな」

「いいねぇ、ワクワクしてきたぜ！」

勝負内容に自信満々に二人が頷き話題がひと段落すると、次の話題はイベント時の自分の体験の報告会という名の自慢会だ。二人とも言いたいことが多いようで、とてもハイテンションだ。

「二人はイベントの時はどうしてたんだ？　俺は最終的には北東の方に行ってたが」

「俺はずっと北だったな。ガンガン奥に進んで楽しかったぜ」

「私は西でいっぱい焼き尽くしたぞ！　あそこは目がチカチカする以外は天国だった……」

ほぉ、綺麗にバラけたな。カレットはともかくリクルスは物理有利な東の要素も求めて北東に来るかと思ったが、違ったようだ。イベント中はもしかしたら会うかもなとか思っていたが、いるエリアが違ったんじゃその可能性もなかったか。

「ふふん！　何を隠そう西エリアのボス《ワイバーン》にトドメを刺したのは私の【風炎槍】なんだぞ！　すごいだろう？」

「へぇ、明楽《カレット》がねぇ……って【風炎槍】？　そんな魔法あったか？」

瞬が驚いた様な感心したような声で呟き、直後に聞き慣れない魔法名に食い付く。とは言え俺も【風炎槍】とやらは初耳だ。《ＥＢＯ》の魔法は基本的になじみ深いカタカナ英語だから漢字表記の魔法はほとんどなかったはずだ。『呪術魔法』のような例外の類だろうか。

「むふふ、【風炎槍】は私のオリジナルの魔法だぞ！　どうだ驚いたか！」

「オリジナル魔法？　え、魔道士ってそんなん作れんの？」

「瞬がそれ聞く意味ってあるのか？　お前の『リクルス』って魔法一切使わないだろ」

「そうだけど！　そうだけども！　だったらお前のトーカだって……バリバリ魔法使ってるわ
……」

俺の指摘に瞬が反論しようとするが……残念。気付いた様だが、俺は魔法がっつり使うんだよ。『回復魔法』と『付与魔法』に加えて新しく増えた『呪術魔法』の三種で種類だけなら『カレット』よりも多いくらいだ。まぁ攻撃魔法は一切無いんだけどな。

「魔法使えない仲間外れは瞬だけだな！　帰っていいぞ？」

「ひでぇ！　なんか最近護もだけど俺に対する当たりが強くない？」

なんというか、瞬は小さい頃から変わらず反応が面白いからからかい甲斐があってついいじりたくなってしまう。とはいえ最近はちょっとやりすぎてる気がしなくもないから気を付けないとな。

「それで、オリジナル魔法ってなんなんだ？」

「私も人から教わったのだがな、二つ以上の魔法をうまく組み合わせると相乗効果で魔法の効果が上がるのだ。そして、それをやると『魔法合成』って言うスキルが入手出来るってすんぽーだ」

「なるほど……発動後に手動で組み合わせることで効果を上げる……か。発動から相手に作用するまでのプロセスが攻撃魔法とは違うし、補助系の魔法とは相性が悪そうだな」

「それなんかずるくね？　物理攻撃にも複数のアーツを組み合わせた合成アーツとかないのかね」

「それは……どうだろうな。そういえば、アーツって次の一撃にそのアーツの効果が適用されるエンチャント型と体が強制的に動かされるアシスト型があったよな？　ある程度融通が利くエンチャント型なら可能性はある……のか？　試そうとしたことがないから分からないな」

「えんちゃんとがた？　あしすとがた？」

「そういう分類があるって話だ。正式名称じゃなくてプレイヤーが便宜上使ってる名称だけどな」

ぽかーんとしている瞬にはとりあえず後で話をまとめて伝えるとして、今は魔法の方だ。

二つ以上の魔法を組み合わせて使うって事は……『カレット』で考えると『火魔法』の【ファイアボール】に『風魔法』の【ウィンドボール】を組み合わせるみたいな感じか。

そう言えば岩蜥蜴戦の時にこの組み合わせを使った時に【ファイアボール】の炎が少し強くなった様な気がしたが……それだったのか。スキル発現まで至らなかったたってことは偶然片鱗に触れたって感じだったのか。誰かは知らないけど今回のイベントで出会った人に教わってものにしたと。

明楽の性格上、さっきから自慢げに言っている【風炎槍】ってのはまず間違いなく【ファイアランス】と【ウィンドランス】の合成魔法だろう。どうせ明楽の事だから他の魔法も【風炎～】みたいな感じの名前なんだろうなぁという信頼がある。

「他にもボス戦の後に出てくる様になった奴も大量に狩ったぞ。乱獲祭りだったな！」

「へぇ、どんな奴だったんだ？　東のはボスをちっさくした様な奴だったけど」

「む？　東はそうだったのか。西は《スタンピード・バード》と言う大型の鳥だったぞ。ボスとはあまり似ていなくて、鷲や鷹みたいな猛禽類を馬鹿みたいに大きくした感じで……ん？　鷹？」

「はいはい、鷹嶺ですよっと。西エリアは鳥だったか。東は《スタンピード・スネーク》って言う蛇だったな。こっちもボスを小さくした感じで熊よりちょっと強かった気がするな」

「北は《スタンピード・リザード》って名前のトカゲで結構すばしっこかったな」

「あぁ、特徴と言えば一回はＨＰゼロになる攻撃受けても耐えたから地味にめんどかったな」

「《スタンピード・バード》もそういえばそうだった気がするな。羽をずたずたにされて墜落死することが多かったからそこまで苦しめられた記憶はないが」

「死ぬまで殴るだけだったから知らんかったわ。ま、死ぬまで殴れば死ぬから同じか」

どうやら、他のエリアの新モンスター達も一回は耐える能力を持っていた様だ。他にも情報交換がてら色々話して分かった事だが、新モンスターの討伐時ポイントがそれぞれ違うらしい。

東エリアの《スタンピード・スネーク》は150ポイント、北エリアの《スタンピード・リザード》は120ポイント、西エリアの《スタンピード・バード》は100ポイントだった。

話を聞いた感じそこまで戦力差は無かった様だが……違いがあるとすれば該当エリアのボス討伐の順番だろうか。《スネーク》に該当する東が一番で《リザード》の北が二番、《バード》の西が三番と、一応ボスを倒した順番は一致する。

「ボスと言えば、二人はボス戦はどんな感じだったんだ？　明楽はかなり楽しんだみたいだけど」

「んー、なんていうか、アツかったな。二つの意味で」

「まほう、いっぱい、つかった！　たのしかった！」

「二つの意味でアツかった？」

ボケがスルーされて寂しいのかクッションを抱きかかえている明楽の膨らんだほっぺをつついて構いながら瞬の話を掘り下げる。ここで無視すると落ち込むからな。

「北のボスはサラマンダーっていう燃えてるデカい蜥蜴でさ、まぁそいつのそばで戦ってると体が発火してダメージが入るわけよ。痛くはねぇんだけどサウナん中で戦ってるみたいだったぜ」

「近づくと燃えるのか。そりゃお前みたいなタイプは大変だったろ」

「マジで大変だったぜ。最初はいいんだけどボスのＨＰ削ると炎の火力が上がってな。対策もなしに突っ込んだら一秒くらいでお陀仏ってくらいにはめちゃくちゃ燃えてたな」

「ほぉ！　そんなに素晴らしかったのか！　『火魔法』使いとして黙ってはいられんな！」

「断る」

「まだ何も言っていないぞ⁉」

復活した明楽を瞬が迎撃する。正直、まだ何も言ってないが何を言おうとしてるかは想像がつくので多分俺も同じようなことをしただろう。

「どうせ『私の方が火力が出るからお前で試させろ！』とか言って焼こうとするつもりだったろ」

「まさか……瞬はエスパーだったのか⁉」

「裁判長！」

「有罪《ギルティ》」

「ぬわーっ！　あぎゃっ⁉」

有罪判決を受けた明楽が仰向けに倒れ……ようとしてベッドフレームに頭をぶつけた。

「なんだこれ」「わかんね」

頭を押さえてもんどりうっている明楽を見て護と瞬の顔が真顔になる。なんというか、今の明楽は最高に無様だった。

「まぁこのアホは置いといて」

「酷いではないか！」

「あ、生き返った」

「そう言えば、今回のイベントでレベルが大量に上がったぞぉぉおぶふ」

「会話ぶっ飛んだな？　頭打って脳バグったか？」

「え、なんでぶっ倒れたんだ今。大丈夫か……？」

ごろんごろん状態から復帰するや否や、自慢げな顔でそう言ってベッドの上に倒れ込む明楽。急に立ち上がったことで立ち暗みを起こし、疲れた状態では支えきれず倒れてしまったようだ。

体は動かさないといっても脳は疲れるから結局疲労はたまるんだよな。

「うむぅ……だいじょうぶだぁ……」

眠そうにそう答える明楽。ベッドに倒れ込んだことで眠気が来たようだ。

そこ、俺のベッドなんだけどなぁ……。

「レベルなら俺も結構上がったぜ？　なんせボス戦MVPだからな！」

「それ関係なくないか？　って、お前がMVPだったのか」

「おうよ！　なんか殴りまくってたらMVPになってたぜい」

「ってことは俺と同じだな。まぁ俺は途中から入ってボコすか殴ってただけだから最初から戦ってた奴には申し訳ない気はするけどな」

「おっ！　護もか！　え、二人もMVPって凄くないか？」

「む？　MVPなら私も取ったぞ？　何せ主戦力の一角でラストアタックも取ったのだからな」

「三人ともMVP⁉　俺ら天才じゃね⁉　これは勝負の結果が楽しみだな……！」

驚くべきことに、各ボスごとに一人、全体で見ても四人しかいないMVPの内の三枠を俺たちが埋めてしまったらしい。なんなら、俺と明楽はラストアタックも取っている。瞬が明楽のラストアタック自慢に触れないという事は……まぁ、そういう事だろう。

後日、南のボス戦でMVPとラストアタックをリーシャが獲得していたことを知って一人だけラストアタックを取れていないリクルスがショックを受けることになるのだが、それはまた別の話。

「ならば、スコア勝負の前哨戦にレベルで勝負しないか？　私はかなり自信あるぞ」

「おおっ、それいいな。俺だって結構倒したからな。自信はあるぜ？」

「レベルか……いろいろあったから負ける気はしないぞ？」

どうやらレベルの高さで勝負する様だ。瞬も明楽も絶対に負けないと言う気迫がビンビンと伝わってくる。かなりいろいろやらかしてイベント中だけでもめちゃくちゃ上がったんだよな。

たしか、最後に『手加減』あるしだいぶ奥まで来たからって【グラビトンウェーブ】使ってまたあがったから……。

「45だ！」「39ッ！」「59、だったはず？」

「「はっ？」」

またしても重なる瞬と明楽の声。おっと。また差が開いたな？（開き直り）

「なんで護はそんなレベル高いのだ⁉」

「明楽もだぞ⁉　え、なんでそんな高いの⁉　イベント開始時は同じくらいだったよな⁉」

俺とは20、明楽にすら6の差を付けられ、40の大台にすら到達できていない瞬が膝から崩れ落ちる。まぁ……狩りの効率で言ったら範囲攻撃がない『リクルス』は辛いところがあるよな。

「俺は北東の奥の方でひたすらソロで戦ってたからじゃないかな。『棍術』がレベル6になって範囲攻撃も覚えたし、称号とか人口密度的な要因もあって効率が良かったな。良すぎたともいう」

「同じく、だな。まぁ私は何人かと行動していたが、それでも範囲攻撃は効率が良かったな」

流石に【グラビトンウェーブ】の蹂躙の詳細については秘密にさせてもらった。別に言うのは構わないけど、なんか俺と二人の精神衛生上よろしくない予感がしたので伏せさせてもらった。

「効率がいいって……だからってそんな上がるもんか？　なんかコツとかあるのか？」

「ふっふっふ……。特定の種類の敵をたくさん倒すと貰える称号で経験値とダメージがブーストしたからな。使えば使うほど一度の魔法で大量に敵を倒せて最高だったぞ」

「そこら中に経験値の塊が落ちてるようなもんだったからな。殲滅力じゃ範囲攻撃の方が圧倒的に効率がいいしな。リクルスはボス戦とか向きの構成だし、仕方ないだろ」

「むぐぐぐ……。理解はしたけどそれはそれとして悔しいな……！」

「今度レベリング付き合ってやるから元気出せって」

「言質取ったぞ！　ここまで強くなったらあのロックゴーレムにも勝機が見えて来るだろ。ログインできるようになったら早速カチコミだ！」

イベント終了から翌日の午後六時までは集計や諸々のメンテナンスでログインができないらしい。なので、ログインできるようになったらすぐレベリングを開始したいのだろう、うずうずしている瞬をみて、ぼそりと呟く。

「勝負、ごまかそうとしてないよな？」

「ぎくっ」

「おおっと、それはよくないぞぉ？　一度受けた勝負を途中で投げるのはよくないなぁ」

「いやだって実質今のが勝負じゃん！　範囲攻撃はずるいって！」

「使えるものはすべて使うのが勝負だぞ」

「くそうくそう……！」

その後も話題は尽きることなく会話ははずみ、やがて自分のことではなくイベント中の出会いへと話題は変わっていった。どうやら、二人もイベントで凄いプレイヤーに出会ったそうだ。

俺もリベットや……名も知らぬ《名前聞き忘れた》あの小さな神官の少女など素晴らしい尊敬できるプレイヤーと出会ったのだ。あの二人のことを語りたいという気持ちがないというと嘘になる。

瞬が兄貴と呼ぶアッシュというプレイヤーや負けず嫌いな明楽が越えるべき壁とすら称したノルシィと言うプレイヤーの話、そして俺が語る友のために決して諦めず戦うリベットや自分にできることをやり続ける神官の少女の話などでかなり盛り上がることとなった。

というかアッシュって初日にあったあのβテスターだろうか。だとしたら、縁とは実に不思議なものだ。え？　フィロー？　アイツはカッコイイって言うよりは変なプレイヤーだったし……。

ここでは無いどこかで、四人（＋一人）の人間がくしゃみを連発したとかしなかったとか。

その後も途中途中で脱線したりしながらもイベントの話は続き……。

「むにゃむにゃ……わらひのまほーはしゃいきょうらじょー」

「はんいこうげきはずるいってぇ……」

「はは、寝ちゃったか。とりあえず、二人の母親《おばさんたち》には連絡しとかないとな」

疲れ切った二人が寝落ちしたことで突発的なイベント報告会はお開きとなった。

なお、二人の母親からは『うちの息子（娘）が今日は護くんの家に泊まるって言ってたからよろしくね』という旨のメッセージが届いていた。どうやら元から泊まる気だったらしい。

◇◇◇◇

「くぁ……。だいぶ寝ちゃったな……」

翌日。イベントの疲れもあったのか、目を覚ましたのは普段よりもだいぶ遅い時間になってしまった。午前十時。リンゴではごまかし切れなかった空腹に悩まされるが、朝食というには遅く昼食というには早い微妙な時間帯だ。

「二人は……まだ爆睡中だな」

結局俺のベッドを占領したまま寝落ちした明楽とクッションを枕にして寝ている瞬を起こさないように静かに自室から出て洗面所に向かう。冷水で顔を洗って若干残る眠気を追い出すと、どうせならとちょっと手間をかけて豪勢な昼食の準備を始める。昨日諦めた豚肉は絶対に使う。

「なんだこのいいにおいは……」

「はらがへるにおいだ……」

やり始めると凝りたくなるのが人の性というもの。普段なら省くような手間暇をかけて昼食の用意をしていると、匂いにつられた二人が寝ぼけ眼でリビングまで降りて来た。

「おはよう。とりあえず顔洗って来い。準備を手伝った奴には飯をやろう」

「「ふぁーい……」」

その後は謎に豪勢な昼食に舌鼓を打ち、日課としての買出しに行く俺に二人が付いてきて買い物が長引いたり、その時についでに買ってきたスナック菓子をかじりながらぐでぐでしたりと、なんの予定もないまったりとした休日を過ごす。そして、そろそろ太陽が傾き始めた頃。まったりし過ぎたからか、三人そろって昼寝をしてしまった。

「っと……。寝ちゃってたのか……。今日はよく寝る日だな」

目を覚ますと、窓の外は日が暮れ始め、美しい夕焼けの名残が残る赤と黒の混じり合ったどこか幻想的な光景を織りなしていた。昨日のイベント直後も感じたが、《EBO》の中で現実離れした戦いを繰り広げているとこういった日常的な光景が染み渡るようになるな。

ソファーでぐぅすか寝ている瞬と机に突っ伏してすやすや寝ている明楽にタオルをかけ、それぞれの親に一応連絡を入れておく。昨晩から泊まったまま、まだこっちにいること、そして今は昼寝をしている事を軽く伝えると、どちらの親にも「迷惑をかけてごめんね」と謝られたが、気にしないでくださいと言っておいた。

二人が突発的に来る事はよくある事だし、そのまま居座ることも珍しくはない。そしてなによりも、まだ俺が小さい頃は親が不在になる時はよくお世話になっていたのだ。これくらいで迷惑だなんて欠片も思わない。なお、どちらの家族も久しぶりに静かな休日を過ごせると喜んでいた。

瞬と明楽が起きたのは俺が起きてから一時間ほど経った午後六時半を少し回った頃。夕飯の準備をしていた時のことだ。昼に力を入れすぎたので夜は簡単な奴でいいかなと考えながらパスタをゆでていると、眠りこけていた二人がもぞもぞと起きだしてきた。

「おぉ、起きたか。飯の準備が始まると起きる機能でもついてんのか？　あ、二人とも夕飯もこっちで食ってきな」

「夕飯も？　いいのか？」

「ぬぅん……のかー？」

「あぁ、別に。というかここで食わないとお前らの夕飯はないぞ。米倉家も神崎家も今日は外食行ってくるって話だからな」

元気いっぱいな我が子は可愛くてもたまには静かに過ごしたい日もあるのだろう。二人がこっちにいることを知ると、そのまま夕飯もお願いしていい？　と任せられたのだ。まったく非はないのだが、どこにそんなコネがあるのか、こういった時は毎回材料費など諸々込みのお礼として結構いい食材とかがもらえるので助かっていたりする。

でもさすがにジャガイモ三十kgはもう勘弁してほしい。結構いいヤツでおいしかったのは確かだが、ジャガイモ漬けの生活を思い出すとさすがにげんなりする程度には消費が大変だった。

「え、シンプルにひどくね？　ナチュラルにハブられたんだけど」

「ま、いいんじゃないか？　米倉家は舞桜《まお》のリクエストで激辛系の店に行くらしいし」

「それならしょうがないな！　うん。たまには妹を優先して身を退くのも兄の務めだからな」

「ちなみにこっちの夕食も対抗して激辛尽くしだ」

「なにゆえ⁉」

「冗談冗談。パスタだよ」

明楽はまだ少し寝ぼけてるな。ここまで一切会話に入ってこないで欠伸をしながら目を擦っている。逆に瞬は起き上がって伸びをしている所を見ると目は覚めたらしい。

「ちなみに何？」

「カルボナーラかナポリタンで迷ってる。レトルトのが余っててな」

「俺はカルボ！」

「なぽぉ～……」

「……明楽はナポリタンか。どうする？　俺はどっちでもいいが……。あ、ちなみに結構デカい奴だから個別にってのは出来ないぞ」

「明楽、いざ尋常に！　ジャンケンポンっ！　(早口)」

「ぽん……」

結局この日はジャンケンで勝った明楽がリクエストしたナポリタンとなった。

瞬……寝ぼけた明楽にこすっからい手を使った上で負けたからって拗ねるなよ……。

そんなくだらない一幕を挟みつつ、夕飯を食べ終えその後の片付けやら食休みやらがひと段落付いたのが午後七時過ぎ。ログイン出来るようになるのは午後六時からだが、イベントの結果発表が八時からなので。まだ少し時間があるのでゲーム内で会う場所を決めてから二人を家に帰す。

相変わらず玄関からではなくベランダから帰っていく二人を見送ってから、不法侵入されないように戸締りをしっかりとして《ＥＢＯ》にログインする。

◇◇◇◇

約一日ぶりに訪れた《ＥＢＯ》の世界。降り立ったのは町の東門のすぐ側だった。イベント終了のアナウンスの後に一斉ログアウトが行われたので、その時にいた場所から最も近い門がログイン地点になったのだろう。

現在時刻は午後七時十五分。結果発表は噴水広場で盛大にやるそうなので、いい場所を取りたければ早めに位置取りをした方がいいだろうが……。生憎と俺は花見や遊園地のパレードなどでもそこまで場所にこだわるタイプではない。そりゃいい場所に越したことはないが、そのために長時間の場所取りとかはしたくないのが本音だ。

そんなことを考えながら、集合場所の『泣鹿亭』に向かう。リクルスなんかは一回行った場所は一瞬で行けてもいいんじゃね？　とか言ってたが、広大なフィールドの移動はともかく町中の移動すらめんどくさがるのはどうかと思うぞ。と、普段はそう思っているのだが……まるで縁日の中を歩いているような込み具合だとさすがに歩くのも億劫になる。

町の様子を見た限りはどこかが破壊されてるとかそういった被害を感じさせる部分はないが、これは防衛が成功したという事なのだろうか。

「それで……って、あれ？　もしかして、トーカか？」

人の多さにげんなりしつつも町の様子を観察しながら歩いていると、突如として声がかけられた。

「ん？　おぉ、リベットか、奇遇……でも無いか？」

振り返ると、イベント時に一緒に戦ったリベットともう一人、見知らぬプレイヤーの姿があった。

「はは、かもな。ログインが密集してる時間帯だろうし、二人とも東にいたからな」

「それにしてもよく気が付いたな。白い服で目立つとはいえこの人混みだ、見逃してもおかしくなかったと思うが……」

「たまたまだよ。チラッと神官服が目に入って、もしかしてと思っただけだからな。それに、あの狐のお面は被ってなかったから一瞬見逃しかけたよ」

「あぁ、あれか。ボス戦でヘッドショット食らってな。アレがなきゃ即死だった」

そう考えるとあのイベントで白狐面と亀甲棍の二つも装備を失ったことになるのか……。あ、確認前に消滅した大地の加護もカウントすると三つか。激戦だったからな。え？　半分以上はお前のやらかしだって？　激戦だったからな。

「ヘッドショット!?　アイツそんなことしてきたっけ!?」

「子蛇つぶし中に引き付けてた時にちょっと距離取ったら毒液で狙撃されたんだよ。入れ替わりでタンク達とあの小柄な神官の子が来てくれなかったらそのまま死んでたな」

「うわぁ……つくづくとんでもないボスだったんだな……。あ、そうだ。良ければフレンド登録してくれないか？　あの時は激戦でそんな余裕なかったからさ」

「あぁ、こちらこそ頼む」

願ったり叶ったりだ。こういう言い方はあまりよくないかもしれないが。リベットは個人的にとても尊敬できる奴だし、縁を繋いでおきたい。せっかく再会できたんだしな。

「そうだ、トーカ。ルーティ……あの時の小柄な神官とは会えたか？」

「いや、会ってないけど。それがどうかしたのか？」

「ボス戦の後であの子と話す機会があってな。トーカにお礼を言いたいって言ってたからさ」

「お礼？　そんなお礼を言われるような事はなかったと思うんだが……」

むしろ、死にかけたところを助けてもらった俺の方がお礼を言わなきゃいけない立場な気がするんだが。柄にもなくクサいセリフを吐いた事へのお礼参り的な意味……はさすがに考えすぎか。

「ま、この感覚は多分当事者じゃないと分からないだろうね。あの時の絶望感はかなりクるものがあったから。同じ神官だし、前線でガンガン戦うトーカを見て思う所があったんじゃないか？」

「そういうもん……なのかね」

俺は神官として邪道も邪道だからな。真っ当な神官から見れば確かにいろいろと思う所はあるだろう。外道？　称号の話はしてないんで。

「……リベット、こちらの方は？」

俺とリベットが話し込んでいると、リベットの傍らにいたプレイヤーが遠慮がちに、しかしどこか圧のある様子でリベットに訊ねる。

短めに切りそろえた空色の髪を揺らしながら、一見穏やかそうに微笑んでいるのに淡いレモン色の瞳のそこに謎の圧を宿した人物は他のプレイヤー達が身に付けている鎧などの防具ではなく、作業着のようなものに身を包んでいる。

「あぁ、ごめんごめん。この人はトーカ。イベントの時に一緒にボスと戦った人だよ」

「あぁ、あなたが昨日イベントが終わるや否や凄い勢いで語ってきた例のプレイヤーですか」

「いや、まぁ……間違っちゃいないんだけども。否定しにくい微妙な言葉選びで本人の前で言われるとさすがに恥ずかしいんだが」

　案ずるなリベットよ。俺も似たようなことやったから。イベント中に見つけた凄いプレイヤーの自慢合戦とかいうよく分からないことしてたから。深夜テンションとは恐ろしいものよ。

「コイツはウォルカス。東門のすぐ近くに自分の工房を持った瞬間今回のイベントに巻き込まれた運のない奴だ。トーカがいなかったら今頃大変なことになってただろうな」

「……。どうも、ご紹介に与りました運のない奴ことウォルカスです。そこのリベットとは友人で・・・した。間接的にあなたに僕の工房を守っていただいたみたいで、ありがとうございました」

「あぁ、いや。そんなかしこまらなくても。改めて、トーカです。よろしくお願いします」

「過去形!?」

　ウォルカスが丁寧な言葉で挨拶してくるので、こちらも自然と丁寧な言葉遣いになる。

「あ、僕の口調《コレ》は癖みたいなものなので気にしなくてもいいですよ。改めまして、僕は生産職、槍匠を主な生業としています。トーカさん、よろしくお願いします」

「お、おう……」

ガン無視されるリベットを哀れに思いつつ、まぁ自業自得だよな……と。スルーして会話を続ける。なんというか、このリベットのいじられ方はリクルスを彷彿とさせるな。

「本当に、あなたがいてよかった。聞いた話だとこのエリアのボスはかなり凶悪な性能をしていたようですから。あなたがいなければ僕の工ぼ、この町が大変なことになっていたことでしょう」

「偶然だったが、力になれたようならよかった」

いま工房って言いかけたな？　まぁ念願のマイホームならぬマイ工房を手に入れたばかりでそれが危機的状況となったら気が気でないのも分かるが。生産職ってことはメイなんかとは気が合いそうだな。あ、そういやメイには白狐面を壊したこと伝えないと……。

その後、少し立ち話をしてから二人と別れることになった。穴場スポットをこの前見つけたからどうせならそこで一緒に結果発表を見ないかと誘われたが、リクルスとカレットという先約があるので遠慮させてもらうことにした。穴場スポットってことは場所取りしなくてもいいような場所を見つけたのだろうか。そう考えると興味は出てくるが、先約をほっぽり出す訳にはいかないからな。

その先約の二人だが、待ち合わせは知る人ぞ知る隠れた名店の『泣鹿亭』だ。店の立地の関係上『泣鹿亭』を目指すと自然と足は大通りから逸れ、人通りも道の細さに比例して少なくなっていく。

『泣鹿亭』の扉を開けると、やはり既に来ていたリクルスとカレットに出迎えられた。

「遅かったじゃん。なんかあった？」

「むぐもっ！　……ごくん、ようやく来たか！」

空のジョッキを遊ばせているリクルスと違い、カレットは丁度焼き鳥に齧り付いたばかりだった様で、慌てて食べ切っていた。ゲーム内でその心配があるかは知らんが喉に詰まらせるなよ？

ちなみに大将は厨房で調理をしており、こちらをチラッと見て「おう、来たか」と言うとすぐにまた背中を向け調理を再開した。いらっしゃいくらい言ってくれてもいいんだよ？

「大将、焼き鳥一皿」

「お前さんは自分でやんな」

「今の俺は客なんだけどなぁ……」

リクルスとカレットが座っているカウンター席は二人の間が一人分空いていたので（多分空けといてくれたのだろう）、そこに腰を下ろし注文すると自分でやれと言われた。確かにこの店でバイト《クエスト》させられてたけどさ……。

しぶしぶ厨房にたって調理の準備をしている時にチラッと大将の方を見ると、兎の解体をしていた。あれ？　俺等《プレイヤー》はドロップアイテムとして肉が出てくるんだけど……。なにか踏み込んではいけない領域を垣間見た気がしたのでそっと目をそらし、自身の料理に取り掛かる。

えーっと……あ、鶏肉もってねぇや。そうだ、俺も焼き兎にするか。ウサギ肉は……そういや角のために狩りまくった時に『上質なウサギ肉』ってのもあったな。奮発するか……？

って、あれ？　肉の種類と量が多くなってる様な……。ふむ、『ウサギ肉』『上質なウサギ肉』『霜降りウサギ肉』『幻のウサギ肉』で他にも『オオカミ肉』『イノシシ肉』『ウシ肉』『クマ肉』『トカゲ肉』『ヘビ肉』の同じバリエーションがあって……あぁ、イベントで大量に狩ったからか。

というか『ウシ肉』なんだな。普通は牛肉《ぎゅうにく》だと思うが……。あとオオカミ肉とトカゲ肉は美味いのか……？

ちなみに、イベントモンスター達はポイント換算される『暴走～』シリーズのアイテム以外にも普通のドロップアイテムも獲得出来ていたため、大量に狩れるなら今回のイベントはボーナスステージだったな。インベントリが無限で助かった。（複数回の大量虐殺をやらかした奴）

「まずはシンプルにウシ肉を……いや、牛肉と同じように考えていいのか……？　まぁさすがに食用にならないならテキストに書いてあるだろ。なら冒険した方が楽しそうか……？　よし、ヘビ肉使ってみるか」

いざ調理を開始しようとヘビ肉を取り出すと、ウサギ肉のようにブロック肉の状態ではなく全長10cm程度の小さなヘビの姿になっていた。これをドロップした大本の奴《スタンピード・スネーク》はもっとでかかったんだが……。圧縮率がとんでもないな。

とりあえず開いてみたが特に内臓の類は無く、身がぎっしりと詰まっていたのでそのまま焼いても大丈夫だろう。どうやら丸ごと食べられるらしい、なんとなくソーセージを想像したが実際その解釈で間違って無さそうだ。……トカゲ肉も同じ感じでトカゲ丸々出て来るのかね。

「見れば見るほど蛇まんまだな……」

ヘビ肉は串に真っ直ぐ刺すとさすがに長すぎるので、蛇腹のようにくねらせて串に刺したり串に巻いてみたり色々工夫してみることにした。

ひとつのサイズがウサギ串よりボリュームがあるが、満足感があっていいだろう。

何故か肉類が大量にあったので、興味津々にこちらを見ている二人の分も含めて肉焼き串を量産していく。まだ『料理』のスキルレベルはあまり高くは無いが、店の設備がいいのと単に焼くだけと言う簡単な調理（焼き一生と言う言葉があるくらいだしそんな事を言ったら焼きの大変さを知ってる人にキレられそうだが）なので失敗する事も無く焼き上げる事が出来た。

「トーカ、その美味そうなヤツは……」

「安心しろ、しっかりお前等の分もあるから」

「おぅ、トーカ。俺の分は無ぇのか？」

「大将……はぁ、一本どうぞ」

「おっ、優しいねぇ、ありがたく貰うぞっと。あぐっ、むぐっ……」

大将にもヘビの串焼きを一本手渡し、カウンターに座っている二人の皿にも一匹ずつ置いてやる。サイズが結構大きいので焼き鳥が五本載っていた皿に二本しか載らなかったが、二人とも既に空き皿はあるので問題は無い。ついでに焼き兎も五本ずつそれぞれの空き皿に載せてやる。

「おぉっ！　これもこれで美味い！」

「焼き兎とも焼き鳥とも違う味で美味いッ！　トーカ、おかわり！」

「食べるの早いな……。夕飯の直後なのによくそんなに食べられるよな」

「美味しいものは別腹だ！」

それってスイーツとかに用いられる理論なんじゃ……。美味しいものは別腹ってそれ美味ければ無限に食えることになるだろ。

《レベルが上昇しました》

《条件を満たしました》

《『?・?・?の短剣』の能力が一部開放されます》

《『地竜核（小）』を使用して『?・?・?の短剣』の強化が可能です》

《強化しますか？　Yes／No》

「待って。なんで？」

「む？　だから、美味しいものだったらいくらでも食べられるという事でだな」

「そっちじゃないから大丈夫だ」

「おっ、いい匂い！　大将やってる？　ん？　知ってる顔がいるわね」

「お邪魔しまーす……って、トーカ!?　それに二人も！」

「おぉっ、リーシャにメイではないか！　たった今新メニューが生まれたところだぞ！」

「へいトーカ、お代わりプリーズ！」

「トーカ、こいつもメニューに加えさせてもらうぞ。材料も持ってくりゃ色付けて払ってやる」

「え、なになに？　お兄さんなんかやったの!?　新商品!?　私にもちょうだい！」

「じゃあ僕ももらおうかな。お願いします」

「おう、トーカ。焼いてやんな。俺は裏で仕込みしてくらぁ」

「待て待て待て待ってくれ！」

多い！　情報が一気に来る！　飲み込む時間をくれ！

えっと、まず謎のレベルアップ。これは多分前回ここで弟子入りクエストをクリアした時にも起こった戦闘以外で経験値を得たことによるレベルアップのはずだ。おそらくだが、この店にメニューに載るような新商品を開発して認められると経験値《掲載料》がもらえるのだろう。経験値入手通知がなかったのはクエストではなく行動の結果だからだろうか。

そして、今回のレベルアップでレベルが60になった。『?・?・?の短剣』がレベルによって真の力が開放されていくというなら今回がそうなのだろう。ってか前回の開放もここでレベルアップした時だったな。不思議な縁もあったもんだ。前回は30で今回は60だったから30刻みか？　まぁいい。

そして、『?・?・?の短剣』の性質に『?・種』の素材を糧にすることで強化されるとあった。その『?・種』に該当する種の素材が『地竜核（小）』なのだろう。

という事は『?・種』は竜種という事になるが、今回のイベント以外で竜なんか見たことないし劣とあるにもかかわらずレベルが99もあった。イベント特別仕様でもなければ、劣等種であの強さなのが竜種という事だろう。強化は一筋縄じゃ行かないな……。強化は後で。

んで、この流れの中でさらっとリーシャとメイが入店してきた。示し合わせてはいないが、二人にはこの店を紹介しているので俺達と同じような理由で来たのだろう。で、客として来た二人にカレットが新商品のことを伝えて、注文が入って大将は俺に調理をしろって言って裏の仕込み場に行ったと。

「オーケー。整理できた。はい、とりあえず蛇串一皿ずつね」

「無言で調理しだしたからびっくりしたけどなにかあったの……？　あ、ありがとう」

「まぁいろいろな。とりあえず落ち着いたからもう平気だ」

「よくわかんないけど美味しそうね！　いっただきまーす！」

さて、四人が串肉を食べてるうちに強化しちまうか。強化しますかにＹｅｓっと。

「おっと」

強化を選択すると、手元にこぶし大の土色の塊が現れる。ごつごつとした岩の塊のような見た目通りずしっとした重い手ごたえだ。さて、使用と言ってもどうすればいいのか……。

「とりあえず……せいっ。おわっ⁉」

よく分からないので地竜核（小）に？？？の短剣をぶっ刺してみた。すると、まるで豆腐に包丁を突き刺した時のようになんの抵抗もなくスッと地竜核（小）に刃が通る。

次の瞬間、ぽふっと軽い音を立てて地竜核（小）が崩壊し、土色の気体となって？？？の短剣の純白の刀身に吸い込まれて行く。

《『？？？の短剣』が『地竜核（小）』を吸収しました》

《条件を満たしたため、一部情報が開示されます》

「どうやら、正解だったようだな。さてどう変わったのか……」


＝＝＝＝＝＝＝＝＝＝＝＝＝＝＝＝＝＝＝＝＝＝＝＝＝＝＝＝＝＝＝＝

『？？龍の短剣』
？？龍の牙を使った純白の短剣
この武器は『竜種』の素材を糧とすることで強化されていく
また、この武器は使用者の実力に応じて力が開放される

『物理攻撃強化』『破壊不可』『竜族特効Lv：3』
【開放段階《参》】STR＋80　DEX＋50
【強化《土：1》】VIT＋10

＝＝

「知るのが少し遅かった……！」

竜族特効ってわかってれば《劣地竜《バジリスク》》戦の時にも使っ……いや、多分使わなかったな。短剣とメイスじゃリーチも属性も全く違うからぶっつけ本番じゃ使うのは難しいだろうしな。

にしても、竜と龍か……。一応西洋と東洋のドラゴンの言い分けだったり恐竜に翼を付けたタイプとヘビみたいな細長い体を持つタイプを言い分けたりと様々な基準で使い分けられてたりするけど特に基準はないんだったか。《ＥＢＯ》はどうも上位種と下位種で分けてる雰囲気があるな。

やっぱこの武器、性能もだけど背景的にもだいぶヤバくないか……？

「トーカ……それ、何……!?」

あ。見られた。

いや、別に隠す物でもないけども。めちゃくちゃ興味津々な様子で今にもカウンターを乗り出さんばかりにガン見されるとさすがにビビるぞ。

「あぁ、これはだな……」

「おう、いいのかお前ら。もうすぐ広場でなんかあるんじゃなかったか？　って、それは……」

「へ？　……のわっ⁉　五十八分⁉　ちょ、ヤバいぞ！　もう始まっちまう！」

「もむぅ⁉　もっもっもっ、ゴクン。それは大変ではないか！　急ぐぞ皆の衆！」

「わっ、ほんとだ！　五分前くらいに言ってほしかったわ！　二人とも、急ぐよ！」

「「のわっ⁉」」

「おう、気を付けてけよ」

気付かぬうちに時間ギリギリまで談笑していたらしい。大将に指摘され慌てて店を飛び出すリクルスとカレットに腕を引かれ、慌ただしく『泣鹿亭』を後にするのだった。

というか大将が意味深な呟きをしようとしていたのは気のせいだろうか……。視界の端にちらつくリーシャに腕を引かれて半ば目を回しながら走っているメイを哀れに思いながら、そんなことを考えていた。ところで、両腕掴まれてるとだいぶ走りにくいから離してくれると助かるんだが。

そのまま走り続け、時間と現在地を鑑みてリクルスが叫ぶ。

「これ間に合わなくねぇか⁉」

「ええい！　つべこべ言わず走るのだ！」

「その場合AGI《足の速さ》の高さ的にお前が置いて行かれることになるぞ？」

「安心して。僕の方が遅いから！」

「だから私がおんぶしてるんでしょうが！　ちょっとはAGIにもポイント振りなさいよ！」

「え、だってAGIあっても生産に役立たないし……」

「ステ振りの基準が全部生産なの本当に《そこ》あんたは……！」

「なるほど！　トーカ！」

「なんで俺!?　リクルスの方が速いだろ！」

「アイツは動きが乱暴だからな……」

「トーカ、これ俺キレてもいいヤツ!?」

「俺に聞くな！」

　直線距離的には大した距離はないのに入り組んだ裏道にあるという立地ゆえに無駄に回り道をしなければならず、ギャーギャーと騒ぎながら夜の裏道を駆けていく。

　足が絶望的に《AGIがゼロな》遅いメイをリーシャがおんぶしてフォローしているため、次点で足が遅く《AGIが低く》集団から遅れ気味になっているカレットがメイを見ておんぶをせがんでくる。理屈はわかるがお前は自信満々におんぶをせがむんじゃないよ……。

「別に数分なら遅れてもいいのではないか……？」

「ちょっ、お兄さん!?　カレットがなんか諦めだしたんだけど!?」

「えぇい！　カレット、いったん止まれ！」

「ぬ？　了解だ」

「ちょ、トーカ!?　何するつもりなの!?」

「多少荒っぽくなるが運ぶぞ！」

　ステータスにものを言わせて無理やりＵターンし、急停止したカレットに向かって突撃する。

《ＥＢＯ》には特別な状況を除いてプレイヤーがプレイヤーのＨＰを減らすことはない。さらに言えばここは町の中、安全圏だ。ちょっとデカい衝撃は来るだろうが、それは我慢してもらおう。

「行くぞカレット、手を前に出せ！」

「よく分らんがドンと来い！」

素直に指示に従って伸ばされたカレットの手首をつかみ手前に引っ張る。重心を崩したカレットをファイヤーマンズキャリーの要領で担ぎ上げる。

「ぬぉっ、なんだ⁉　なんだかすごいことになっている気がするぞ⁉」

「担いで運ぶならこっちの方が楽だ！」

「それは多分私がではなくトーカがだな⁉」

「あと少しが遠い……！　っ！　こうなったら！」

悲鳴にも似たといかけを無視してカレットを担ぎ上げたまま走るが、このままでは間に合いそうにない。直線距離なら大した距離ではないのにと歯噛みをして、思いついた。

建物が邪魔で真っ直ぐ行けないなら建物など気にしなければいいと。

「カレット、舌噛むなよ！　跳ぶぞ！」

「なにをいっているぁぁぁぁぁっ⁉　おぶっ！」

カレットを抱えたまま『跳躍』と『空歩』を駆使して跳び上がり、建物の上へと跳び移る。着地も含めてなかなかの衝撃がカレットを襲ったと思うが、絶叫マシンが大好きだし許してくれるだろう。破壊不能オブジェクトなのか飛び乗った屋根にも損傷はない。

え？　建物を壊すかと思ったって？　そんな野蛮なことする訳ないじゃないか。

「なんだ今のは⁉　何が起こった⁉　逆バンジーか⁉　おかわりだ！」

「はいはいまた今度な。二人とも、道に沿って行くより上から突っ切った方が速い。これそうなら来てくれ。無理そうなら俺が今みたいに運ぶぞ」

「それじゃ時間のロスだ！　俺の『軽業』なめんなよ！」

「ふふっ、私だって荷物抱えただけで動けなくなるほどやわじゃないわ！」

「えっ、ちょっ、リーちゃん⁉」

そう言うと、リクルスは建物の突起を使ってロッククライミングのようにするすると登り、リーシャは『跳躍』に加えて壁を蹴ることで高度を稼ぎ、それぞれの方法で建物を登り切った。

なお、メイはカレットほど絶叫系耐性がなかったようで目を回していた。

「よし、あとは突っ走るだけだ！　落ちんなよ！」

結果発表開始の午後八時まで、あと三十秒。

正直ちょっとくらいなら遅れても大丈夫じゃないかとはだれもが思っていたが、問題はすでに結果発表を聞けるかどうかよりも時間に間に合うかどうかに切り替わっていた。

第四章　英雄を称えよ

〜〜〜〜〜♪　〜〜〜〜〜♪　〜〜〜〜♪

午後八時ぴったりに噴水広場の上空から歌声とも楽器とも似つかぬ美しい音色が鳴り響く。その音に合わせるように灯されたスポットライト（光源不明）に照らされ、いつから居たのか空中に浮かぶ二つの人影がその姿を現した。

片や、やんちゃさを感じる少しつんつんとした黄色の短髪にくりくりとした緑の瞳、そして否応無しにあの種族を想起させるとがった耳と将来性を感じさせる美貌を持つ、いたずら小僧と言った印象を与えてくる十歳程に見える小柄な少年。

片や、流れるような美しい黄色の髪をポニーテールにまとめ、これまた美しい緑の瞳と尖った耳と薄く緑色を帯びた透き通った羽を持ち、けれど羽ばたくこと無くぷかぷか浮かぶ手のひらサイズのニコニコとかわいらしい顔で笑う小さな少女。

イベント発表も担当した、エボ君と妖精ちゃん《リーリア》のコンビである。

『やぁみんな、久しぶり！　エボ君と〜』

『妖精ちゃんことリーリアで〜す！』

「「「うぉぉぉぉぉッ！」」」

一部のプレイヤー達が妖精ちゃんの登場に沸き立ち、雄叫びを上げる。いつの間にかアイドルのような存在になっている妖精ちゃんの姿を、人込みで賑わう噴水広場ではない場所から見ている者たちがいた。

「なんとか間に合ったみたいだな」

「にしても、人の量がすげぇな。満員電車レベルじゃねぇか」

「うむ。降りなくて正解だったな」

「意外と盲点よね、屋根の上で見ようなんて」

「うぅ……まだくらくらする……」

時間ギリギリまで『泣鹿亭』で談笑していて開始時刻に遅れそうになって道なき道を直進していたトーカ達一行である。ぎゅうぎゅう状態の地上に降りることなく、民家の屋上に用意された広いテラスのような場所で快適な観賞を選んだトーカ達は備え付けられていたイスに腰を下ろしながらエボ君と妖精《リーリア》ちゃんの登場を見ていたのだった。

しかし、この場にいるのはこの五人だけではない。と言うか、この五人だけで民家のテラスを勝手に使っていたら普通に不法侵入だ。

「さっき言ってた穴場スポットってここのことだったんだな。一回は断ったのにお邪魔させてもらって悪いな。しかも他の四人も一緒に」

「気にすんなって。屋根の上を爆走してきたのにはビビったが、知らない仲じゃねぇしな。こうやって友好関係広げるのもこの手のゲームの醍醐味だしな」

「まぁSクエストクリアしてここ自由に使えるようにしたのは僕なんですけどね」

「へぇ、そうなのか……。Sクエストってのはもしかして……」

「シークレットクエストのことですよ。普通のクエストとは違って一回しか受けられない特別なクエストのことをそう呼ぶそうです。内容も特殊な物から一見普通のものまで、報酬も何もない事もあれば破格の報酬をもらう事が出来るものまで幅広くあるそうです。今のところ同じシークレットクエストが二度発生したという話は聞きませんが。トーカさんにも心当たりがおありのようで」

「まぁ、な」

……破格の報酬、ね。確かにカノンちゃんのお父さん、ルガンさんのシークレットクエストでもらった?.?.龍の短剣はとんでもない武器だ。それ以上に厄ネタの気配がするが。そういえば、このクエストが発生するきっかけになったカノンちゃんのクエストもシークレットクエストだったな。しかも、たしか完全攻略《パーフェクトクリア》って評価だったはずだ。これはルガンさんの方もだったたか。報酬の振れ幅にはクリア度合いが関係してるのか……？　カノンちゃんのクエストはシステム的な報酬は称号とルガンからもらったいくらかの金銭しかなかったが、あのクエスト真の報酬は次のクエストに挑めること……とかだったりするのかね。

「む？　シークレットクエストだと？　確か私も一つクリアしていたはずだぞ。『囚われの【火】』というクエストだ。いつクリアしたのかは全く記憶にないがな」

「あ、そういえば僕も一つ進行中だよ。『分水嶺』っていうクエストなんだけど」

厄ネタ武器を手に入れるきっかけとなったクエストのことを思い返していると、二人から反応があった。どうやら、この二人もシークレットクエストに遭遇していたらしい。

「クリアした記憶がないってどういうことだ？」

「いや、本当に心当たりがなくてな。そんなクエストは受けた覚えもなければクリアした覚えもないがなぜかクリアクエスト一覧に載っていたのだ。クエスト詳細を見ても抽象的なことしか書いて無くてな。何なのか全くわからんのだ。詳細なのに詳細が分からないのはおかしいと思うぞ！」

思い出したようにぷんすこと怒りを露わにするカレットだが、いくら幼馴染とは言え常に一緒にいる訳ではない。単独行動時に遭遇したものについては本人が分からないならお手上げだ。

「僕のはとりあえずひたすら作れって感じのクエストだよ。要求量が多くて全然終わらないんだ」

「なにその凄そうなクエスト⁉　俺もなんか見つけらんねぇかな」

「メイは見つけてて私が見つけられないのは悔しいわね……。探してみようかしら」

「そんな張り合う事じゃないと思うんだけど……」

「見つけようとすると見つからない。物欲センサーは標準装備だな！」

「おっ、カレット、それは宣戦布告だな？」

「勝者の余裕って訳ね？　いまにぎゃふんと言わせてやるんだから！」

いつの間にか全員が会話に参加しており、持つものと持たざる者の戦いが勃発していた。カレット、いくらチャンスだからって煽るんじゃありません。リーシャにも被弾してるぞ。

「はは、トーカの友人たちもなかなか愉快だな」

「そういってもらえると助かるよ。喧しくてごめんな」

「いえいえ、気にしないでください。にぎやかな方が楽しいですからね」

『オープニングトークも盛り上がってきたところで、それではこれからお待ちかねの〜』

せっかく間に合ったセレモニーそっちのけで会話している一行にそんな言葉が届く。このままじゃ間に合った意味がなくなるとエボ君がためを作っている間に会話をやめ、噴水広場に向き直る。

『イベン『イベント結果発表の開幕〜！』

エボ君の宣言に妖精ちゃんが言葉を被せ、乗っ取った。

一部のノリのいいプレイヤー達はわざとらしくずっこけ、愕然としているエボ君に妖精ちゃんはウィンクしながらちろっと舌を出し、いかにもイタズラ成功！　と言った様子で笑っている。

『え、え〜それでは、これから結果発表を開始します！』

復活したエボ君が妖精ちゃんにジト目を送りながら改めて開幕を宣言する。その肩がプルプルと小さく震えているのは怒りか悔しさか。果たしてどちらだろうか。

『それでは最初に防衛率の発表です！　どれだけ町を守れたかな⁉』

ちょっと引き攣った笑みでエボ君が言うと、ドゥルルルルル……とドラムロールがどこからともなく鳴り響……あ、妖精ちゃんがエボ君の横でドラム叩いてる。

人力（?）ドラムロールが鳴り響き、ジャンッ！　という音と共にエボ君の頭上に大きなウィンドウが現れる。無駄な技巧が光る連携プレーだ。

＝＝＝＝＝＝＝＝＝＝＝＝＝＝＝＝＝＝＝＝＝＝＝＝＝＝＝＝＝＝＝＝＝
東エリア防衛率【72％】……防衛成功
西エリア防衛率【66％】……防衛成功
南エリア防衛率【54％】……防衛成功
北エリア防衛率【76％】……防衛成功
総合防衛率【67％】……防衛成功
＝＝＝＝＝＝＝＝＝＝＝＝＝＝＝＝＝＝＝＝＝＝＝＝＝＝＝＝＝＝＝＝＝

『おめでとうっ！　みんなのおかげで町は守られたよ！』

上空に出現したウィンドウと共にエボ君の言葉を聞いたプレイヤー達から「よっしゃっ！」や「よかったぁ～」と言った声が漏れる。防衛成功条件は防衛率が50％を上回る事なので、全てのエリアが達成出来た様だ。とは言え総合的な被害は全体の33％もある。

現実では一つの都市がテロで33％も破壊されたらとてつもない被害だが、そこは変にリアリティーを追求するよりはゲーム性を重視したらしく、今回の防衛率とは町を囲む壁の受けたダメージで算出されているらしい。よって、壁を守り切ったため実際に町への被害は無いそうだ。

なお、防衛率が50％を切った場合はそこからモンスターが町に侵入して破壊を始めるらしい。その時は無慈悲に町を破壊していくはずだ。数値に出ない本当の蹂躙という形で明確に被害を突き付けて来ただろう。

『さて、これにて無事防衛成功。今回のイベントは君たちの勝利に終わった訳だ。おめでとう。だけど、君たちが本当に気になっているのはそこじゃないだろう？　そう……』

またしてもわざとらしく間を空けるエボ君。そして虎視眈々と狙う妖精ちゃん。

その（やる必要のない謎の）戦い。はまるでガンマンたちの早撃ち勝負を想起させた。

『ランキ『ラ『ランキング発表ッ！』

今回の勝者はエボ君の様だ。被せて来た妖精ちゃんの言葉に更に被せることでセリフ被せの仕返しをしつつしっかりと自分で言い切ることが出来た。押し負けた妖精ちゃんはあからさまに悔しがっており、エボ君はガッツポーズをしている。そしてそんな姿を微笑ましげに眺めるプレイヤー達。

そんな一幕の後、エボ君と妖精ちゃんによるランキング発表が始まった。

『さぁさぁ行っくよ〜！』

宣言が出来て嬉しそうなエボ君が妖精ちゃんに物理的に髪を引っ張られながらもランキングの発表を始める。

『まずは死亡数ランキング！　同率がすごい多いランキングだったね』

エボ君がそう言うと同時に空中に現れる大きなウィンドウ。悔しがってエボ君の髪をいじっていた妖精ちゃんはここは自分の担当！　とばかりにドラムロールをしっかりとしていた。

『結果は〜これだっ！』ジャンッ！

＝＝＝＝＝＝＝＝＝＝＝＝＝＝＝＝＝＝＝＝＝＝＝＝＝＝＝＝＝＝＝＝＝＝＝

【死亡数ランキング（少）】

1位……0回（同率多数）　2位……1回（同率多数）　3位……2回（同率多数）

【死亡数ランキング（多）】

1位……58回　2位……43回　3位……40回

＝＝＝＝＝＝＝＝＝＝＝＝＝＝＝＝＝＝＝＝＝＝＝＝＝＝＝＝＝＝＝＝＝＝＝

妖精ちゃんがドラムロールを締めた直後にパッ！　と表示されたウィンドウには二つのランキングの結果が同時に載せられていた。死亡数ランキング（少）の方はまぁ順当な結果だろう。俺も一度も死んでないから同率1位だ。それに引き換え（多）のランキングの方は……。もう死ぬのをメインにしてたんじゃないか？

『これは凄いことになってるね～。むしろここまで来るとリスポン地点から戦線復帰するまでの時間の方が長いんじゃない？』

その死に過ぎさたるやエボ君も言うほどである。何人かのプレイヤーもどうやったらそれだけ死ねるんだよ！　と突っ込んでいた。ノリのいい奴らだ。

『続いては～討伐数ランキングの発表っ！』

エボ君の言葉に合わせて出現するウィンドウにドラムロールをする妖精ちゃん。ドラムロールが少し長い気もするけど……気のせいか？

『結果は～これだっ！』ジャンッ！

＝＝＝＝＝＝＝＝＝＝＝＝＝＝＝＝＝＝＝＝＝＝＝＝

【討伐数ランキング】

1位…140776匹　2位……84077匹　3位……7253匹

＝＝＝＝＝＝＝＝＝＝＝＝＝＝＝＝＝＝＝＝＝＝＝＝

『わぉ1位がクレイジー！　何があったんだろうねぇ（チラッ）』

ランキングは1位が2位に大差を付けて圧勝と言う結果に。何があったんだろうねぇと言った時にエボ君が俺を見てきたような気がするが気のせいだろう。（現実逃避）

地上で結果発表を見ているプレイヤー達も、何なら横で一緒に見ているみんなも『……はっ？』とぽかんとした表情を浮かべている。それも無理もないだろう。1位と2位との差が倍近くなってしまっているのだ。いつもは騒がしい（死亡数ランキングの時も1位だっ！　と叫んでいた）カレットやリクルスも固まってしまっている。

『んっんっ！　なんか凄い事になったけどまだまだ続くよ！　気にせず行こう！　お次は～』

そこで一拍空けるためか、エボ君が言葉を切る。妖精ちゃんが目を光らせる。

『各武器種ランキン『各武器種ランキング！』

そして、またもや言葉を被せる妖精ちゃん。そこまで言ったなら残りも言わせてあげようよ……。

プレイヤー達の同情の視線がエボ君に集まり、エボ君は少し涙目になりながら『気にしてないから！』と言い放ち、発表を始める。妖精ちゃんは防音のビンに入れられた。

『このランキングは各武器種1位のプレイヤーのみこの場で発表するよ！　2位以下のプレイヤーも10位まではホームページで公開するからね！』

少し鼻を啜り、目を擦りながらも手元のビンを親の仇のように握りしめて見事な営業スマイルでエボ君が説明してくれる。きっとエボ君は花粉症なのだろう。花粉は辛いよね。

『最初は剣！　剣と言っても色々あるけど、今回は大剣と短剣以外の剣に分類される武器でランキングだよ！　刀とかカトラスとかが対象だね』

エボ君が剣の定義について少し補足を入れてから発表を始める。

『では早速。【各武器種ランキング剣部門】！　剣と言う使用者人口が多い武器種を選んだ使い手の中、栄えある1位に輝いたのは～～～～～、まーみゃん、君だっ！』

ちなみに、引きの間に妖精ちゃんはビンの中でもドラムロールをしていたのだが、悲しいかな防音のビンにその音を完全に遮断されてしまい、外には全く届かなかった。

エボ君が言うと同時にまるでアマゾネスのような筋骨隆々《まーみやん》な女性プレイヤーにスポットライトが当てられる。《劣地竜《バジリスク》》戦の時に見かけた記憶があるな。

当のまーみゃんは「えっ？　アタシ？」みたいなぽかんとした顔をしていたが、スポットライトと周囲のプレイヤーの注目を浴びてようやく実感が湧いたのか「よっしゃぁぁぁッ！」とガッツポーズをしていた。なんか勝鬨を上げているように見えるが、実際そうなのだろう。

『いやぁ、剣をメインアームにするプレイヤーは沢山いるからね。接戦も接戦、大接戦だったよ！　討伐数があと一匹多ければ、当てた斬撃が後一発多ければ！　そんなギリギリな戦いだったよ！』

エボ君が拍手しながらそう言うと、周囲のプレイヤーにも伝播し、激しい拍手がまーみゃんに送られる。最初は嬉しそうにしていたまーみゃんだが、次第に照れ臭くなったのだろう。丸太のような腕をぶんぶんと振って、「とっとと次行けって！」とエボ君を急かしていた。

『まだまだ続くよ！　【各武器種ランキング短剣部門】！　刃閃く至近距離の攻防が華の短剣という武器の使い手の中で栄光の1位をもぎ取ったのは〜〜〜〜〜ミミティア、君だっ！』

バンッ！　と言う音と共にスポットライトを浴びたのは、全身を覆うフード付きのマントが特徴的なクールそうな風体の小柄な人物。ミミティアと言うプレイヤーは終始無言でかすかに照れくさそうにしながらもプレイヤー達から送られる賞賛とやっかみをその身に浴びていた。

『至近距離で戦闘が確約される短剣をメインに体を張って戦い抜くその力量は素晴らしい！　短剣部門はミミティアともう一人のプレイヤーの二強の対決になったけど、軍配が上がったのは彼女の方だったね！　どこまでも敵に食らいつく好戦的なバトルスタイルはさすがとしか言えないね！』

ここまで褒められて流石に小っ恥ずかしくなったのか、ミミティアは「次行って、次！」と見た目からは想像もできないかわいらしい声でエボ君に催促し、他のプレイヤー達に「照れるなよ〜」とからかわれていた。

『どんどん行くよ〜。お次は【各武器種以下略大剣部門】！　破壊の象徴ともいえる巨大な刃振われる豪快な一撃犇《ひし》めく大剣の頂点に立ったのは〜〜〜アッシュ、君だっ！』

バンッ！　とスポットライトが当たったのはいつぞやにフレンドになったアッシュだった。遭遇していたらしいリクルスの話を聞く限りかなり強いとのことだったが、ランキング1位に名を連ねて『やっぱりか』という雰囲気が流れる程度にはその強さは知れ渡っていたらしい。

『正直言って大剣部門は彼の独壇場だったね！　彼の豪快な一撃には惚れ惚れするよ！』

エボ君の賞賛にアッシュは照れくさそうにしていたが、周囲のプレイヤー達が「流石最強！」「豪快だなぁ！」「兄貴やっぱりすげぇや！」「やっぱアッシュか！」と盛大に盛り上がっていた。

一部真横から聞こえてきた気もするが、気にしてたらキリがないので無視を決め込むことにした。

『さぁさぁお次は【各武器以下略籠手部門】！　籠手の間合い、それは近距離なんて言葉じゃ到底足りない近接の極致！　そんな超至近距離の世界を制したのは～～～リクルス、君だっ！』

「俺ェ!?」

「ぶふぉっ!?」

「なぁっ!?　ゲホッゲホッ！」

続いて発表された籠手部門の王者は、知り合いどころか今まさに俺から串焼き肉を受け取っていたリクルスだった。そりゃこいつの連撃は末恐ろしいものがあるとは思っていたが、まさか1位を取ってくるとは思わなかった。と言うか本人も思っていなかったようだ。

飲んでいたオレンジジュースがむせてせき込んでいるカレットを落ち着かせ、口元を拭いてやりながら真横でスポットライトを浴びているリクルスを眺める。どうやら当人以外は照らさないご都合主義の謎光源らしく、がっつり範囲に入ってしまっているカレットやその背中をさすっている俺のことは逆に影になっていて他のプレイヤーには見えていないようだ。

『敵との距離が全くない超至近距離世界での殴り合い、躊躇わずにより深く踏み込めた方が生き残る苛烈な生存競争を勝ち抜いた彼の戦いには僕も心が踊ったよ！』

流石に大量の視線の中で褒められるのは照れるのか表情が硬くなっていたが、リクルスは右腕を真っ直ぐ持ち上げ、ウイナーポーズを飾る。ノリのいいプレイヤー達が口笛や拍手で盛り上げ、リクルスも嬉しそうにしている。そろそろ調子に乗ってなんかやらかしそうな気配を感じたので、膝裏を軽く小突いて正気に戻させる。事故は未然に防がなくちゃな。

『まだまだ盛り上がっていくよ！【各以下略槍部門】！　先程とは打って変わって遠くの間合いから繰り出される無数の突きが持ち味の槍部門を制したのは～～～リベット、君だっ！』

「マジで⁉」

「ふふっ、おめでとうございます。ほら、みんながあなたを見ていますよ」

「ちょっ、緊張させること言うなって！」

まさかの知り合い二連続。なんならこの場にいる奴が二連続だ。だが、驚きは無い。武器種のランキングではリベットは高ランクにランクインするとほぼ確信を持っていたからだ。ごく短い時間の共闘ではあったが、それだけでも彼の力量を感じ取るのには十分すぎた。

『堅実に、的確に、そして時には大胆に！　彼が繰り出す様々なパターンの突きの嵐は食らう側にはなりたくないね！　それに何より彼は目がいい。恐ろしいことこの上ないね！』

スポットライトを浴びたリベットは嬉しそうにしながらも隣のウォルカスにからかわれていたが、

ウォルカスの姿はスポットライトの影響で見えないので傍から見たらそこに誰かいるんだろうなとは思いつつも面白い感じになっているはずだ。

っと、そろそろこの満員御礼な地上ではなく余裕のあるテラスにプレイヤーがいることの違和感を感じ始めた奴がいるみたいだ。持つべきものは縁だよとちょっとだけ優越感を覚えたが、虎の威を借る狐以上に惨めだったのですぐやめた。

『さぁさぁ次行くよ〜。【各武器種《かくぶきシュ》、略してかぶきランキングメイス部門】！　殴る。それが人類の見出した最適解。人の持たざる強靭さを頑強さを俊敏さを、様々な利点を持つモンスターに教えてやる。殴れば、大抵の奴は死ぬ！　至りし結論はシンプルイズベスト。殴って殴って殴りつくす。暴性の発露を極限まで極め、制したのは〜〜〜トーカ、君だッ!!』

なんか言葉キツくない？　ねぇ、前口上の言葉も結構キツかったけどさぁ、他のみんなは君だっ！　ってさわやかなのに俺だけ君だッ!!　ってもう糾弾する声質じゃん。あと略し方雑過ぎない？　歌舞伎ランキングだともう完全に別のランキングじゃない？

バンッ！　と突き刺さるまぶしい光の中で目を細め、とりあえず苦笑いしながら軽く手をひらひら振っといた。あのボス戦を知ってるプレイヤーも少なくないようで、『おぉ〜……』とどよめきと納得と賞賛が絶妙に入り混じった何とも言えない盛り上がり方をしている。

地味にこの場の奴が三連続でもある。他のプレイヤーにとんでもない奴らの集団って認識されてないか不安だ。心なしかプレイヤー達が若干引いているように感じるのは気のせいだと思いたい。

『まだまだぁ！　【歌舞伎ランキング弓部門】！　遠距離から撃ち抜け！　一方的な攻撃は遠距離

武器の特権だ！　対近接職相手には圧倒的なアドバンテージを持つ遠距離攻撃を操る弓の使い手の中で一番の栄光を手にしたのは～～～リーシャ、君だっ！』

四連続。まさかの四連続でスポットライトが当てられるテラスに、さすがにプレイヤー達がざわつき始める。だが、そんな有象無象のどよめきなんてなんのその。リーシャはけらけら笑って眼下のプレイヤー達に手を振ると、すぐに下がって串焼き肉をリンゴサイダー（『泣鹿亭』で買い込んだらしい。お持ち帰りとかできたんだ）で流し込むオッサン作業に戻っていった。

俺の記憶が正しければリーシャって弓を真っ当な弓として使ってなかった気がするんだけど。それでも一応弓を使ってる判定なのだろうか。それとも、あの時が例外で普段は普通なのだろうか。

メイがリーシャ用の試作として作った鉄糸弓を見る限り、普段から特殊な使い方をしていそうだ。

『まだ終わらないよ！【歌舞伎キング杖部門】！　杖と言えば魔法職の武器！　それはつまり魔法職の総当たり戦！　火炎が猛り流水がうねり風刃が踊り土塊が吼え光が照らし闇が覆う。超常の力が理をねじ伏せる！　魔法飛び交う異常世界を制したのは～～～～ノルシィ、君だっ！』

もう『ランキング』すら略し始めたんだけど。それでいいのかエボ君。

スポットライトが照らし出したのは、噴水広場の端の方にあるベンチに座って一歩引いた位置から結果発表を見守っていた女性だった。艶やかな銀髪を揺らし、驚きもせず、緊張もせず、グラスを傾けこくりと喉を鳴らした美女は、にこりと笑うと小さく手を振る。

それだけで、自然と彼女が勝者なのだと、魔法で戦う者たちの頂点に立つ存在なのだと理解させる、そんなオーラを彼女は纏っていた。

「おおっ！　ノルシィか！」

「あれ？　カレット知ってるの？」

「うむ！　イベントの時に一緒に戦ったのだ！　彼女の魔法は凄かったぞ！」

リーシャの質問にどこか自慢げに答えるカレット。ここまでカレットが手放しに同じ分野の他人を賞賛するのは珍しい。大体は同じ分野の人に負けると物凄い悔しがるのに。それだけノルシィと言うプレイヤーが凄いと言う事だろうか。そういえば、昨日もだいぶ持ち上げていたな。

「あぁッ！」

「っ⁉　急にどうした？」

なるほど、と心の中で思った瞬間。カレットが声を上げて崩れ落ちる。

何があったのかとカレットに訊ねると……。

「リクルスにぃ……負けたぁ……」

どうやら、リクルスはランキング一位を取ったのに自分は取れなかったことが悔しかったらしい。

そんな事かと思いつつも、カレットにとっては大事なことなのだろう。落ち込むカレットを慰めていると、周囲から向けられる賞賛に対応していたノルシィがチラッとこちらに視線を向け、手をひらひらと振ってきた。知り合いだと言っていたし、こちらに気付いて反応してくれたのだろう。

カレットは顔を伏せていて気付いていなかったので肘で軽くつついて気付かせてやる。

顔を上げたカレットがいつになく落ち込んだ様子で力無くノルシィに手を振っていたので、視線だけで『すいません』と言って軽く会釈しておいた。気にしなくていいとでも言うようににこりとした笑みが返ってきたが、その中にどこか圧のようなものがあったのは気のせいだろうか。

『ガンガン行こうドンドン行こう！【歌舞伎王盾部門】！　このランキングは大楯も含めた全ての盾使いが対象のランキングだよ！　防御は最大の攻撃。という事は防御を制する者は戦闘を制すといっても過言ではない！　そんな盾使いの頂点に立ったのは～～～ドウラン、君だっ！』

スポットライトが照らし出したのは、町中にも拘わらず頑強そうなフルフェイスアーマーで全身をかっちりと覆い、身の丈ほどもありそうな大楯を背負った大柄な人物だった。

華々しく光に照らされるドウラン氏は、右腕を挙げて少しウイナーポーズを取っただけで一言も発さずにそのまま腕を下げ、黙り込んでしまう。無口な人柄なのか緊張しているのかは分からないが、これ以上何かをするつもりはないらしい。

『おぉ～寡黙な仕事人って感じだったね！　さてさてお次は【株王罠部門】！　直接的な武器じゃない？　だからどうした！　策を弄し罠を張り、戦わずして勝つ。そんな勝利があってもいいじゃないか！　いや、違う。そう思わされていること自体がすでに奴らの術中！　気付けず、気付いた時にはもう遅い！　そんな見えざる武器が罠なのさ！　不可視の武器を操る者たちの中で栄光を勝ち取ったのは～～～こんにゃく八ℓ、君だっ！　けどここにはいないようなので割愛！』

スポットライトが灯ることなく、ランキング発表は次へと進んだ。まぁイベントに参加した全員がここにいるとは限らないもんな。ログインしてなかったり、発表そっちのけでフィールドに出てる人だっていてもおかしくない。

と言うか、略した歌舞伎まで略すからもう原型ないよ。その言い方だと株でものすごい稼いでる人のランキングみたいになってるだろ。

『さぁさぁ諸君。どうだったかな？　剣、短剣、大剣、籠手、槍、メイス、弓、杖、盾、罠。戦いを彩る様々な武器の頂点を発表してきたけれど、何か一つ、忘れてないかい？　君たちの持つ武器は、わずかな例外を除いて、全てに作り手がいるのだという事を！　作り手がいてこその武器！　使いつぶす前に整備をしてくれる人々がいてこその栄光！　あまたの栄光を生み出す、そのゼロ歩目を、のけ者になんてできないだろう！』

エボ君が両手を広げ、熱弁する。誰もがその勢いにのまれ、あるものは己の持つ武器へと目を落とし、またあるものはそっと撫でる。作り手がいなければ、自分たちの戦いは始まりすらしなかった。普段はあまり意識することのない、縁の下の力持ちを人々は強く、意識した。

『【各武器種ランキング製造部門】！　武器だけではない！　防具も、道具も、戦いに必要なすべての物には作り手がいるのさ！　全ての栄光を陰から支える支援者達よ、縁の下の力持ちたちよ！　今こそ誇れ！　声高に叫べ！　己が戦果を！　この栄光は君たちなしではありえなかった！　しかして称えよ！　陰の英雄の凱旋だ！　数多の作り手の頂点に立ったのは～～メイ、君だっ！』

バンッ！　っとスポットライトが照らすのは、本日幾度目かのテラス席。ここまで集中していると、まるで英雄たちの特等席のようにすら思えてくるだろう。そんなことはないのだが、事情を知っているのはこの場に座る七名のみ。ある種の羨望すら混じった無数の視線が集中するスポットライトの中には……。誰もいなかった。

『あれっ？』

誰もいない、イスだけがぽつんと照らされたスポットライトの中を誰もが不思議そうに眺めている。しかし、テラス席にいる俺達だけは事態を正確に理解できていた。

メイは、人見知りなのだ。リベットやウォルカスにも人見知りを発揮してちょっと離れた位置に座っていたメイが突然大勢の前に立つことなど出来るはずもなく、小柄な体とゆったり座れる大き目サイズのイスを活かして裏に隠れていたのだ。

そして、隣にいるリーシャに「あはは、ちょっと恥ずかしいからパスで」と伝えていた。

「あ、陰の英雄顔出しNGだそうで～す！」

結果、顔出しNGという事でメイの名は『表舞台には決して出てこない凄腕の生産職』としてある種の伝説的存在になるのだが……。それはまた別の話。

『あ～。なるほど配慮が足りなかったね。…………。よし。いま全プレイヤーに『ランキングに入賞していた場合、この場での発表は控えてほしいですか』って感じの質問メッセージを送ったから回答お願いしま～す。回答時間兼休憩時間として十分間の休憩を入れるよ～』

あ、メッセージ来た。ふむふむ……。内容はエボ君から説明があった通りだな。回答は『発表して大丈夫』『発表は控えてほしい』『名前だけならOK』『姿だけならOK』の四項目か。

俺はまぁ発表された後だからもういいか。でも、確かにメイみたいに大勢の前に出るのは……って人はいるだろうしな。俺も現実なら緊張するだろう。ゲーム内だからかそこまでもなかったけど、たぶん運営の人もそこら辺の感覚で調整をミスったんだろうな。従来のゲームとは違って画面越しじゃない分、そこにいる感が強いもんな。

「あ、トーカ。串焼き肉のおかわりぷりーず。蛇のぐるぐるのヤツ！」

「私はぐねぐねのヤツを所望する！」

「はいはい。まだあるから慌てて食うなよ？　みんなも食うか？」

そんな感じで、回答を終えてから休憩時間の十分間を串焼き肉やジュースに舌鼓を打ちながら過ごしていた。リクルス、カレットを煽るんじゃありません。

『さぁ、休憩時間は終了！　回答ありがとうね！　では次行ってみよう！　お次は～』

休憩時間が終わり、腕に抱えたビンをチラ見しながらタメを作るエボ君。妖精ちゃんはずっとビンを内側からどんどんと叩いていたが、結局その音がもれることは無かった。

『各魔法種活躍ランキン『各魔法種活躍ランキングッ！』

シーンと静まり返る広場に妖精ちゃんのドヤ顔がよく映える。エボ君が驚きのあまり無言でビンの中を確認すると……。

『残念～それは偽物だよ～』

妖精ちゃんの宣言と共にビンの中の妖精ちゃん（偽物）の姿が丸太に変化し、ビンの中にはドラムロール用のドラムだけが残された。

『ふっふっふ、妖精を舐めちゃぁいけないよ。古来より妖精と言えば捕まって売り払われる等のピンチに陥るのがお決まり。なればこそ、対策ぐらいするでしょうよ。青いね、坊や』

どこから取り出したのかグラサンをかけた妖精ちゃんが謎のキャラで少し低めの声でエボ君に語る。完全に油断しきっていて完璧な不意打ちを食らった上にかなりうざったい煽りを食らったエボ君はと言うと……。

『う……』『う？』『うぁぁぁぁぁぁぁぁぁぁぁっ！』『えっ、ちょ！　へぶっ！』『うぁぁぁぁぁぁぁぁぁぁ、あぁっ！』『え、ちょ、うそでしょ⁉　謝るから考えなおそ⁉』『うあぁぁぁぁぁぁぁぁぁぁぁぁぁぁっ！』『あばばばばばばば』『ふんっ！』『いぃぃぃぃぃぃぃぃぃやぁぁぁぁぁぁぁぁぁぁぁぁぁ！』キランッ。

……何が起こったのかと言うと、エボ君が泣きべそをかきながら妖精ちゃんを鷲掴みにし、その小さな身体を器用にロープ（紐？）でグルグル巻きにして重りを取り付け、思いっ切りぶんまわして投げ飛ばしたのだ。人間があんな事をされたら一発でお陀仏だが、そこはさすがと言うべきか妖精ちゃんは悲鳴を上げて夜空の彼方へと消えていったのだった。キランっとコミカルな表現をするだけまだまだ余裕はありそうだったが、果たしてどうなのだろうか。

『あぁぁぁぁぁぁぁぁぁぁぁぁぁ……』

とだんだん小さくなっていく悲鳴を上げながら遠くへ飛んで行った妖精ちゃんを見て、エボ君は鼻を啜っていたが、目元を手でぐしぐしして涙を拭うと。

『各魔法種ランキング発表するよっ！』

改めて発表宣言を言い直した。涙目になりながら妖精ちゃんを投げ飛ばしたエボ君は、何事も無かったかのようにランキング発表を続ける。

『まずは【各魔法種ランキング闇魔法部門】！　攻撃よりも相手の妨害を得意としたこの魔法はしかして攻撃が出来ない訳じゃぁない。使いこなせばひたすらに厄介な闇魔法を最も上手く扱いこなしたのは～～～ノルシィ、君だっ！』

バンッ！　と黒い光というよく分からない事象のスポットライトが当てられたのは、各武器種ランキング杖部門で1位を獲得したノルシィだった。

「あら？　私が1位なのね～。うれしいわぁ」

おしとやかにくすりと微笑むノルシィの姿は、スポットライトの色も相まってどこか恐ろしさを感じさせる。周囲のプレイヤーもその気配を感じ取ったようで、気配に押されている雰囲気がある。

しかし、そのプレイヤーも純粋に気圧されている者と何かに備えるように固唾を呑んで見守る者の二通りに分かれていた。

『お次は【各魔法種ランキング光魔法部門】！　一発一発の威力は低めだが、魔法の速度ならどんな魔法にも負けはしない！　魔法界最速の光魔法を制したのは～～～ノルシィ、また君だっ！』

先ほどとは打って変わってとても明るいスポットライトが照らしたのは、またしてもノルシィだった。そして、これに対しての反応もまた、スゲェ！　とザワつくプレイヤーと「当たり前だろ」とでも言いたげなプレイヤーの二通りに分けられていた。

ちなみに、カレットも当たり前だと言いたげに頷いていた。俺はノルシィが戦う所を直接見た事は無いが、一人のプレイヤーが二つの魔法種ランキングを制覇出来るものなのだろうか。各武器種ランキングで言えば二つの武器でランクインする様なものだと思うんだが……。

『まだまだ行くよ！　【各魔以下略ランキング土魔法部門】！　重く、硬く、力強く！　母なる大地の力を宿す大自然の大いなる力を使いこなしたのは～～～ノルシィ、またまた君だっ！』

少し茶色みがかったスポットライトが照らしたのは三度目のノルシィ。

当の本人は「あら～」と実にまったりとしているが、正直その穏やかさすらもが恐ろしく思える。

『どんどん行こう！【各以下略水魔法部門】！　命の支えにして容易く奪いもする天使と悪魔の相貌。流れる水は全てを洗い流し無へと還す！　そんな生命の源にして死をもたらす二面性のじゃじゃ馬を従え制したのは～～～なんという事だ！　またしてもノルシィ、君だっ！』

青みがかったスポットライトに照らされたノルシィは「あら？　また私なの？」と言って観衆に手をひらひらと振っているが、会場の雰囲気は完全に彼女の偉業に押されてしまっている。

ちなみにカレットは親の仇でも見るかの様な……という程でも無いが、なかなかに険しい表情を浮かべていた。先ほどまでのテンションとの差がとてつもないが、火魔法使いとして水魔法には少なからず思う所でもあるのだろうか。

『誰かノルシィを止めてくれ！【各魔法種略してかほうランキング風魔法部門】！　吹き荒ぶ風は殴り付ける槌にも切り裂く刃にも捩じり切る腕《かいな》にも、その姿を自由に変える！　荒ぶる風を乗りこなしたのは～～～うぎゃぁぁぁッ！　またまたノルシィだぁッ！』

黄緑色のスポットライトが照らしたのはまたしてもノルシィ。彼女のいる場所だけさっきからスポットライトが点いては消えてを繰り返している。ちょっとうっとうしそうだなと思ってしまった。

周囲の反応ももう驚きはなく、「またか」と言いたげな視線を送り、それでもいちいち反応はしている。しかし、それだけではない。闇、光、土、水、風、と、攻撃魔法に分類される六属性の内の五つをノルシィが制覇した。それは、否応無しに最後の一つ、火魔法の頂をも制し、攻撃魔法全てで頂点に立つのではないかという期待を湧き立たせる。五属性を制した彼女が火魔法だけには手を出していないなんて言う事があるだろうか。そんなことはないと、この場の誰もが確信していた。

伝説の目撃者となるべく、誰もが固唾を呑んで次の発表を待ちわびる。

『とんでもないことになってきたぞ！　お次は【家宝ランキング火魔法部門】！　さぁ今こそ燃え上がれ焔よ！　燃やせ焦がせ森羅万象を灰燼と化せ！　遍くを飲み込み世界すら焼く業火となれ！　世界を紅に染め上げろ！　説明は不要、ただただ純粋な力、ヒトが手にした原初の力。火の力を制したのは～～～～～～～～～～～～～～～～』

いつも以上に力がこもった前口上の後、これまでにないほどに長く溜めるエボ君。

本来はライバルであるはずの魔道士たちですらもはや対抗心すら忘れ、誰もが半ば確信をもってその先を待つ。伝説の誕生を。彼女の名が呼ばれるその瞬間を。

しかし、その中で少数のプレイヤーだけは異なる可能性を脳裏に浮かべていた。彼ら彼女らには共通点があった。それは、西エリアにて《劣風竜《ワイバーン》》と戦っていた者たちだ。

それは、ノルシィですら例外ではなかった。

自信はある。しかし、確信には至らない。脳裏を過るのは、精霊に愛された緋色の少女の姿。

過去《βテスト》の記憶を基に回収に向かった自分よりも先に祠へとたどり着き、加護をその身に受けた、真に愛されし彼女の姿が脳裏に焼き付いて離れない。

自覚なく、しかし精霊に愛された彼女を超えなければ、自分は先には進めない。

これほどまでに勝ちたいと、負けたくないと思ったのは初めてだった。

そして、望まれているであろう余裕を崩さない悠然とした態度のまま、この場の誰よりも緊張に心を苛まれながら半ば祈るように沙汰を待つ。

そして……。

『カレット、君だッ！』

敗れた。

「「「「うぉぉぉぉぉぉぉぉぉぉぉぉぉぉぉぉぉぉぉぉぉぉッ！」」」」

驚愕、落胆、賞賛。様々な感情が入り乱れる叫び声が、噴水広場を埋め尽くした。

ある者はノルシィの作り出す伝説が阻まれたことに悲しみを感じ、またある者は圧倒的な存在感を放っていたノルシィを食い破って1位を勝ち取ったカレットというプレイヤーへの祝福を込めて。

様々な感情が入り乱れ、爆発していた。

うっすらと紅く染まったスポットライトを浴びたカレットは様々な感情を飲み込むように大きく息を吐くと、絶叫で大荒れの地上からもよく見えるようテラスの縁に立つと、杖を大きく掲げた。

「「「「うぉぉぉぉぉぉぉぉぉぉぉぉぉぉぉぉぉぉぉぉぉぉッ！」」」」

無言の勝利宣言は、またしてもプレイヤー達の感情を爆発させた。

「得意分野で負ける訳には行かなかったからな。無事に勝てて何よりだ」

スポットライトが消え、戻ってきたカレットの顔はどこか晴れやかだった。自信はありつつもノルシィというプレイヤーの凄さを間近で見ているカレットだからこその緊張があったのだろう。

ノルシィ無双を阻んだカレットという圧倒的状況への興奮冷めやらぬまま続いた各魔法種ランキ

ングだが、回復魔法部門と付与魔法部門の二冠を果たした神官のリトゥーシュと言うプレイヤーと現在使い手が一人しかいないと言う理由で呪術魔法部門で1位となった俺は、謎の場違い感に気まずい思いをするのだった。

なんだろうね、二冠ってだけでも充分凄いのにノルシィの五冠（闇、光、土、風、水）とカレットのパフォーマンスのせいで霞んでしまってる……リトゥーシュ、どんまい。君の素晴らしい活躍《回復と付与の両立》は同じ神官として尊敬に値するよ。

俺なんて基本回復も付与も自分か使ってもリクルスとかカレットくらいにしか使わないせいでいざってときに自分のことしか考えられなかったからな……。そういえば、あの時の神官の子は一位じゃなかったんだな。ボス戦のちょっとの間でもかなり他のプレイヤーを助けてたから可能性は高いと思ってたんだけどな……。

ちなみに、後ほどホームページのランキングページを確認したら回復・付与ともに二位に『ルーティ』という名前があったのでリベットに確認したところ、あの時の少女だという事が判明した。惜しかったな……。え？　俺？　どっちも圏外でしたが。

呪術魔法は一位だったろって？　総勢一名のランキングで一位を取っても虚しいだけだよ。会場も『呪術魔法って何⁉』って反応一色だったしな。

『さぁさぁ！　すごい事になった家宝ランキングも終わりまして、次のランキングに移って行きましょう！　お次のランキングは〜』

エボ君が周囲をキョロキョロとして何かを警戒しながら言葉をタメる。

『各エリア貢献度ランキング！』

タメにタメた後に無事宣言を言い切ることが出来たエボ君。嬉しいはずなのにどこか寂しそうに見えたのは気のせいではないだろう。

『このランキングは入手ポイントではなく、どのぐらい防衛に貢献したかのランキングだよ！』

そういうと、エボ君は一度言葉を切って噴水広場を見渡し、再び口を開く。

『つ、ま、り～町の防壁に攻撃しに行くモンスターを優先的に狙って町の防衛を第一に考えたプレイングは貢献度が多くて、とりあえず殲滅戦じゃぁ～みたいなノリでガンガン奥の方に進んでくプレイングは貢献度が低いってことだね。だからね、ポイントは高いのにランキング圏外とか、ポイントは低いけどランクインとか普通にありえるんだよ！』

そう言いながら、エボ君はチラッチラッと何人かのプレイヤー（俺を含む）を見てきていた。

これは俺は貢献度かなり低そうだな。ガンガン奥の方に進んでたし……。せいぜいボスを倒した程度じゃないか？　直に防衛に貢献したのって。

『このランキングは上位三名を発表するよ！　各エリアの防衛に最も貢献した英雄達の発表だ！』

担当不在で少し寂しい無音のタメの後、少しつまらなそうな顔をしたエボ君がその感情を吹き飛ばす様に『各エリアの英雄達は～この人達だ！』と今まで以上に大きな声で発表する。

直後、上空に防衛結果発表時の様に巨大ウィンドウが出現する。


＝＝＝＝＝＝＝＝＝＝＝＝＝＝＝＝＝＝＝＝＝＝＝

【各エリア貢献度ランキング】
《北エリア》
1位『』　2位『ミミティア』　3位『ミカンスキー』
《南エリア》
1位『』　2位『ナルトテ』　3位『タルぽん』
《東エリア》
1位『』　2位『まーみゃん』　3位『ルーティ』
《西エリア》
1位『』　2位『カレット』　3位『リトゥーシュ』

「私の名前があるぞ！　西エリアの2位だ！」

「おぉ、凄いじゃん。おめでとう」

「むぐぐ……！　ま、まぁ？　俺はガンガン奥の方に行ってたから仕方ないし？　別に悔しくなんてないし？」

「すっご……。ここまで露骨な強がりムーブって出来るものなんだ……」

　嬉しそうに腕をブンブン振っているカレットにお祝いの言葉を贈りつつ、他のエリアの結果にも目を通していく。やはりというかなんというか、歌舞伎《各武器種》や家宝《各魔法種》のランキングで名前が出たプレイヤーが半分程を占めていた。

え？　リクルスの対応？　スルーでいいだろ。

『どうだったかな？　ではこれから各エリアの貢献度1位を発表するよ』

エボ君のその言葉にプレイヤー達が「「おおっ！」」とざわめき立つが、エボ君の少し寂しそうな雰囲気もあってか少し言葉の勢いが弱い様な気がする。

『最初は今回の襲撃の中では一番敵が弱くはあったけど油断したらあっさり死にかねないと言うある意味際どいバランスの南エリア！　そんな南エリアにおいて最も防衛に貢献した英雄は～』

エボ君が両手を広げて語るその後ろには、イベント中の南エリアの映像が何枚ものウィンドウによって映し出されていた。それも特定のプレイヤーだけ、という訳でもなく多数のプレイヤーが映し出されており、「あ、今俺映った！」「あれ私じゃない!?」「俺出てこねぇ！」と言った声がちらほらと聞こえている。

「あ、あれリーちゃんじゃない？　ほら、あのモンスターの首ポーンって刎ねてるの」

「あ、ほんとだ。うへぇ～ッ客観的にみると泥臭いわね～私のバトルスタイル」

「泥臭いというか……あえて表現するなら野蛮だな！　絶対に狩るという意思が伝わってくるぞ」

「あはは、確かに。泥臭いよりはまだマシ……かな？　でもそれはそれとして、絶対スタイリッシュに戦えるようになってやるわ！」

テラスにいる中では南エリアに行っていたのはリーシャだけなようで、ちらっと映ったリーシャを見つけてはきゃいきゃいとはしゃいでいた。

『～～～ナルナティア、君だっ！』

そんな、長くも短いタメの後、エボ君の盛大な発表と共にエボ君の背後のウィンドウが全て一人のプレイヤーの映像を映し出す。

前二つのランキングよりも明るく華々しいスポットライトが当てられ会場中の視線を独り占めしたのは、よく言えば汎用性のある、悪く言えば特徴のない装備に身を包んだ平均的な体格の青年だった。背中に背負ったバックラーと腰にぶら下げている鞘から得物は剣であることが分かるが、それ以上のことは分からない。

『さぁさぁ南エリアの英雄代表のナルナティア君に何か一言いただきましょう！』

まさか自分が選ばれるなんて思ってもみなかったのだろう。半分パニックになっているナルナティア君。突然求められた一言にえっ、えっ、とテンパっているナルナティア君に向かって多くのプレイヤーから「テンパるなよ英雄さん！」「気楽に行こーぜ1位！」「焦んなくていいよーナンバーワン！」と優しい（？）言葉が投げかけられる。

『え、えーっと……今回南エリアで貢献度1位になったナルナティアです』

一回深呼吸したナルナティアが意を決した様に話し始めると、マイクでも使っているかのように拡散された声が噴水広場に響き渡る。

『えっと、子供の頃からこういう事とは縁がなかったので……何言えばいいか分かんないんですが……まぁ自分チキンなんで、奥にどんどん進むとか出来ないんですよ。そんで壁付近にいるのをメインに狩ってたらなんか貢献度1位とか言う身に余る賞をいただきました、ありがとうございます』

ナルナティアがそう言うと、周囲のプレイヤー達が「謙遜すんなよ1位！」「謙虚だねぇそれがナンバーワンの余裕ってやつか？」「勝って兜の緒を締めよ、さすが英雄はそこら辺徹底してるな」などと囃し立て、ナルナティアが恥ずかしそうにする。

『そんな狩り方ばっかしてたからか分からないんですけど、途中で武器が壊れちゃいまして……もちろんパニクるじゃないですか』

彼がそう言うと、気を利かせた後ろの映像がそのシーンを映し出す。

《スタンピード・ベア》の大振りの一撃を紙一重で回避し、反撃の袈裟斬りを首筋に叩きこんだ瞬間に硬質な音を立てて剣がへし折れ、驚き顔で戸惑う彼の姿が大画面で映し出される。

『なんとか反撃の腕振りを避けた後……っとすいませんあの時は必死というかなんというかでよく覚えてないんですが、確か万が一に備えて用意しといた短剣を熊の目に突き刺して……腕振りながら仰け反ったから左脇の関節切り裂きながら後ろに回り込んで頸動脈辺りを短剣でぶっ刺して、それでも暴れるから背中に張り付いて短剣刺したままグリグリ抉ってＨＰを削り切ってなんとか生き残れたんですよ。あの時は生きた心地もしませんでしたね』

うわぁ……えっぐぅ……。

彼が真顔でかつての激戦を振り返っている時にも、真後ろのウィンドウではそのシーンが映し出されており、心做しか噴水広場のプレイヤー達も引いている様子だった。

『その後は予備の剣でなんとか凌いでました。それで更に安全策に走った結果、何故か貢献度1位をいただいた……って感じですね。面白みのない話ですいません』

そう言って彼が言葉を締める。先程の生々しい倒し方の説明のせいで少し引き気味なテンションを上げる様に、あるいはさっきの説明を忘れる様に激しい拍手が送られ、彼は気恥しそうに頭をポリポリとかいていた。面白みはないって言ってたけど十分刺激的だったぞ。

『さ、さぁ！　なんとも勇猛なナルナティア君の武勇伝を聞き終わった所で次行ってみよう！』

話題を切り替えるようにエボ君が言い、他のプレイヤー達もそれを盛り上げる為に盛大な拍手を送る。ちなみに、俺も必死で拍手していた。なんて言うか……思ったより倒し方がエグかったのだ。お前の撲殺や爆弾化はどうなんだとか言われそうだが……なんかベクトルが違うよね。

ちなみに、カレットはナルナティアの話を聞いてめっちゃ盛り上がってた。私もやりたい！　とか言い出したから焼き兎で沈静しておいた。お前は魔道士だろうに。

リクルスとリーシャの出来そう組はライバル意識を燃やしていたが、そっちまで手が回らないので、メイに任せることにした。

『次行くよ！　物理攻撃はお帰りください、ここは魔法こそ至上の世界だ！　物理耐性増し増しのモンスター蔓延る西エリア！　そんな西エリアで最も防衛に貢献した英雄は〜〜〜〜』

エボ君が言葉をタメるタメる。まるで何かに備える様に、あるいは何かを待っているかの様に。何人かのプレイヤー達も少し寂しくなったのか辺りをキョロキョロしているが、特になにか見つかる訳でもなく、たっぷり三十秒のタメが発生しただけだった。

ちなみにその間も背後のウィンドウは絶えず様々なシーンを映し出しており、カレットが「映った！　映ったぞ！」とか「あぁっ⁉　あの魔法私が放ったヤツだ！」とか「そこもうちょっと左！

そうすれば映る！」とか騒いでいた。最初のは分かるけど後の二つはよく分かるな……。

『～～ノルシィ、君だ！』

エボ君がそう言うと、先程と同じ様に他のランキングよりも一段と華々しいスポットライトがノルシィを照らすと同時に、後ろのウィンドウが彼女の活躍を映し出していく。……のだが、カレットはノルシィとほぼ一緒に戦っていたらしく、ノルシィのカットの半分くらいにカレットも映り込んでいた。うまくノルシィだけ切り取られているが、それでも緋色がチラつく。

『は～い、西エリア貢献度1位に選ばれたノルシィよ～。私は先程の彼みたいな素晴らしいことは言えないから、この場を借りて個人的な宣戦布告をさせてもらうわ～』

ノルシィがさらっとナルナティアを弄りながらもそう言うと、ナルナティアのくだりで少し起こっていた笑いが個人的な宣戦布告の所で静まり返る。

『私と仲がいい人は知ってると思うけど……私って結構欲張りなのよね～』

ノルシィが冗談めかして言うと噴水広場に笑いが起こり、恐らくノルシィが言う『仲がいい人』に当たるであろう数人が「よっ、欲張りノルシィ！」と囃し立てる。直後に「顔は覚えたわよ～」とノルシィが呟き、小さな悲鳴が上がる。

そんな一連のやり取りの後、ノルシィが『ごほんっ』と咳払いを一つして場の空気を戻す。

『それで～欲張りな私は攻撃魔法ランキングを独占したかったのよ～』

あぁ、なんか俺この先の展開読めたわ。恐らく当事者になるであろう、普段はあまり察しのよくないカレットも何かを感じ取ったのだろう。少し緊張の色が見えた。

そしてそれは他の人達もそうらしく、何人かのプレイヤーはチラチラと視線をノルシィとカレットの間で往復させている。

そんな空気の中、ノルシィは向けられる大量の視線をものともせず……。

『と言う事でぇ～カレットちゃん。次こういう機会があったら、『火魔法』ランキングの1位も私が貰うから、よろしくねぇ』

そう宣言した。

そしてこれまた気を利かせたエボ君が、ノルシィが『カレットちゃん』と言ったところでカレットにもスポットライトを当てているためこの場の主役はノルシィとカレットの二人となった。

「トーカ、これは……」

「あぁ、お前の考えてる事であってるはずだ」

チラッと俺の方を見やったカレットにそう言葉を返す。すると、カレットは大きく頷き、一歩前へと踏み出した。

『その宣戦布告しかと受け取った！』

ノルシィが自身の六冠を阻んだ魔道士へ宣戦布告を叩き付け、阻んだ魔道士が受けて立つ。突如発生したドラマにプレイヤー達は大いに盛り上がったが、それに構わずカレットが言葉を続ける。

『そして、私からも宣戦布告をしよう！』

まさかの宣戦布告返しにプレイヤー達がざわめく。そのざわめきすら場を盛り上げるＢＧＭと化しているこの空間で、持ち前の精神力を活かし臆することなくカレットが宣言する。

『次の機会には『火魔法』だけでなく『風魔法』でも私が1位を貰おう！』

『ふふ……。こちらこそ受けて立つわぁ。負けても泣かないでねぇ？』

『ふむ、自己暗示というやつだな。事前に覚悟を決めるのは大切だぞ』

『あらあら……。元気がいいわねぇ。お姉さん次が楽しみだわぁ』

そんな口撃の応酬がしばし続き、最終的に二人が同時に『絶対に負けない（わよぉ）！』と言い放った。そして一拍の後「「「うぉぉぉぉぉぉぉぉぉッ！」」」とプレイヤー達が盛大に盛り上がる。

『素晴らしい！　魔道士の互いの意地と意地のぶつかり合い。痺れるねぇ！　次はどんな興奮が待ち構えているのか……。さぁ、次行ってみよう！』

ランキングを制する強力な魔道士のライバル関係にエボ君も実に楽しそうに続け、まだ見ぬ次の1位へのプレッシャーが大変な事になっていく。

『次に行くよっ！　魔法はお呼びじゃねぇ！　ここは物理攻撃が物言う世界だ！　魔法耐性抜群のモンスターが跋扈する東エリア！　そんな東エリアで最も防衛に貢献した英雄は〜〜〜』

やはり少し長めな無音のタメが行われ、背後には東エリアの映像が流れている。

あ、俺映った。熊殴り殺してる。あ、フィロー映った。なんかぴょんぴょん跳ね回ってヒットアンドアウェイしてる。あ、リベット映った。兎二体同時に貫いてる。あ、ルーティ映った。辻ヒールしてる。あ、また俺映った。狼蹴り上げて【チェインボム】で爆弾にしてる。

噴水広場にいるプレイヤー達も「あっ映った！」「あれぇ!?　なんで五分くらいしかいなかった東で映ってるの!?」「なんかちょこちょこヤベェ奴いない!?」「なにあの威力!?」と騒がしくしている。

『〜〜〜リベット、君だ！』

そしてリベットに当たる華々しいスポットライト。やっぱりリベットがここも持っていったか。まぁ予想はしてた。アイツのスタンスが親友の工房がある東エリアを死守するだったからな。必然的に貢献度も上がっていくだろう事は想像に難くない。

だが、当のリベットは予想外だった様で目を白黒させながら食べかけの串焼き肉（俺が焼いたやつ）を手に持った状態で固まっていた。数秒かけて状況が飲み込めたようで、ぎこちない動きで串焼き肉を机の上の皿に置き、深呼吸を一つしてから喋りだす。

『えっと、東エリアで貢献度1位になったリベットです。正直言って自分が選ばれるとは欠片も思ってなかったので驚きですが……少し納得もしています』

リベットがゆっくりと、過去を振り返るように喋る。

『と言うのも、自分は他の人に比べて防衛メインと言うか防衛しかして無かったんですよ。本来なら腕試しがてら北に行きたかったんですが……。自分の親友がイベント発表の三日前に東エリアの門のすぐ側に自分の工房をようやく持てたばっかだったんです』

その言葉に、そしてその意味を理解したプレイヤー達は様々な表情で彼を見ている。それは同情であったり尊敬であったりと様々だが、少なくとも負の感情がこもっている者はいなかった。

『そりゃぁもう焦りましたよ。自分の工房を持つ為にアイツが必死で頑張ってたの知ってたんで。こうなったら意地でも守り抜いてやると思って、北に行くのを諦めて東で戦う事にしたんです』

神妙な雰囲気で語るリベットの方を見やると、ウォルカスが彼の横で気恥ずかしそうにしていた。

そそくさと逃げ出そうとした所をリベットに襟首を掴まれて阻止されている様だ。きっと空気に耐え切れなかったんだろう。

『それで必死に東エリアで戦ってました。でも……やっぱり一人じゃ無理だって思い知らされましたね。大群に囲まれれば逃げるのに精一杯でしたし、そもそも自分が使っていた武器だってその親友が作ってくれた物でしたし。それでもなんとか足掻いて……ボスにボッコボコにされました』

彼が微妙に苦笑いしながら言うと、それを知るものは同情と賞賛の視線を、知らないものはなんだよっ！　と笑っていた。俺は知ってる側なので大変だったなと当時を振り返りながら聴いていたのだが、不意にリベットがこちらに視線を向け、目が合う。

なんだ？　と思っていると、そのままリベットは続ける。

『まぁ色々、ほんっとうに色々あってなんとかボスは討伐されたんですが……』

これも知ってる人とそれ以外で反応が分かれた。知ってる人達は「あぁ……色々あったね……」といった反応を、それ以外の人達は「色々っ？」といった反応をしていた。

そしてそう言いながらもジィーっとこちらを見てくるリベット。

大量の視線がリベットの視線の先であるこちらに向けられたが、スポットライトの性質や『隠密』の効果、加えて夜で暗かったのも幸いし、見つかる事は無かった様だ。最も、その前のいくつかのランキングでこのテラス席に何人かいるのは知れ渡っているだろうし、東エリアのボス戦でご一緒した人たちはリベットが誰を見ているのか察しは付いているだろう。

『とまぁ、とんでもない援軍や大勢の頑張りがあってボスは無事討伐することが出来て、親友の工房がある東エリアを守り抜く事が出来たんです。共に戦ってくれた多くの人に、感謝を』

リベットがそう言葉を締めると、一斉に盛大な拍手が送られる。その拍手を一身に受けたリベットは「いやいや、そんな褒められるような事じゃないから！　俺だけじゃ普通にダメだったから！」と言いながらウォルカスを盾に隠れる。すると、エボ君が空気を呼んだのかスポットライトがウォルカスも照らし始める。

「なっ⁉　親友を盾にするとか貴方正気ですか⁉　ちょっ、やめっ！　なんで僕まで照らすんです⁉　皆さんも拍手やめてくださいっ！　僕こそ何もしてないじゃないですか！」

突然矢面に立たされたウォルカスがテンパっていると、周囲の人々は「照れんなよー英雄とその親友！」「そうだそうだ！　英雄の親友！」「よっ、立役者！」と囃し立て、ウォルカスが「なんで僕がメインになってるんです⁉」と悲痛な叫びを上げている。

そんな突然の交代劇に、噴水広場はしばらくの間笑いに包まれていた。スポットライトが消えた後に足を踏み抜かれてリベットが蹲ることになるのだが……それはまた別の話。

『さぁさぁ、感動の友情物語の次はパァーっと行こう！　お次の発表は～～ここは戦場、力が支配する血と死が溢れる理想郷。生きる為には殺すしかなく、殺されない為にも殺すしかない。気を抜いたが最後、その瞬間が死期となる。明日のお前は死体か英雄か、物理攻撃と魔法と知識と技術と絆と策略と、己が持つ力を全て注ぎ込め！　猛者集まりて世界に轟け！　他エリアとは一線を画す人外魔境の北エリア！　そんな北エリアに相応しい戦いぶりを見せ、町を護った英雄は～～～』

仰々しい言葉と当然の様に長いタメが行われ、エボ君の背後にある幾枚ものウィンドウに北エリアで戦ったプレイヤーが映し出されていく。「あ、俺映った！　兄貴も映ってる！　あ、あんときのオッサンも映ってる！」とこの中で唯一北エリアで戦っていたリクルスがはしゃいでいる。

最も敵が強かった北エリアの防衛に最も貢献した英雄は一体誰なのか……。

『～～～マリアンヌ、君だ！』

スポットライトは噴水広場の一角。やけに人が少ないエリアを照らし出す。

そして、その光の中心にいる北エリアの守護者は、戦場よりも華やかなパーティー会場の方が似合いそうな可愛らしいピンクのフリフリドレスを身に纏い、光をキラキラと反射する滑らかで美しい茶髪を側頭部二か所で結んでいる、いわゆるツインテールと呼ばれる髪型をした……。

どの大会に出しても恥ずかしくないほどにキレッキレに仕上がった、パンッパンに膨れ上がる筋肉の鎧を着こなした、大柄な人物だった。

「ひぃっ……」

その声はどこから上がったものだったか。シーンと静まり返った、あるいは空気が凍り付いた噴水広場ではもはや推測する事は出来ないが、少なくともそこにいる全ての人間が目を奪われた事は確かである。

そして、その大柄な人物は凍り付く会場の空気をものともせずにそっと両手のひらを合わせ、食前の挨拶である「いただきます」の様なポージングを取り、それを顔の左側に持ってくると……。

「あんらぁ～、私が1位だなんて光栄だわぁ～」

その身をクネクネと動かしながら、洋画のラスボスと言っても信じてしまいそうな渋い声で言い放つ。拡声機能がビビっているのか拡大されていないマリアンヌの声は、しかし明瞭に響き渡った。

瞬間、先程までの空気の凍り方が優しく感じる程の静寂に辺りが包まれる。

「あんらぁ？　みんな無視ぃ？　それは酷いんじゃなぁい？」

しかしそんなのはお構い無しにマリアンヌは言葉を続ける。

「んまぁいいわ、今回北エリア貢献度1位になったマリアンヌよぉ。気軽にマリィって呼んでね♡」

バチゴンッ！　と音がしそうなウィンクをかましたマリアンヌに、既に限界まで凍り付いた噴水広場が氷河期もかくやと言う程までに凍り付く。

「1位と言ってもぉ、特になんて事は無いのよぉ？　ただぁ、か弱い乙女に襲いかかってくる不埒者にちょーっとO☆SHI☆O☆KI、しただけなのよぉ？」

「は？　か弱い乙女？　どこに？」

マリアンヌが言葉を紡ぐ中、運良く凍結を免れたのかそれとも無意識か、一人のプレイヤーがボソリと言葉を零す。それは、この場にいるプレイヤーの総意と言っても過言でない。

心は乙女という事でそこは譲るにしても、拳一つで大抵のモンスターは屠れそうな筋肉の鎧に包まれた人物がか弱いとはとても思えない。

「あぁ？　今なんつったテメェ」

瞬間、マリアンヌから溢れ出す濃密な殺気。もはや黒い靄《もや》すら幻視しそうな程の圧倒的な殺気が、ゆっくりと、しかし逃すことなく噴水広場を飲み込んでいく。

それは、結構な距離を離れており、殺気を向けられている当事者ですらないトーカ達さえ指先の震えが止まらなくなるほどのものであった。

ではその濃密な殺気を至近距離で向けられた哀れな彼はどうなったのかと言うと……。

「ひぃっ……！」

腰を抜かしその場にへたり込み、全身の震えは治まらず目は虚ろに空を眺めていた。無意識に手を必死に動かし後ずさろうとするが、震えと恐怖のせいで上手く行かないようだ。

「あらやだ、はしたなかったわねぇ」

いつまでこの地獄の様な空間が続くのかと思われたが、突然正気に戻ったマリアンヌがそう呟くと、先程までの地獄の底の様な重苦しい空気が一気に霧散する。

極限の緊張からの解放によって、自爆とはいえこの殺気を直に向けられた彼は安堵のあまり気絶してしまい、そのままログアウトして行った。

「ごめんなさいねぇ。1位に選ばれて少しテンション上がっちゃってるみたい。てへっ」

先程までとはまた違う意味で凍り付いた噴水広場の光景をものともせずマリアンヌは続ける。

あれでちょっととか……正直《劣地竜《バジリスク》》より全然怖かったぞ……。

この時、俺は心に決めた。

ジロッ。

彼女とは決して関わらないようにしよう。万が一関わる事になってしまっても刺激しないように全力を尽くそう、と。そう思ったのは俺だけではなかったようだ。極限レベルで一致したプレイヤー達の思考がなせる技か、他のプレイヤー達もどう考えているのかが手に取るように分かる。

「あぁんみんなテンション低いわねぇ。疲れちゃったのかしら？　じゃぁ私ももう終わりにしましょうかしらねぇ。私はこれからも頑張っていくわよぉ、みんなも頑張ってねぇ～」

マリアンヌは最後にそう言うと、固まっているエボ君にウィンクを送る。ゾワゾワッと身震いしたエボ君は極力彼女を刺激しないよう意識を逸らし、慌てて進行を再開する。

『さ、さぁ！　これで各エリア全ての英雄達が出揃った！　今一度彼等に盛大な拍手を！』

エボ君が言うと、上空に三枚四セット計十二枚の光る足場の様な物が出現し、まばゆく輝いたかと思うとその上に十二人のプレイヤー達が現れる。このプレイヤー達こそが各エリア貢献度ランキングにランクインした者達である。もちろん、カレットとリベットも招集されている。

＝＝＝＝＝＝＝＝＝＝＝＝＝＝＝＝＝＝＝＝＝＝＝＝

【各エリア貢献度ランキング】

《北エリア》

1位『マリアンヌ』　2位『ミミティア』　3位『ミカンスキー』

《南エリア》

1位『ナルナティア』　2位『ナルトテ』　3位『タルぽん』

《東エリア》

1位『リベット』　2位『まーみゃん』　3位『ルーティ』

《西エリア》

1位『ノルシィ』　2位『カレット』　3位『リトゥーシュ』

＝＝＝＝＝＝＝＝＝＝＝＝＝＝＝＝＝＝＝＝＝＝＝＝＝＝＝＝＝＝＝＝＝＝＝＝＝＝＝

そして、全員が揃うと盛大なファンファーレの音と共に十二人により一層強力なスポットライトが浴びせられ、直後に割れんばかりの拍手喝采の嵐が巻き起こる。

招集された十二人はそれぞれが照れくさそうに眼下にいるプレイヤー達に手を振り返したり、得物を抜いて見せ付けたり、ミカン（の様な物）を投げ付けたりとパフォーマンスをしている。

筋肉乙女（自己申告）のマリアンヌとアマゾネスのような筋骨隆々のまーみゃん。そして、その二人と同じくらい大柄な全身オレンジ色の装備に固めた男性の集う北エリア部分がなかなかに地獄絵図だったが、プレイヤー達はテンションで乗り切った。

他にも同じ正統派神官の熟練者同士で通ずるものがあるのか会話しているリトゥーシュとルーティだったり、観客そっちのけでバチバチしてるカレットとノルシィだったり、恥ずかしいのかマントで全身を覆っているミミティアだったり、なぜかラーメンを啜ってるナルトテだったり、ひたすら樽を叩いているタルぽんだったりと大半のプレイヤーが自由に振舞っていてナルナティアやリベットがとてつもない常識人に見える光景が繰り広げられていたが、乗り切った。

『さぁ！　各エリア防衛の英雄達の発表が終わったとこで遂にお次が最後のランキング！』

招集された時と同じく転移させられて地上に十二人が帰還すると、すぐにエボ君が話し出す。

あのカオスな光景を見てスルー出来るエボ君は凄いのか諦めているのか、ジャッジが待たれる。

『これこそが大本命。あの日の戦場を駆け抜けた猛者共が競うこの世の修羅道！　攻めも守りも共闘も、何一つ関係無く測られるのは己が叩き出した記録のみ！　そう！　総合ポイントランキングの発表だぁぁぁぁぁぁぁぁぁぁぁぁぁっ！』

「「「うぉぉぉぉぉぉぉぉぉ！」」」

エボ君は沸き立つプレイヤー達を見渡し、満足したように頷く。

『このランキングは上位5位まで発表するよ！　もしかしたら前口上で誰か分かるかも!?』

エボ君がそう言うと同時に、エボ君を中心とした正五角形の頂点の位置にそれぞれ直径1mほどの魔法陣が現れる。

『まずは第5位！』

エボ君がそう叫ぶと、魔法陣の一つが光り始める。

『決して姿を見られず、見られたからには必ず殺す！　目撃者を消せば目撃者はゼロだとでも言いたげなそのプレイスタイルはある意味素晴らしい！　何が切っ掛けかは分からないけど、後半からメキメキとスコアを伸ばしランキングに食い込んで来た！　最終結果102650ポイント！』

ぼふんっ！　と魔法陣が煙幕に包まれる。

『現代に蘇る忍者！　その名はフィロー！』

そして現れるのは、黒装束に身を包んだ……。

「丸太？」

誰かがそう呟く。魔法陣の上に居たのは、黒ずくめの忍装束を着せられた丸太だった。間違ってもプレイヤーではない。ではどこに行ったのか、エボ君含め多くのプレイヤーが辺りを見渡す。

だが、中には索敵が得意なプレイヤーもいるだろうに、それらしき人影は見つからない。

「どこに行ったんだ?」「ここにいなくて代理ってこと?」「でもさっきいなかったときは演出とかもなかったじゃん」「え、つまりどういうこと?」と会場もざわめきに包まれる。

『あれ、おっかしいな……。確かに転移させたはずなんだけど……』

この事態はエボ君にとっても想定外だったようであたふたとしている。そんな彼の背後にそっと立つ黒い影に気付けた者が果たしてどれほどいただろうか。

「スマンでござる、エボ君殿。なにぶん拙者《忍者》は闇に生きる者。故にあの様な目立つ場所は好まぬのでござる。本来であればこの場に出ることも控えたかったでござるが……訳あって拙者は己が成果を示さねばならないのでござる。衆目の場には代理を立てた故、ご勘弁願いたい」

すうっ……とエボ君の真後ろからそんな声が聞こえた。

『うぎゃぁぁぁぁぁぁっ!?』

突如出現したフィローにプレイヤー達も驚いた様だが、エボ君が一番驚いた様でガチめの悲鳴を上げてその場を飛び退りながら声のした場所へと振り返り、スポットライトを当てる。

しかしそこにはフィローの姿は既に無く、照らされた夜の闇が広がるのみである。

「……アイツ、『隠密』と『軽業』のレベルが相当高いな。しかもそれだけに留まらずPS《プレイヤースキル》も相当高い。加えてしっかりと『空歩』も取ってあるな……。いや、あの滞空時間からして別のスキルか……?」

思わずそう呟く。初めて会った時よりも数段と忍者道とやらを進んだらしい。あるいは、これが彼の実力という事か。願わくばこれで忍者道に進む者が増えて俺の事を忘れてくれますように……。

「すまんでござるが、拙者の事は照らさないでいただきたい」

再びどこからとも無く聞こえるフィローの声。徹底してるな……。目撃者を消せばいいとか言ってたヤツとは思えない程完璧な身隠しだ。

『わ、分かったよ……。だからちょくちょく後ろで気配出すのやめてもらっていい？』

「交渉成立、でござるな」

アイツ、実はエボ君軽く脅してやがった。姿は見えないのに背後に気配が現れたり消えたりするとかホラー過ぎるだろ。忍者ってより物の怪の類だぞ。

『あーあー、ごほん。本来拙者はこういう事を好まぬ身の上故手短に』

姿を捉えるのを諦めたようで、スポットライトは魔法陣の上の丸太を照らしている。どういう仕組みかは分からないが、声もそこから聞こえている辺り徹底しているな。

『契約を違え己の益だけを享受するは恥知らずのする事。故に、これが拙者の答えでござる』

訳の分からない、しかし通じる者には通じるその言葉だけを残し、フィローは気配を消した。

プレイヤーネーム教えてほしければランキングで活躍しろとは言ったが……ここまで全く出てこなかったから完全に油断していたな。

何というか、律儀な奴だ。白狐面を付けていないとはいえ、ほかの装備は同じだ。メイス部門や呪術魔法部門の時に俺の名前なんて分かっただろうに、自分の矜持も筋も通した。そこは素直に感心する。が、忍者道とやらに進む気はないので答えはノーだ。

『よく分からないけど何か訳アリっぽいね。ふふっ、君たちが紡ぐ物語がどうなっていくのか……。楽しみだね！　さ、まだまだ行くよ！　お次は、まさかまさかの同率5位！』

エボ君がそういうと同時に丸太が載った魔法陣が輝きながら描かれている紋様を激しく廻し始める。そして、キィィィッっと甲高い音を立てながら輝きが最高潮に達したその時。

ぼふんっ！　と音を立てて魔法陣が分裂し、丸太が載っていない方の魔法陣が輝き始める。

『一に拳二に拳。三四も五六も一から百までぜーんぶ拳！　殴って殴ってゼロ距離の死闘！　飛び交う死の中紙一重のその先へ！　説明不要の魂に響く戦いを目に焼き付けろ！　その闘志はもはや狂気へと至らん！　最終結果10265０ポイント！』

バキャンッ！　と魔法陣の上の空間がひび割れ、砕け散る。

『無限を知る狂気の拳！　その名はリクルス！』

ガラス片のようにキラキラと舞い散る空間の残滓の中から現れたのは、さっきまでそこでもしゃもしゃと串焼き肉を頬張っていたリクルスだ。

前口上の時点でもしやと思ったが、本当にリクルスだったようだ。串焼き肉がないのはせめてこの場くらいはカッコつけてくれと言う運営の思惑かあるいは前口上の時点で察してリクルスが避難させたのかは分からないが、ともかくまともに恰好が付く姿で賞賛の場に立ったリクルスは腕を組んでドヤ顔でこちらを見下ろしてくる。

どうだ！　という声が聞こえてくるようだ。

「うひゃー、凄いわね。ランクインしてるよリクルス君」

「僕が作った装備でここまで活躍してもらえると嬉しくなっちゃうよね」

「むぐぐ……。まだだ、まだ上に四つある……！　まだ勝ちの目はあるぞ……！」

「今唸ったところで順位は変わらないから楽にしとけって」

ドヤ顔してくるリクルスにシッシとジェスチャーを送り、ぐぬぐぬしているカレットをどうどうして落ち着かせる。これは残りの結果がどう転んでも二人がうるさくなりそうだな……。

『それでは第4位の発表だ！』

その言葉に呼応するようにリクルスの隣の魔法陣が光り輝く。

『焼き尽くせ！　燃やし尽くせ！　森羅万象灰燼と化せ！　操るは文字通りの超火力！　夜闇に灯るその灯火は何を糧に燃えているのか⁉　薪や燃料？　術者のＭＰ？　否！　哀れなモンスター達の命を燃やして輝いているのさ！　最終結果１０４５８５ポイント！』

ゴウッ！　と魔法陣が緋色に燃え上がる。

あっ。

『【火】に愛されし緋色の魔道士！　その名はカレット！』

燃えさかる焔の中から現れたのは、炎に負けぬ緋色を身にまとった少女。傅くように納まる炎を従え、それはもう実にいい笑顔を浮かべていた。

『ふっふっふ……。はっはっは、はーっはっはっは！　私の勝ち、だな』

眼下に控えるプレイヤー達など意に介さず、ただ一人、リクルスに向かって全力の勝利宣言を叩き付ける。リクルスは膝から崩れ落ちた。

『だからぁ……はんいこうげきはぁ……ずるいってぇ……』

絞り出すようなその声は、悲しいかな無情にも拡声されて噴水広場中に広がってしまう。

多くのプレイヤーたちがうんうんと頷いていたので、リクルスと同じく単体攻撃しかできないプレイヤー達からは多大な賛同を得たようだ。

なお、範囲攻撃は基本的には単体攻撃よりも威力が弱く設定されているので範囲攻撃で大量の敵を一気に倒すことが出来るのはごく一部の強者だけであると、大多数の範囲攻撃使い達は心の中で叫んでいた。単体攻撃派と範囲攻撃派の溝は深い。

『この二人には因縁があったみたいだね！　でも、この場にいる時点でどっちも素晴らしい記録を打ち立てたってことだから誇っていいよ！』

エボ君がそういうと、ノリの良いプレイヤー達が何やら因縁がありそうな二人（実際はくだらない煽り合い）に口笛を鳴らしたりと称える。基本的に騒がしいのが好きで調子に乗りやすい二人はすぐにテンションを上げて盛り上がりに応えていた。楽しそうだな。

『盛り上がってきたところで次は第3位！』

例に洩れずエボ君の声に合わせて今度はカレットの隣の魔法陣が光り輝く。

『火は猛り、水は荒れ狂い、風は吠え、大地は震え、光が照らし、闇が覆う。顕現するは摩訶不思議な六色世界！　縦横無尽に変幻自在に襲い来る魔法群！　火に水に風に土に光に闇、魔道士に許された六属性の攻撃魔法、その全てを司る異端児！　最終結果１２０５８０ポイント！』

しゃらんっ！　と鈴のような音と共に魔法陣が六色の光に包まれる。

『極彩色の六属性魔道士！　その名はノルシィ！』

「ふふっ、銅メダルってところかしら。悔しいわねぇ」

六色の光の中から美しい銀髪をなびかせながら現れたノルシィは、眼下のプレイヤー達ににこりと笑って手を振る。場の熱気故か、あるいはその美貌からファンも多いのか、彼女が手を振ると雄叫びにも似た歓声が上がる。

少しの間その歓声に応えていたノルシィだが、やがてそのやわらかい笑みの中に底冷えするような恐ろしさと優越感を滲ませカレットに手を軽くひらひらと振る。

「とりあえず、ここは私の勝ちね」

「むっ……。ふ、ふんっ。私が興味あるのは火と風の一位だけだからな、ここは譲ってやる……！」

カレット、めちゃくちゃ悔しがってるんだろうなぁ……。本命はその二属性でカレットもノルシィの力量は認めているとは言え、だからと言って負けて悔しくない訳ではないだろう。興味のない他の属性の魔法ならともかく、ここは純粋に魔道士としての能力で負けたわけだしな。

『バチバチと火花を散らすノルシィとカレット！　はてさて次回はどちらに軍配が上がるか……今から楽しみだね！』

どうやらカレットとノルシィは運営公式のライバル関係になったらしい。まぁここまで美味しすぎるほどの因縁があってお互いがライバル視してるなら盛り上げ的には乗っからない手はないだろう。ライバル関係と言うのは見ていて面白いしな。

もちろん俺個人として応援するのはカレットだ。是非とも次の機会には火風どちらも制覇してもらいたい。まぁそんな事言ったら特訓に付き合え！　とか言われそうだけど。

『そろそろ終わりも近付いてきたね！　でもここからも凄いよ！　ってな訳で第2位！』

今回光った魔法陣はノルシィの隣……ではなく、一つ空けた場所の魔法陣。

位置的にはフィロー（の代理の丸太）の隣だ。

『豪快の一言に尽きるそのプレイスタイルはまさに圧巻！　薙ぎ払い吹き飛ばしぶった斬る！　あぁそれはまさに力の象徴。力強いプレイングに圧倒的な破壊力！　その一刀の下に纏めて葬り去られたモンスターは数知れず！　最強と名高いその一撃は、どんな敵も豪快に一刀両断！　振るう刃はすべてを切り裂く！　最終結果255245ポイント！』

ザザンッ！　と魔法陣の上に×字に交差した裂傷が刻まれる。

『人呼んでβ最強！　その名はアッシュ！』

虚空に刻まれた裂傷をけ破るように現れたのは、初日にトーカが遭遇し、イベントではリクルスと共に戦っていた大剣を担いだ大柄な人物。

「「「うぉおおおおおおおおおおおおおおおおおおおおおおおおおおおおおおおおおおおおおッ！」」」

「「「えぇぇぇぇぇぇぇぇぇぇぇぇぇぇぇぇぇぇぇぇぇぇぇぇぇぇぇぇぇぇぇぇぇぇぇぇぇぇッ!?」」」

エボ君の声がやけに明瞭に響き、アッシュが登場した直後。噴水広場は二種類の絶叫で埋め尽くされることとなる。すなわち、盛り上がりの声と驚愕の声である。

前者の声は有名人プレイヤーであるアッシュの登場に対する声。

後者はあのアッシュが、そしてあのポイントでも2位だったと言う事に対する驚愕の声。

「正直な話、結構自信はあったんだがなぁ……。悔しいぜ」

「兄貴は何なんすかその《劣火竜》《サラマンダー》戦の後どんだけ戦ったんすか⁉」

「はっはっは、俺も範囲攻撃の一つや二つ持ち合わせてるってことよ。一応、切り札だがな。それに、成果を出すなら死地に踏み込んでこそってのが俺の信条でな。リクルス、お前がいるとちと安定し過ぎる。ってな訳で、一人で突貫させてもらったぜ、悪かったな」

「また範囲攻撃ぃぃぃぃぃぃぃぃぃぃ……！」

『あはは、愉快なことになってるね。それじゃ、会場も温まったところで……。行こうか、様々な偉業にドラマが生まれた結果発表もこれが最後！　最後を飾るのは総合ポイント第1位！　つまりは単純に最も多くの強敵を狩ったという事！　常識に縛られるなんて生半可な気概じゃ逆立ちしたって辿り着けない栄光の到達点！　最も多くの屍を山と積み上げた頂上の景色！』

純粋に1位の発表を待っている者や、先程のアッシュ以上のポイントを叩き出せそうな者を脳内検索している者、上位陣のどこか壊れたような強さに気圧されている者など、様々なプレイヤーが両手を広げ大仰に語るエボ君を見上げている。

あと一つ残った魔法陣が燐光を纏い輝き始める。

『あぁ神よ、この弱く哀れな獣共を赦したまえ！　なんて言うとでも思ったか！　ソレは暴虐の塊！　蹂躙の権化！　意思を持った災厄！　遍くを吹き飛ばし、死と破壊を撒き散らしながら進み続ける彼の者を止められるヤツは現れるのか⁉　無限に等しい数の暴力？　所詮は烏合の衆だろう！　強力なモンスター達？　有象無象の違いなんか分かるか！　止まらない止まらない！　ボスですらソレを止める事は出来なかった！　死にたいヤツからかかってこい！　死にたくなくてもこっちから行って殺す！　無情に無慈悲に命を蹂躙するその姿は、もはや【死】そのもの！

一切合切を容赦なく消し飛ばす悪魔の所業！　驚愕の最終結果５３９５８０ポイント！』

噴水広場をざわめきが支配する。これまでとは毛色が違い過ぎる物騒な言葉のオンパレードに気圧され、最後に告げられた二位以下に大差をつける圧倒的なポイントに更に驚く。

『前代未聞の白い悪魔！　その名はトーカ！』

その声と共に、魔法陣の上に一位を勝ち取ったトーカの姿が現れ……なかった。

「む？　トーカはどこだ？」

「そういや、他ん時と違って魔法陣もうっすら光ってるだけだな？」

これ以上ないほどに大々的に、個人的な勝負の負けを突き付けられ、ショックで膝から崩れ落ちていたリクルス（アイス奢り決定）とカレット（蚊帳の外決定）も疑問符を浮かべている。

さて、この場に現れない主役《トーカ》は何をしているのか。視点をそちらに移そう。

◇◇◇◇

「これ本気でやってる？　運営頭おかしいんじゃないか……？」

俺は今、落下していた。結果発表でめちゃくちゃ物騒な前口上と共にオレの名前が呼ばれたと思ったら、なぜか上空に放り出されていたのだ。

眼下に光が見えることからここは噴水広場の真上で間違いないだろう。

さて、1位になって喜ぶまもなく空中に放り投げられたわけですが。鬱陶しいくらい点灯してる《『手加減』強制発動中》の文字と俺のやったこと、そしてこの状況を加味すると……。

「もしや、運営の奴らとち狂ったな？」

『手加減』は……。ダメージゼロ・衝撃99・99％カットの二つか。それにしても胡散臭い商品広告みたいなカット率だな。完全に演出用だ。まぁ……そういう事なのだろう。

なら、遠慮はしないぞ。眼下に見える噴水広場の、俺が立つ場所だろう魔法陣目掛けて『跳躍』する。今回は跳び上がる分の『跳躍』が余ってるので落下加速に大盤振る舞いだ。

行くぞ……ッ！

「【グラビトンウェーブ】ッ！」

◇◇◇◇

「「「『うわぁぁぁぁぁぁぁぁぁぁぁぁぁぁぁぁぁぁぁぁぁぁぁぁぁぁぁっ!?』」」」

噴水広場をとてつもないエフェクトとそこそこの衝撃が駆け抜ける。

吹き飛ばされるほどではないが風の強い日の突風に巻き込まれた程度の衝撃に噴水広場に集まっていたすべてのプレイヤーが等しく晒され、反射的に発生源へと目を向ける。

そこには、先ほどまではいなかった一人のプレイヤーの姿があった。

色素の抜け落ちたような真っ白の髪に神官特有の白を基調とした装備。そして、白が大部分を占

める中で鮮やかに輝く血のように赤い瞳と、鈍い鉄色のメイス。

誰もが一瞬で理解した。コイツが、1位のプレイヤーだと。一見おとなしそうな、真面目そうな雰囲気を纏いつつ、しかし1位の座は俺のものだと宣言するように地上を睥睨する白い悪魔は感触を確かめる様に数度メイスを振るうと、厳かに言い放つ。

「これが1位の力だ」

◇◇◇◇

……これでよかったのか？　ぶちかましてからそのあとどうするかノープランだったから慌てたけど、変に謙遜するよりは実績あるし堂々としてた方がいいと思って「これが1位の力」なんて言ってみたけどワードチョイスをミスった気がしてならないんだが。

ほら、みんな静まり返ってるし。リクルスとカレットすら黙るって相当だぞ。

『す、すごいパフォーマンスだったね……！』

おい運営側《エボ君》。やらせといて引いてるんじゃないよ。

「す……すごい……！」

その声は、とても小さな、ともすれば本人すら無意識に呟いたものだったのかもしれない。しかし、その小さな一言は静まり返った広場に乾いた砂に水を垂らすように染み渡った。

結果、呆気にとられていたプレイヤー達の感情が爆発した。

「なんだ今の⁉　スッゲェ！」「何が起こったんだ今⁉」「1位やべぇぇぇぇっ！」

『お、みんな戻って来たね！　さぁさぁ、この世界にはこんなすごいことが出来る奴らもいるんだ！　そして、誰しもスタートの条件は同じ！　今カラだって遅くない。次にそこに立つのは君かもしれないよ！　それでも、とりあえず今は、今だけは、多大な功績を残した五人に賞賛やっかみ妬み嫉み拍手声援応援負け惜しみなどなどをどうぞ！』

エボ君がそう言うと、いつの間にか空を覆っていた分厚い暗雲の隙間から降り注ぐ月光が天然のスポットライトとなって上位五名を照らす。

そんな幻想的な光景……だったのだが、フィローは相変わらず不在（代理の丸太は踏ん張りが利かないので吹っ飛んだ）で、カレットとノルシィはバチバチと火花を散らし（わざわざ魔法でバチバチさせていた）、リクルスとアッシュは「次は負けないっすよ」「おう、受けて立ってやる。ところでお前トーカの知り合いなのか」「あ、そうっすね。こんなとんでもないの隠し持ってるのは知らなかったすけど」「そうか……。あの時引き込んでおくべきだったか？　いや、アレに打ち勝つってのも楽しそうだ」と観客そっちのけで話し込んでおり、俺はちょっとビビられてたり、誰一人として下の人達に手を振るなどのファンサービス（とは少し違うが）をする様子は無い。

まぁ地上のプレイヤー達も思い思いに騒いでいただけなのでそこまで関係なさそうだったが。

そのまま五分ほどこのカオス空間が持続した後、魔法陣が輝き上にいたプレイヤー達は元いた場所に浮遊感と共に転移させられた。

なんか俺を見る上にいなかった四人の目がすごいことになってそうだが、あとで弁明しよう。

『さぁさぁ、長かったランキング発表もこれにて閉幕！　ランキングに載った人も惜しかった人もこのイベントに参加した一人一人に全く異なるドラマが存在している、それがコメディ系なのかシリアス系なのかバイオレンス系なのか、はたまたそれ以外なのかは分からないけどね』

エボ君がそう言うと、最後は噴水広場にいる人全員を含める程に大きなスポットライトが噴水広場を力強く照らしだす。

『名が出た人もそうでない人も、みんながみんな変わらずこの町、【トルダン】を守った英雄さ！　君達のおかげでこの町の明日がある。英雄達の歩む戦いの道に、これからも幸あらんことを！』

エボ君が最後にそう締め括ると、噴水広場は盛大な歓声と怒号に包まれた。

『フハハハハ、なかなかに楽しい余興であったぞ』

突如響いたその聲に、噴水広場は本日何度目かの凍結を見せる。

その聲は厳格にして強大。荒々しさの中に見える確かな王者の風格。感じ方に差異はあれど、直前のトーカのパフォーマンスでとんでもないものをこの場の全員が経験したにもかかわらず、感じている感情は皆等しく「コイツはヤバイ」である。

これも演出の一つなのかと先程までエボ君がいた場所に視線を向ける。

しかし、エボ君にも状況が分かっていないのかキョロキョロと辺りを見渡しており、上空では途中から町を覆っていた分厚い暗雲が紫電を帯び、どこか禍々しいオーラを放っている。

「な……んだ、あれ」

そんな声が、どこからとも無く聞こえてくる。

姿は見えずとも、その聲だけで、その圧だけで、この場の全員に圧倒的強者と理解させる程の重みが乗ったその響きに恐怖しているのか、そう呟いた小さな声は震えていた。

『どうした？　先程までの様に騒げばいいではないか。予は咎めぬぞ？』

再び聞こえる聲。しかしその言葉通りに騒げる者はおらず、まるで社長室で楽にしなさいと言われた平社員の様にガチガチに固まるだけで、先程の騒がしさは全く戻ってこない。

「っぁ………………」

緊張し、強ばった喉から漏れ出た声は、なんとか意味ある言葉にもならなかった。ここはゲームの中だ、などと興醒めなことを考えて冷静を保とうとしても、それすらできないほどの威圧感をソレは放っていた。

『ふむ、なぜ予が語りかけているかが分からないと言う顔だな。ふはは、特に理由など無いさ。遠い地で獣共が騒いでいるようだから覗かせてもらったと言うだけの事。なかなかに良かったぞ？』

獣共が騒いでいる……？　イベントの事か？　そもそも、コイツは何者なんだ……？

『やはり、人間というのは面白い生き物だな。彼《か》の龍の牙を佩《は》く者に狂鬼に絡みつかれた者。火の精霊に愛された者に精霊の輝きに魅入られた者。かつて頂に至りし者に……まだまだいるな。それに、下等も下等とは言え竜を討つ、か……。見れば見るほど面白い』

そう聲が響いている中で、誰かに見られているような、あるいは見定められているかのような不快な感覚に陥り、思わず身体を震わせる。

「お前は、何者なんだ……？」

強ばる喉から絞り出されたのは、ほとんど誰にも……それこそ自分にすら聞こえないような小さな声。もはや吐息と言っても過言ではない様な、声どころか音になっているかすら怪しい声。

しかしソレはその声を聞き取ったようで、再び聲が辺りに響く。

『ふむ……何者、か。別にここで予の名を名乗ってもいいのだが……。それよりも、こちらの名の方がわかりやすいだろう。『英雄』ならばなおさらな。我は人間達の言う……ま『魔王だぞ～！』

魔王。今でこそ様々な媒体で様々なキャラ付けをされてあり触れた属性の一種として掃いて捨てるほどに散乱している存在だが、その本質は強大で凶悪な恐怖の体現者だ。

そして、この世界の『魔王』も例に洩れず、とてつもなく強大で恐ろしいものとして存在しているようだが。いずれは、この存在感を放つ存在とも戦わねばならないのだろうか。

って、あれ？　今なんか変な事が起こらなかったか？　なんかデジャヴなんだけど……。具体的には結果発表の時とかランキング発表の時とか。いや、確かにここにはいないけども。どっか飛んでったけども。でも……まさか、ね？　いや、それはないでしょ。ありえな――

『なっ⁉　お前どうやって抜け出した⁉』

『ふっふっふ……。脱出は私たちの十八番だよ！　まぁ今回は助けてもらったんだけどね』

妖精ちゃん、正体不明の乱入者の登場により、先程までの恐怖など冬にぬくいおこたを満喫している時の脱出の意思の様にあっけなく消え去り、なんとも言えない空気が蔓延する。

『助ける⁉　誰がそんな事をした⁉』

『それはね〜〜〜お、来た来た。こっちだよ〜』

そして、先程の威厳の様な物は知らんと言わんばかりの魔王の声に謎の乱入者ちゃんが答えようとすると、トテトテと足音が聞こえてくる。ってか、これってテレパシーみたいに声を届けてるんじゃなくてその場の音を丸々伝えてるのか。じゃないと足音なんて聞こえないはずだしな。

『『ぱぱ〜！　なにしてるの〜？』』

『なっ⁉　なんでお前達が……⁉　って、違う！　今パパお仕事中だからあっちで遊んでてな？』

『え？　ぼくたちあそんでたよ？』

『そうそう。たんけんごっこしてたんだよ！』

『しょうひんもつくりおわってひまだったから』

『そしたらこのこがはいったびんがあってね』

『あけて〜っていってたし、そりゃあけるっきゃないよね！』

『そしたらおともだちになれたんだよ！』

『また勝手にパパの部屋に入ったな⁉　ダメって言ったでしょうが！』

『だってひまだったんだも〜ん』

『もんも〜ん。もんももももんも〜ん』

『世話係を付けていたはずだが、それはどうしたんだ？』

『えー、だってぜんぜんあそんでくれないんだも〜ん』

『す〜ぐつかれたっていってねちゃうんだよ？』

『〜ッ！　アイツはクビだッ！』

『あ、そういえばおてがみあずかってるよ』

『なに？　……辞表？　先に辞めやがった！』

『あっ、ぱぱめんこするの？　ぼくつよいよ！』

『ほぉ？　そう言われちゃぁ姉妹メンコ大会優勝者として無視はできないねぇ』

『え、すごーい！』

『まぁ参加者は私一人で開催もまだなんだけどね！』

……………魔王も苦労してるんだな。一部のプレイヤー（たぶん子持ち）がどこか優しい、仲間を見る様な表情をしている。そしてたぶん俺も似た様な顔をしている事だろう。

と言うか、魔王は子持ちなのか。一部のプレイヤー（たぶん非リア）が殺意と憎悪さらに嫉妬に塗れた表情をしている。そしてたぶんリクルスも似た様な顔をしている事だろう。

『ってそうじゃなくて。今パパ大切なお仕事中なんだ。だから、別の所で遊んでてね？』

『えーだってこのまえこんどあそんでくれるって……』

『ぱぱいってたじゃん……』

『それについては本当にごめんな？　今度遊んであげるから……』

『『それまえもいってたじゃん。そのこんどはいつくるの？』』

『そうだそうだ〜』

『ッ！　テメェは黙ってろクソ妖精が！』

『わ～！　今の聞いた⁉　酷くない⁉　種族差別だ～！』

『『ぱぱひど～い』』

『～～ッ！』

現在魔王のお子さんだと思われる（どこか聞き覚えのある）少年の声と少女の声、そして謎の妖精ちゃんの声に翻弄される魔王様の声がリアルタイムで噴水広場に放送されており、どの様な反応をすればいいのか分からないプレイヤー達は困惑の顔と同情の顔と嫉妬の顔を見せている。

と言うかこの結果発表乱入は仕事なのか……。魔王の業務も大変なんだな。

『えぇい、妖精！　そもそもお前はどっから来たんだ⁉　いきなり俺の部屋に突っ込んで来るや否や部屋のツボ片っ端から叩き割りやがって！』

『え～そんな事言われても……ツボって割る物でしょ？』

『お前その認識マジで直した方がいいぞ。普通に犯罪だからな？』

『ひっ……は、はい！』

あ、聲のトーンがガチだ。妖精ちゃんもビビっちゃってるし。まぁツボ割るのは普通にアウトだから自業自得だな。ツボを割っていいのはそういう世界の勇者だけだ。

『とりあえず、今度絶対遊んであげるから、今日は我慢してくれないかな？』

『えぇ～だったらまたおみせだしにいきた～い』

『それは駄目だ。勝手に城を抜け出してパパがどれだけ心配したと思ってるんだ。それに……』

『こどもじゃうれないって？　ふふふ……もうあのころのぼくたちじゃないんだよ！』

『そうそう。このまえみっつもうれたんだから！』

『なっ⁉　本当なのか⁉』

『『うん！』』

『マジか……。こんな子供のままごとと捉えられてもおかしくない状況でちゃんと商いとして見て買ってくれる奴がいるのか……。相当いい奴か相当なバカのどっちかだな……』

なんだろう。無性にイラっとしたぞ？　どうやらリクルスとカレットもイラっとしたようだ。

『じゃ、じゃあ今度二人と遊んでくれる人探してあげるから。それに、今日に晩御飯は二人の好きな火竜のハンバーグにしてあげるから今日はガマンしてくれないか？　パパも二人と遊びたいんだけどお仕事忙しくてね……』

『『む～……。しょうがないなぁ』』

『え～ほんとに～？　またそうやって今度も仕事が～とか言うんじゃないの～？　それに、ハンバーグだって作るのあなたじゃないでしょ？　それはずるくない？』

『テメェはホントに黙ってろ！　材料殺《と》ってくんのは俺なんだよ！　ってかお前マジでどっから来たんだよ⁉　もう帰れよ！』

子供に甘い魔王《パパ》も妖精ちゃんには容赦がない模様。まぁさもありなん。

ってか、さらっと言ってたけど名前的にプレイヤーがレイド組んで何とか倒した劣竜より上位の竜をその日の思い付きで倒せるくらい強いのか……。

しかし、厄介な事に妖精ちゃんとお子さん達が意気投合してしまっているのだ。そのせいでいくら強い魔王と言えど妖精ちゃん相手に強く出ると……。

『うわ～ん、こわいよ～（棒）』

『『ぱぱ！　りりちゃんいじめちゃだめでしょ！』』

『いっ、いや！　そういう訳じゃなくて……』

『いじめちゃダメなんだよ～？（ニヤニヤ）』

『こんっのクソ妖精がッ！』

『『ぱぱ！』』

『あぁっ！　違うんだ！』

『えぇ～何が違うのぉ～？？？』

となるのだ。なんと恐ろしい弱みにつけ込んだ妖精ちゃんの口撃……。さっきまでのエボ君とのやり取りなんか可愛いもんだね。

（以下無限ループ）

『もうやだコイツ……。送ってやるからもう帰れよ……。いや、帰って下さいお願いします』

遂に懇願しだしましたよこの魔王様。妖精ちゃんのウザさは魔王をも屈服させるというのか……。

『えっ？　送ってくれるの？　それはありがたいね～』

『……はぁ、それで？　どこに送ればいいんだ？　火口に沈めればいいのか？』

それ送り先は地獄ですよね？　天国かもしれないだろうって？　来て早々ツボ大破壊の器物損壊してる時点でアウトじゃないかなぁ……。

なんて、そんなくだらない事を考えている間にも魔王様と妖精ちゃんの対談（?）は続いていく。

『なにそれこわい、さすがにそれは勘弁かな～。えっとね……今中継繋いでる所に送ってくれればいいよ。それが一番助かるかなぁ』

『わかった、そこに送れば……って、え？　まさかまだ中継繋いでるのか？』

『はい、魔王様！　切れとご命令がなかったので中継は続けております！』

『いや切れよ！　って事はあれか？　中継先にこの流れ全部丸見えの筒抜けって事か!?』

『あっ、いえ。音声は繋げられたんですが映像は出来なかったので声だけです』

『え、いつから？』

最初の威厳のある恐ろしい聲と同一人物とは思えない呆気にとられた様な声が聞こえてくる。

『最初から声だけです』

『おまっ、それ先に言えよ！　こっちは映像も繋がってると思ってかっこよさげなポーズしてたんだけど!?　それじゃ俺バカみてぇじゃん』

『えぇ、なんかやってましたね。映像向こうに見えてないのに何してんだろうな～とは思ってたんですけど。なにかお考えがあるのかなと思ってみてました』

『映像も繋がってるとお考えだったよ！　ってあれ？　まさか今も中継してる？』

『はい！　しております！　ご命令がなかったので！』

『もうそれわざとだろ!?　さっさと切れって！』

そんなやり取りを最後に、ブツッ！　という音と共に音声は途絶えてしまった。

その数分後。

『へぶっ！』

いなくなった時と同じようにロープ（紐？）でグルグル巻きにされた妖精ちゃんが禍々しい魔法陣の中からポロッと落ちてきて、ロクに受け身も取れずに地面に墜落した。

なお、妖精ちゃんに括りつけられていた手紙（と言うよりメモ書き）には『もう二度と来るなクソ妖精』と殺意と憤怒に塗れた筆跡で書かれていた。……魔王様はご立腹のようです。

エボ君が妖精ちゃんを回収すると、すっかりおとなしくなっていた暗雲と落雷が再び活気づき始め、辺りに不穏な気配が漂い始める。

ただし、今回は誰一人として恐怖どころか緊張もしていなかったが。

先程までの事はなかったかのように威厳たっぷりな聲で『これからも我を楽しませてくれよ？』と言う言葉を最後に魔王様の聲は聞こえなくなり、空を覆っていた紫電を帯びた暗雲もいつの間にか跡形無く消え、夜空は雲一つなく星々が明るく輝いていた。

その後、妖精ちゃんを持っている手の指で器用に妖精ちゃんの口を塞ぎながらエボ君が結果発表から始まり魔王様威厳霧散事件（主犯妖精ちゃん）に終わる一連の流れによってもたらされた微妙な空気のまま、本日二度目の締め括りの言葉をもって、結果発表は幕を閉じた。

感情の乱高下にどう反応すればいいか微妙に分からなくなったプレイヤー達は小難しい思考を放棄し、とりあえず元気に今日何度目かの歓声で噴水広場を満たしたのだった。

終わりよければすべて良し。その通りだと、プレイヤー達は学んだ。

掲示板回④（書き下ろし）

【英雄を】《EBO》イベントランキングスレNo：4【称えよ！】

ここは《Endless Battle Online》、通称《EBO》の初イベント『【トルダン】防衛戦』のランキング発表に関して話し合うスレです

次スレは>>950を踏んだ奴が宣言して立てーね

誹謗中傷はダ～メ

58．名無しのプレイヤー

ついにランキング発表の時間だおらー！

59．名無しのプレイヤー

いえーい！

60．名無しのプレイヤー

いえぁはー！

～～～～～～～～～～～～～～～～～～

129．名無しのプレイヤー

どんどんぱふぱっぱ～

130．名無しのプレイヤー
まずは防衛率！　成功条件は50％以上！
果たして結果は……!?

131．名無しのプレイヤー
妖精ちゃんのドラムロールかわいい
めちゃくちゃスティック捌きが手馴れてんのほんと妖精ちゃんやなって

132．名無しのプレイヤー
お、結果出た！

133．名無しのプレイヤー
目標達成！　防衛成功だ！

どんぱふどんぱふ～

134．名無しのプレイヤー
って、南ギリギリやんけ
防衛率トップは北かぁ。敵以上にプレイヤーの質の上がり方がエグかったんやな

135．名無しのプレイヤー
50％までは壁がガードしてくれてそっからは町が実際に壊される仕様なんだっけ？
町に入られたら被害速度は加速しそうだし、中に侵入されたら壁があっても内側から壊されっ

からな。そう考えるとけっこうギリギリやったな
136．名無しのプレイヤー
うっわそっか。あっぶなぁ……
137．名無しのプレイヤー
次のランキング！　妖精ちゃん被せに来るの読まれてて草
なーんで司会がランキング発表取り合うんですかね
138．名無しのプレイヤー
楽しそうだからいいんじゃない？
妖精板はエボ君への怨嗟の声で溢れてたけど
139．名無しのプレイヤー
地獄の話は置いといて脂肪ランキング来るぞ！
140．名無しのプレイヤー
＞＞139レギュレーションが違うので健康診断辺りにお帰りください
っと、少ない方は当然のように0、1、2の三連チャンか
141．名無しのプレイヤー
青天井の多数ランキングと違って下限があるからなぁ
そしてやっぱいたよ多数ランキングに全力の奴
142．名無しのプレイヤー

1位なんか4分に1回死んでる計算になるんだけど
本当にそれでいいのか……？
143．名無しのプレイヤー
強いからって熊狙うと逆にタイムロスになるからおすすめは狼
個体数が多い上に群れるから無抵抗ならDPSは狼の方が高い
エリアは北だとフリー見つからないこともあるから東辺りがいいぞ
144．名無しのプレイヤー
死にまくリストさんじゃないっすか
もう役に立たない知識あざっす
145．名無しのプレイヤー
効率よく死ぬ方法とか知りたくなかったよ……
146．名無しのプレイヤー
序盤北の熊に行ってタイムロスさえしなけりゃ2位にはなれたな……

一位はもう分らん。ランキング発表からレベル上げすら止めたかそれ用の装備作ってないと無理だろあれは
147．名無しのプレイヤー
やっぱ一位になる奴はどっかおかしいんやねって
148．名無しのプレイヤー

お、今回は被せなしだ
エボ君が嬉しそうで何よりです
149．名無しのプレイヤー
このランキングが一番楽しみだったまである
トップの奴らはどんくらい狩ってるんだろうな
150．名無しのプレイヤー
お、結果で……た……
151．名無しのプレイヤー
は？ なんこあr
152．名無しのプレイヤー
文字通り桁違いなんですがあの
153．名無しのプレイヤー
公式が発表してるってことは不正はないって事だろうけどさぁ
開始から終わりまでフルに戦い続けても1分に1体ペースなんじゃが
154．名無しのプレイヤー
あ、おい武器ランキング始まってるぞ！
155．名無しのプレイヤー
あっぶな、見逃すところだった

って、まーみゃんの姉御じゃん
156．名無しのプレイヤー
うっわ筋骨隆々。アマゾネスかな……？
つよそう（小並感）
157．名無しのプレイヤー
強いぞ。蛇ぜっころの誓い立てて積極的に蛇狩りしてた御方よ
ちなみに本人にアマゾネスっていうと嫌な顔されるから注意な
158．名無しのプレイヤー
次は短剣……やっぱミミティアか～
ボス戦参加しないでずっと雑魚狩りしてたけど眼福だったぜ
159．名無しのプレイヤー
へ～って、眼福？　圧巻じゃなくて？
160．名無しのプレイヤー
あの子ローブ着けてるじゃん？
戦闘中は着けてないんだけどさ、肌色面積めっちゃ広いの
肌で感じ取れる情報もバカにならない、とか言って小っちゃいホットパンツとさらしみたいな
せっまい胸当て（濁した表現）だけ装備してダガー二刀流でぴょんこぴょんこ飛び回る褐色っ娘。
当たらなきゃノーダメの極致みたいな装備してたぞ

俺は見とれてたらウサギに殺られた

161．名無しのプレイヤー
最後の一文で台無しだよ
気持ちはわからんでもないけど

162．名無しのプレイヤー
そんな凄いのと競り合ってた奴もいるのか……今頃有名人板はお祭り騒ぎだな

163．名無しのプレイヤー
次は大剣！　結果はアッシュ！
知　っ　て　た

164．名無しのプレイヤー
むしろお前じゃなかったらどうしようかと

165．名無しのプレイヤー
まぁ大剣はなぁ……
それよりエボ君ランキング名略してなかった??

166．名無しのプレイヤー
妖精ちゃんが結構インパクトつよいけどエボ君もふざける側だよな
公式がランキング名略しだすのはすげぇなって

167．名無しのプレイヤー

拳で語れぶん殴るから！　な籠手部門はリクルス！
ってなんでベランダに……？
168．名無しのプレイヤー
うっわずりぃ。下は鮨詰めなのにベランダ快適そうじゃん
169．名無しのプレイヤー
ショップ以外の建物の中って基本不可侵エリアだろ？
なんかのクエ報酬か？　最初の町なのにまだ隠し要素が多すぎる……
170．名無しのプレイヤー
……リクルスって名前どっかで聞いたことあると思ったけどさ
連衝拳板で神と崇められてる奴と同じ名前じだわ
171．名無しのプレイヤー
マ？　あそこで一番の奴って確か29連撃まで行けるテンタクルじゃなかったっけ
172．名無しのプレイヤー
そのテンタクルがイベントの時に神と出会ったって言ってたんだよ
平然と30の壁を超えてなお止まらない現人神だ！　って
173．名無しのプレイヤー
マジかよ……連衝拳ってめちゃくちゃタイミングシビアなのにそんな出来るんか
それに絞って鍛えてる連衝拳板の奴でも平均12とかだろ？

174．名無しのプレイヤー
そうそう。加えて言えば最初は3回も繋げられれば上出来な世界だぞ。そこに突如として平然と壁をぶち破る無名の連衝拳使いが現れたからすげぇ盛り上がりだったんだよ
何より連衝拳板のカリスマのテンタクルが率先して崇めてたからもはや英雄扱いだな。

175．名無しのプレイヤー
連衝拳板覗いてきたけどヤバかったわ。盛り上がりが桁違いだった
カルト宗教あじを感じた

176．名無しのプレイヤー
マジか……ヤベェ奴だなリクルス。ついでに連衝拳板の奴らも

177．名無しのプレイヤー
槍部門はリベット！　東でボス戦参加した奴で知らん奴はいない漢の中の漢だ！
マジでかっこよかったぜアイツ……！

178．名無しのプレイヤー
リベットってと……ボス戦振り返り板で話題になってた奴か
狐に話題持ってかれてたけど

179．名無しのプレイヤー
狐は……まぁしゃーないって
それよりさ、リベットもベランダ……ってかリクルスと同じ場所に居ね？

180．名無しのプレイヤー
アイツらパーティー組んでんのか……？
それとも割といろんなルートでベランダ行けるのか？
181．名無しのプレイヤー
その可能性が高そうだな
これも検証班が今後調べてくらしいぜ
182．名無しのプレイヤー
ついにランキング名が変わったけど気にすんなメイス部門はトーカ！
そういやメイスって確か使えるの神官だけだったよな？
183．名無しのプレイヤー
そういう称号とかなければな。って、またベランダか……
……ん？　まって、あの服って……
184．名無しのプレイヤー
神官は基本神官服だから気のせいかもしれないけど……あれ狐じゃね？
185．名無しのプレイヤー
代名詞にもなってる狐面着けてないやん。町中ではさすがに着けてないんかね？
186．名無しのプレイヤー
いんや、確か狐のお面は確かボス戦で壊れてた希ガス

おかげで有名人板と神官板とボス戦振り返り板がお祭り騒ぎだぜ

187．名無しのプレイヤー
ついに歌舞伎になってしまったランキング弓部門はリーシャ！

188．名無しのプレイヤー
まーたベランダ勢だよ。あそこのベランダにとんでも集団が形成されてるんだが

189．名無しのプレイヤー
彼女は南の四天王の一角、首ちょんぱガールではないか！

マジか。あの娘が噂の首ちょんぱガールか

190．名無しのプレイヤー
けらけら笑ってるけどボスに首ちょんぱ決めてるのすげぇよな……

大剣に引き続き予想は付くけど杖部門！

やっぱりノルシィかぁ。ワンチャンカレットないかなぁって思ってたんだけど

191．名無しのプレイヤー
カレットって西でノルシィと一緒に活躍してた火魔道士だっけ？

そりゃ確かに期待するけど分が悪いのも確かだろ

192．名無しのプレイヤー
ん？　ノルシィが例のベランダ見て手振ってる？

もしかしてそこに知り合いでもいるんかね？

193．名無しのプレイヤー
んーダメだ。ベランダの中覗きこめねぇや
特殊な処理がない限り外からは見えないっぽいな
194．名無しのプレイヤー
王盾……？　あぁ、ラン「キング」を略したのか
盾部門はドウラン。アッシュのパーティーのタンクだっけ
195．名無しのプレイヤー
大剣のアッシュ、盾のドウランってβから有名なコンビだな
噂じゃさらにメンバー集めたらしいけどまだ謎に包まれてんだよなぁ
196．名無しのプレイヤー
ドウランってあれだろ？　番人熊の攻撃も上手くいけばノーダメに抑えられるっていう
ガッチガチじゃねぇか。そういやボス戦にはいなかったのか？
197．名無しのプレイヤー
いや、サラマンダー戦にいたぞ。堅実過ぎて話題に上がらなかっただけで
マジで何も言う事がない理想のタンクムーブ過ぎて逆に記憶に残らないんよ
198．名無しのプレイヤー
株王の罠、そういうのもあるのか…主役のこんにゃく8ℓ氏は不在と
199．名無しのプレイヤー

もうランキング名が原形残してないよな。これで武器ランキングは出切ったか？
200．名無しのプレイヤー
だな。次は魔法ランキングか？　ノルシィ無双の予感
201．名無しのプレイヤー
あー、製造。ここで生産職のランキング入れてきたか
確かにこれじゃ生産職が蚊帳の外だもんな
202．名無しのプレイヤー
メイ……聞いたことない名前だな
積極的にコミュニティに参加してる生産職じゃないはずだ
203．名無しのプレイヤー
……いない？
204．名無しのプレイヤー
陰の英雄顔出しNGかよｗｗｗ
205．名無しのプレイヤー
と言うか陰の英雄もベランダ勢かよ。ベランダすげぇな
206．名無しのプレイヤー
アンケ来た！　きゅうけーたーいむ
～～～～～～～～～～～～～～～～～～

754．名無しのプレイヤー
休憩が終わったぞー。
755．名無しのプレイヤー
次は魔法ランキング！　囚われの妖精ちゃんの逆襲！
756．名無しのプレイヤー
煽る煽る！　妖精ちゃん選手めちゃくちゃ煽ります！
これにはエボ君選手もたまらず泣き叫び……
757．名無しのプレイヤー
投げたぁぁぁぁぁぁ！
キラリお星さまを残して妖精ちゃんは空の彼方へ！
758．名無しのプレイヤー
気を取り直して魔法ランキングのお時間だ！
759．名無しのプレイヤー
勢いでごまかしてるけどこれ配信なら放送事故だよな……？
760．名無しのプレイヤー
闇魔法！　ノルシィ！
761．名無しのプレイヤー
光魔法！　ノルシィ！

762．名無しのプレイヤー
土魔法！　ノルシィ！
763．名無しのプレイヤー
水魔法！　ノルシィ！
764．名無しのプレイヤー
風魔法！　ノルシィ！
765．名無しのプレイヤー
ノルシィ無双が止まんねぇ！
766．名無しのプレイヤー
なーんで攻撃魔法全部に手を出してランキング総なめできるんですかねぇ
767．名無しのプレイヤー
次で六冠か？　すげぇな。βん時からだけどノルシィヤベェな
768．名無しのプレイヤー
今俺たちは伝説の目撃者になろうとしている……！
769．名無しのプレイヤー
火魔法！　カレット！！！　そしてベランダ勢！
やりやがった！　ノルシィに一矢を報いたぞ！
770．名無しのプレイヤー

SUGEEEEEEEEEEEEEE！！！

771．名無しのプレイヤー

マジか、いやマジか！

772．名無しのプレイヤー

カレットって火魔法使いが凄かったらしいってのは聞いてたが……

ノルシィ一強の魔道士図を打ち破ったぞ！

773．名無しのプレイヤー

βじゃ誰もなし得なかった偉業だ！　今夜は祭りだぞ！

774．名無しのプレイヤー

魔道士板が阿鼻叫喚の大饗宴状態じゃ！　祭りじゃ祭りじゃ！

775．名無しのプレイヤー

お気付きだろうか。ここで盛り上がってる内にリトゥーシュなる神官が回復魔法と付与魔法の二冠を達成していることに

776．名無しのプレイヤー

!?　完全に忘れてた

777．名無しのプレイヤー

そんでもって件の狐ことトーカが呪術魔法なる魔法で一位を取っていたぞ

エボ君曰く総勢一名しかいないとのことだが。隠しスキルか？

778．名無しのプレイヤー
ランキングになるくらいだから他のプレイヤーも取得可能なんだろ
シークレットクエストみたいなユニーク要素じゃないはず
779．名無しのプレイヤー
検証班に魔道士板に生産職板に連衝拳板に阿鼻叫喚だな
780．名無しのプレイヤー
次は各エリアの防衛貢献度ランキングか一位は後から方式か
781．名無しのプレイヤー
やっぱあれだな。これまでのランキングで見た名前が多いな
782．名無しのプレイヤー
ベランダ勢はカレットだけか。一位にもいたりするのかね？

【祭りだ】《EBO》イベントランキングスレNo：5【祭りだ】
ここは《Endless Battle Online》、通称《EBO》の初イベント
『【トルダン】防衛戦』のランキング発表に関して話し合うスレザウルス
次スレは∨∨950を踏んだ奴が宣言して立てるザウルス
誹謗中傷はダメザウルスが阿鼻叫喚はするザウルス

255．名無しのプレイヤー
なんというか……濃かったよな。防衛貢献度ランキング
256．名無しのプレイヤー
あぁ。濃かった
優男フェイスでえぐい戦い方のナルナティアにノルシィからカレットへの宣戦布告と
カレットの宣戦布告返し。親友のために戦ったリベットと盾にされたその親友に……
257．名無しのプレイヤー
この話はよそう。英霊が増える
258．名無しのプレイヤー
ついに来たぞ総ポイントランキング！
259．名無しのプレイヤー
演出がこれまでの比じゃない……！　五位はフィロー！
……いない！　（二回目）
260．名無しのプレイヤー
丸太の身代わりとは難い演出をしてくれちゃって……！
契約とかなんとか忍者っぽいな……！
261．名無しのプレイヤー
忍者にあこがれるフィローが忍者に〝成〟ったぞ……！

262．名無しのプレイヤー
同率五位⁉　すっげ……！
263．名無しのプレイヤー
この前口上は……！　このタイミングで拳って言ったらもしかしなくても……！
264．名無しのプレイヤー
やっぱりリクルスだ！　連衝拳板の熱気がここまで伝わってくる気すらするぞ！
265．名無しのプレイヤー
と言うか五位でもう十万越え……？　俺最終スコア四万くらいだったんだけど
266．名無しのプレイヤー
やっぱトップは格が違よな……
267．名無しのプレイヤー
続いて四位は……この口上でアイツじゃなかったら嘘だろこれ
268．名無しのプレイヤー
直近で出てたり有名だったりすると意外と分かるもんだな
269．名無しのプレイヤー
やっぱカレットだ！　今や魔道士界隈の時の人になってるらしいな
270．名無しのプレイヤー
そりゃノルシィ一強を覆す偉業を達成した英雄だしな

しかも美人。そりゃファンが出来るのも分かるってもんだろ

271．名無しのプレイヤー
おおっと、魔道士の英雄カレットが連衝拳の英雄リクルスに勝利宣言した⁉

272．名無しのプレイヤー
膝から崩れ落ちるリクルス！
なんてなっさけない声出してやがる……

273．名無しのプレイヤー
範囲攻撃はずるいｗｗｗ
分かるけどさｗｗｗ

274．名無しのプレイヤー
ってかそこの二人知り合いだったんだな
同じベランダ勢だしもしかしてと思ってたけど

275．名無しのプレイヤー
三位！　ここまで来ると前口上で一瞬で分かるなコレ

276．名無しのプレイヤー
リクルスに勝利宣言したカレットにノルシィが勝利宣言してら

277．名無しのプレイヤー
これが弱肉強食か……

二位！　え、もしかしてこの口上って……？
278．名無しのプレイヤー
アッシュ二位とかマジ⁉　何があった⁉
279．名無しのプレイヤー
そんでもってアッシュはリクルスと知り合いなのか
280．名無しのプレイヤー
そして響き渡る範囲攻撃への恨み言ｗｗｗ
281．名無しのプレイヤー
リクルスは範囲攻撃に何ぞ恨みでもあるんか……？
282．名無しのプレイヤー
軽戦士……あっ（察し）
283．名無しのプレイヤー
いや、それでも五位はすげぇんだけどさ
逆に一位は誰なんだ……？
アッシュを抑えて一位とかバケモンかよ……
284．名無しのプレイヤー
このおどろおどろしい前口上なんぞ……？
これまでと毛色が違いすぎません？？？

285．名無しのプレイヤー
ってか前口上これ誰？　全然わからん
286．名無しのプレイヤー
神よ……赦したまえ……
287．名無しのプレイヤー
え、これもしかして……
288．名無しのプレイヤー
アッシュを抑えての一位はトーカ！
トーカってアイツだろ、『東の狐』やら『メイスと呪術魔法の覇者』やら『唯一の前衛神官成功例』やら『呪術魔法ってなんだよ神官だろお前』やら有名人板とか神官板とか魔道士板とか検証班板とか考察板とかイベント振り返り板とかその他もろもろのスレで一躍有名になったあの
……！
289．名無しのプレイヤー
改めて列挙するととんでもないことになってるなトーカって奴
しかもコイツもベランダ勢なんだよなぁ……ベランダは魔境か
290．名無しのプレイヤー
ところで居ないんですがあの（三回目）
291．名無しのプレイヤー

運営からの言葉が刺々しいけどもしかしてハブった？

292．名無しのプレイヤー
現代に蘇る忍者、無限を知る狂気の拳、【火】に愛されし緋色の魔道士、極彩色の六属性魔道士、β最強と来て前代未聞の白い悪魔だからなぁ……

確かに毛色が違……わなくもないな？

293．名無しのプレイヤー
これって運営が考えてんのかね？　これもAIが考えてるとか？

294．名無しのプレイヤー
案外エボ君とかが考えてたり……ん？　何か落ちてく

295．名無しのプレイヤー
くぁwせdrftgyふじこlp

296．名無しのプレイヤー
ばばっばばばっばばb

297．名無しのプレイヤー
あぎゃばばばっばあががばが

298．名無しのプレイヤー
し……これが、し……

299．名無しのプレイヤー

いkてる……おれこれいきてる……？
300．名無しのプレイヤー
あえ……いちいのと子にだれかいる
428．名無しのプレイヤー
……見返すと当時のすげぇな。みんな誤字とかすげぇことになってるよ
429．名無しのプレイヤー
凄かったたな、トーカ……
「これが1位の力だ」ってカッコ良すぎかよ
430．名無しのプレイヤー
すげぇ……極まるとこんなことが出来んのかよ《EBO》って……
431．名無しのプレイヤー
凄かったな……俺らでもあそこまで行けんのかね……
432．名無しのプレイヤー
それはこれからの私たちの努力……ってことですね
433．名無しのプレイヤー
そういうこったな。いやー、目標が見つかった……ていうには遠すぎる目標だけどな
434．名無しのプレイヤー
だな。とりあえず出来る事はコツコツやってくか

721．名無しのプレイヤー
魔王さんお帰りでーす
722．名無しのプレイヤー
最初は威厳があったのに妖精ちゃんがいたばっかりに……
727．名無しのプレイヤー
お子さんも随分元気だったようで……
735．名無しのプレイヤー
部下も結構いい性格してたよな
739．名無しのプレイヤー
魔王様もしかして人望ない人……？
743．名無しのプレイヤー
一応お子さんいるらしいし、イベントのボスだった劣竜達を下級も下級って言ってたから本人はめちゃくちゃ強いっぽいし、魔「王」だから他に部下もいるだろうし
745．名無しのプレイヤー
魔王様も今後どっかで出て来るのかな……？
748．名無しのプレイヤー
今回最後にサプライズあったけどなんだかんだいい感じに終わってよかったな
753．名無しのプレイヤー

ここはランキング板だからお開きムードだけど他の板は……

755．名無しのプレイヤー
これからが祭りだ！　って感じの盛り上がりだな

756．名無しのプレイヤー
んじゃモチベもあるし今からレベル上げしてくっかな

762．名無しのプレイヤー
おいいな、俺も行こっと

エピローグ　戦いは続く

色々な事があったイベント&結果発表が終わってから数日ほど経ったある日のこと。

幼馴染三人組はイベントで得た目標に向かって。また反省点を改善するために試行錯誤していた。

「よしよし、順調にレベル上がってんな！　あとはやっぱ範囲攻撃ほしいよなぁ」

「まだだ、まだ足りない……！　もっと正確に、もっと繊細に、もっと強力に……！」

「このままだとゴリ押ししかできなくなりそうだからな……。もっと戦い方を意識しないとな」

リクルスは二人にかなりつけられてしまったレベル差を埋めるついでに範囲攻撃を求め、カレットは得意分野をさらに伸ばすために魔法を使い、トーカは殴るだけで勝ててしまうような現状に慣れてしまわないように己を戒める。と言った具合に三者三様に己と向き合っていた。

「そういや、トーカって総合ランキング1位だった訳じゃん？　なんか特別な景品とかもらったりしたん？　俺は賞金やらいろんなアイテムやらと称号もらったんだけど」

「私も気になるな。やはり1位ともなると特別だったりするのか？」

周辺一帯のモンスターを一通り殲滅したタイミングでリクルスが切り出し、制御の特訓と称してずっと【ファイアボール】を放たずに維持し続けているカレットがそれに乗る。

「そうだな……。って、カレットは魔法気を付けろよ？　暴発に巻き込まれるのはごめんだぞ」

《ＥＢＯ》では魔法の制御をある程度の弾道を決めてあとは自動で制御する半自動制御《セミオート》と完全に自分で制御しなければならない代わりに操作の自由度が高い手動制御《マニュアル》があり、カレットは現在手動制御で【ファイアボール】を保ち続けているのだ。

そして、手動制御の場合は発動している魔法を常に意識していなければならず、意識から外れるとその瞬間に純粋なダメージの塊となって周囲を巻き込んで暴発するのだ。威力は元々その魔法が持っていた破壊力《ダメージ》が属性や追加効果などのあらゆる要素を除いたダメージ量となっており、ファンブルと呼ばれるこの現象は、現状唯一のプレイヤーが他のプレイヤーにダメージを与えることが可能な手段としてある程度周知されているほどだ。

その唯一性から一時期はＰＫ《プレイヤーキル》の手段として使えるのではないかと話題にもなったが、意識して意識から外すという矛盾した技術が必要になる上に《ＥＢＯ》にはＰＫするシステム的な利点は無いためＰＫが横行することはなかった。

という一幕があったりする技術だ。

それでも、意図せず暴発させて死亡する事故は跡を絶たないので、魔道士は大抵が半自動制御をおこなっているのが現状なのだが、使いこなせれば拡張性が高いのは間違いなく手動制御だ。

そういった理由から特訓しているのだろうが……。いつ爆発するか分からない爆弾を抱えた人物と近くで会話したくはないのでとりあえず【ファイアボール】はリリースしてもらうことにした。

「むぅ……。仕方ないな。ほっ、と。これでおっけーだ」

「偉い偉い。それで、景品だったか。報酬金って名目でそこそこの額といろんな素材とか道具とかのアイテム系をもらったな。数は少ないけどHPとMPを全回復させるエリクサーとか、一時的にステータスを上げるポーションとかの特別っぽいアイテムもちらほらって感じだ」

「エリクサー!? 私はもらってないぞ……! MP全回復のポーションはもらったから構わんが」

「俺はHP全回復のはもらったな。プレイスタイルとかにあわせて内容変わってるっぽいな」

「あとは称号か。もらったのは……『死なずの兵』『多殺の頂《いただき》』『メイスの頂』『呪術魔法の頂』『第一の頂』『【トルダン】の英雄』『魔王の興味』の七つだな。『死なずの兵』はイベント中に一度も死亡せず、かつ一定以上のポイントを稼いだ報酬で、一戦に一度だけ致死ダメージを受けても低確率でHP1で生き残る効果がある。頂系はランキング一位の証で対応するスキルの成長速度が1・2倍になる効果がある。ただし、討伐数一位の証の『多殺の頂』は成長じゃなくて敵を倒すたびにHPとMPが僅かに回復する効果で総合ポイント一位の証の『第一の頂』は取得経験値が1・1倍になるシンプルに強い効果。多分防衛成功報酬の『【トルダン】の英雄』は【トルダン】での買い物時に割引してもらえるらしい。と、こんなところか」

「ほぉ? 私は『死なずの兵』『火魔法の頂』と『銀の防人《西》』、『【トルダン】の英雄』と『五指に入る英雄』に『魔王の興味』だな。『銀の防人《西》』は西エリア貢献度二位の報酬で西エリアでは追加で割引してもらえたりするようだぞ。それでだ、『五指に入る英雄』は総合ランキング五位以内の証で、特に効果はなかったぞ……」

「同じく『死なずの兵』と『籠手の頂』、『【トルダン】の英雄』と『五指に入る英雄』に『魔王の興味』だな。俺の称号が一番少ないのか……」

二人に称号の数で負けてがっかりしているリクルスだが、感覚が麻痺しているだけで大抵のプレイヤーは参加賞の『【トルダン】の英雄』だけしかもらえないので十分に多いと言える。

ちなみに、今回のイベント報酬の称号を最も多く貰ったのはノルシィである。

「それでだ。この『魔王の興味』なんだが……。特別な効果は無くてそのままの意味の称号だったな。フレーバーテキストで『魔王は彼の龍の牙を佩く者に興味を持った』って言われてもな……。いったい何なんだあの短剣……」

「同じくだ。『魔王は火の精霊に愛されし者に興味を持った』と言われても、私は精霊なんか知らないんだが？　そんなのに遭遇した記憶はないぞ？　まぁ名前的にご利益がありそうだから構わんが」

特に意味のない注釈ではあるが、カレットは路地裏での出来事をトラウマと認識している。なのでその時のことは覚えていないのだ。意味のない注釈ではあるが。

「俺なんか『魔王は狂鬼に絡みつかれた者に興味を持った』だぞ？　いつの間にかよく分らん奴に物騒な事されてんだけど怖すぎないか？　もう名前からしてヤベェ奴じゃん狂鬼」

「おっ、見知った顔があるじゃない。お～い」

三人が称号などのイベント報酬の話で盛り上がっていると、聞き覚えのある声に呼びかけられる。

「む、リーシャではないか。この前ぶりだな」

「この前ぶり～。ちょうどいいや。お三方、今時間あったりする？」

「お、なんだなんだ。ナンパか？」

「あ、じゃあリクルス君はいいや」

「ボケスルーされると悲しいよね……」

「お前いつもそのポジションだよな。それで俺たちは丁度一区切りついたところだし大丈夫だぞ」

しょぼんと落ち込むリクルスは地面に座り込んで『の』の字を書いているが、めんどくさいので放っておこう。そのうちカレットが煽っていつものじゃれあいが始まるだろうし。

「あのね……って、メイからの方がいっか。てな訳でメイ、説明よろしく！」

「あ、うん。えっとね。みんなは遺跡エリアには行ったことある？」

「遺跡エリアって言うと、ちょっと前に発見されたっていう地下のエリアだよな？」

「そうそう。そこには遺跡らしくいろんなアイテムが眠っててね。素材とか参考とかになるから採取に行きたいなって思って。でも、地下に潜れば潜るほど敵が強くなってくから……」

リーシャに促されたメイは遠慮がちに、しかし瞳を輝かせながら説明を続ける。

「なるほどな。人手は多いほうがいいって事か。メイにはいろいろ世話になってるし、強い敵って事ならこっちとしても願ったり叶ったりだ。ぜひ一緒に行かせてくれ」

「うん！　ありがとう！」

承諾の意を告げると、これが彼女たちのデフォルトの移動手段なのかリーシャに背負われているメイが嬉しそうにお礼を言ってくる。

「そうだ、どうせならリベット達も呼ぶか？」

「人手が増えるのはうれしいけど、大丈夫かな？」

「ま、ログインはしてるみたいだし声かけるだけかけてみようぜ。ほら二人とも、じゃれあってないで」

「「だってコイツが！」」

「はいはい。分かった分かった。それじゃ、遺跡探索に行くぞ」

「「遺跡探索！　イエーイ！」」

「お、二人とも乗り気だねぇ。よし、私も行っくぞ～。皆の衆。付いてまいれ！　なんちゃって」

「「イエス・サー！」」

「ちょ、リーちゃん⁉　安全運転でおねがぁぁぁぁぁぁぁぁぁ……」

「ったく。イベントも終わったばっかだってのに元気だな」

実に楽し気に、騒々しく駆け出していく四人（ただし一人は悲鳴）の跡を追って、苦笑を浮かべたトーカは歩き出し……普通に置いて行かれそうになったので空中移動に切り替えるのだった。

あとがき

『ヒャッハーな幼馴染達と始めるＶＲＭＭＯ』二巻をお手に取って下さり、まことにありがとうございます。この場所でまたお会いできたことをとてもうれしく思います。ヒャッハーたちに振り回されっぱなしな地雷酒です。（ちなみに、一巻のあとがきを見直したら名乗りが全く同じでした）

過去の自分に勝てなかったところで本編の内容に触れていきましょうか。まずはそう。新キャラ五名のキャラデザです。どれもこれも最高過ぎて悶絶していました。相も変わらず細かい部分を詰めるリクエストに完璧にお答えいただき、もはや榎丸さく様には足を向けて寝られません。《劣地竜》もそりゃ絶望もするわってくらいめっちゃカッコ怖いくて最高でしたね。

今回はプレイヤー達の拠点となる【トルダン】を暴走したモンスター達から守り抜くといった内容のイベント編でしたが、なろう版から読んでくださっている方にも挿絵込みで大きなサプライズをお届けすることが出来たと思います。先を知っている方々ならばにやにやしながら、あるいは驚きながら楽しめたことでしょう。だって作者がにやにやしながら書いていましたから。

ストーリーの大筋は変わらずに、より壮大に、より面白く、よりドラマチックに、より良い物語になるよう、作者自身が率先して最高に楽しんで加筆いたしました。なにせ、『ヒャッハーな幼馴染達と始めるＶＲＭＭＯ』という物語の一番のファンはこの私、地雷酒なのですから。

そして、これは作者の個人的な反省部分で裏話なのですが、一番のファンだからこそイベント結果発表後の掲示板回がなろう版で書けていなかったのがかなり心残りでして……。

書籍化が決まり、二巻としてイベント編を修正すると分かった段階で絶対にこの掲示板回は入れたいと思っていました。しかし、締め切りギリギリで本文のデータが全部ぶっ飛ぶとかいう悪夢に直面し、初稿では結果発表後どころかイベント後の掲示板回すら泣く泣くカットしていました。

それでも、どうしても諦めきれず、後から書き上げた掲示板回を送って掲示板回やっぱり足せませんかね？　と無茶を言って何とかねじ込んでいただきました。そんな経緯で生まれた結果発表後の掲示板回、楽しんでいただけたでしょうか？　楽しんでいただけたのなら幸いです。

さて、ちょっと（作者の気分が）暗くなってしまいましたね。と言う訳で気分を明るくするために口絵でも覗いてきましょうか。楽しそうなトーカの姿と夜景に映える花火がとても綺麗です。え？　花火の材料？　気にしない気にしない。たーまやーって言っとけば大丈夫ですよ。

さて、なにやらなろう版ではなかった要素が生えている書籍版のヒャッハー達ですが、どちらであろうとヒャッハーはヒャッハー。作者ですら制御不能の暴走列車です。彼らの行く末はどうなっていくのでしょうか。今後もヒャッハー達の楽しく愉快な旅路を特等席で眺めていたいと思います。

ところで、この時期ですとそろそろコミカライズも始まる頃でしょうか。そちらも小説版に負けず劣らず最高の出来になっていますので、様々な形態のヒャッハー達をお楽しみください！

作業中に改稿データが全部吹っ飛んで死にそうになりながら書き直した、なんて悲劇が起こったヒャッハー二巻ですが、無事皆様の元に届けられてほっとしております。

時間的な意味でとんでもなくご迷惑をおかけした担当様を筆頭に本作品の出版に携わったすべての方々、そして何よりヒャッハーたちを愛し応援してくださった読者様方に無限の感謝を。

なあ
聞いたか？
キュウウ…
やたら残虐なプレイをするパーティーの話…
グチャッ
聞いた聞いた
血も涙もねえって…
グチャッ
ゴオオオ

〜〜〜フッ
ギュプッ
ブシャ
ピコン♪
レベルが
上昇しました
お
この辺はこんなもんかな…
ているが
ィーである！

ふぃ～
――こんな面をし
至って善良なパーテ
※モザイクは他プレイヤーから見た様子です

なぁ!
ん
いえーい!
ギャ!?
アイツらうわさの…
ざわっ…
こっこんな
はずでは…
トーカ〜!
肉めっちゃ
ドロップしたぞ〜!

巻末おまけ

コミカライズ第一話

漫画 ひーりんぐ

原作 地雷酒　キャラクター原案 榎丸さく

ピーポーン…
ガチャ
はぁ…本の続き読も
しーーん…
イタズラ…？

せーの…
ぱん
ぱん
ハッピーバースデー!!

はら
はら
…もしもし 警察ですか? 家に不審者が
わ——————ッ!!!
ストップ ストップ!! 俺らだって!!!
おおお 落ち着け護! まずは 話し合おう!?

…で
人の部屋を汚して
までなんの用?
ピンポンダッシュ
までして…
なんの用も
なんも…
ほい!
サプライズ
バースデー!!
俺の名前は
鷹《たか》嶺《みね》護《まもる》
…そしてこいつ
の名前は米《よね》倉《くら》瞬《しゅん》
えっ
ふたりとも生まれた頃
からの幼馴染だ
ん?
サプライズって
言ったら
サプライズじゃ
なくないか?
ああっ!!
……
こっちは
神《かん》崎《ざき》明《あき》楽《ら》

大丈夫！このあとのサプライズパーティは内緒にするぜっ
バカッ それも言っちゃダメだろっ
ギャイ
ギャイ
開けていいか？
ああ!! もちろん!!
ガサ
ガサ
これは…ゲーム機か？
！
ご名答!! 最近話題のVRのやつだぜ！
嬉しいけど…結構いい値段するだろこれもらっちゃっていいのか？
うむ！もちろんだ!!
3人で一緒にやりたくてさ明楽と一緒にこづかいとバイト代数か月貯めたんだぜ！
じ～～ん…
ふたりが俺のために…

こづかいをもらうとすぐ使い果たすあいつらが…
いえ〜〜い
今日バイト代入ったから奢ってやる!!
貯金ができなすぎて親にバイト禁止されたこともある明楽まで…
お前らが貯金してまでプレゼントしてくれたなら…大切にしないとな
おう!大切にしろよ!!
へら
泣くほど嬉しかったみたいだな!
へら
ゲームより2人の成長がうれしい→

それでさ
さっそく明日から
一緒にゲーム
やろうぜ！
エンドレス
バトル
オンライン
通称EBO！
Endless Battle Online
―エンドレス バトルオンライン―
本当に
さっそくだな……
そのゲームって
どんなゲームなんだ？
明日から
正式版が稼働する
MMORPGだ！
…MMO※
MMO…
※多人数同時参加型
オンラインゲーム
…ややっぱ
護はMMOは
イヤか？

…そっか
最近は俺が
ゲームの付き合い
悪かったから…
いや
一緒にやるよ
せっかくお前らが
普段しない貯金までして
買ってくれたプレゼント
だもんな
あっ
ぱっ
よっ
しゃあ！
これで3人で
できるぞー！
おー!!
あ そうだ
パーティもやろうぜ
パーティ！
誕生日
だもんな！
キメ
クラッカーの
掃除もしろよ

翌日ー
チュン…
チュン…
…時間になっても来ないと思ったら
なんで自分から誘っといて寝てるかねこいつ
ぐごー
ぐごー
すっ…
保冷剤
食べられません
そっ…
保冷剤
食べられません
俺たち３人
家も部屋も両隣なのだ
設計ミス？でお互いベランダから入れ
ぎゃあああ
お兄ちゃんうるさい!!
(瞬の妹)
いや～悪い悪い お前とゲーム超楽しみで寝付けなくてさ
小学生かよ…

ほい
おにぎり
作ったから
ゲームは朝食
しっかり食って
からな
サンキュー
お母さん!
ひっぱたくぞ
どうせ
明楽も
寝てるから
起こして
くるわ
保冷剤
おう
あふひょ
きょ!!!
残虐《ざんぎゃく》
非道…
すとん
さて…

このチョーカーで脊髄《せきずい》を通る脳の信号をデータ化して
えっと…起動っと…
こっちで脳波やらなんやらを読み取るのか
カチッ
キュイイイ…
そういえばフルダイブVRってはじめてだ…
…どうなるんだ?
ドキ
ドキ
ワッ…

おお……
これが噂のVR空間か
ここがホーム画面なのかな
フワ…
ふよ
ふよ
これか
Endless Battle Online
フォン
Endless Battle Online
を起動しますか？
▶YES NO

キャラクターメイキングを開始します
プレイヤーネームジョブ初期スキル外見を設定してください
まぶしー
サァア
name Lv. 1
ジョブ
サブ
HP 100/100 MP 100/100
STR 0 INT 0
VIT 0 MND 0
AGI 0 LUK 0
DEX 0 SP 50
パッシブ なし
プレイヤー名は
OK
えっと…まずは名前か
他のゲームでも使ってる「トーカ」にしよう
護《まもる》→ガード→トーカで
ピピ

ジョブ一覧
騎士
重戦士
軽戦士
弓術士
狩人
神官
魔道士
錬金術師
罠師
軽業師
蒐集家《しゅうしゅうか》
ジョブは メインとサブで ふたつまで 選べるのか
ふむふむ…
どれにするか 結構悩むな
武器か かっこいい
練金術!? 魔法!? かっこいい!!
どうせあいつら 後先考えず 趣味全開のジョブ 選ぶだろうし…
あいつらの サポートのために メインは神官
ピッ
メインジョブ
神官 後衛職
回復や支援などの サポートがメインとなる。 前線で戦えないことも ないが後衛の方が 活躍できる。
【使用可能武器】 杖、メイス
ピッ
サブジョブ
狩人 前〜後衛職
短剣と弓に加え罠師以外で唯一罠を扱える。 ただしその能力の専門には一歩劣る。 できることが多いため 器用貧乏になりやすい。
【使用可能武器】 短剣、弓、投擲補佐
サブは色々幅広く できそうな狩人かな

次はSP《ステータスポイント》
レベル1上昇ごとに10ずつ
レベルが10の倍数毎では50もらえるのか
神官と狩人だから…こんなもんかな
DEXとINTとMPは高めにしよう
LUKもほしいな
HP（体力）　ゼロで死亡
MP（魔力）　魔法の発動に必要な項目
STR（攻撃）　物理攻撃力
VIT（防御）　物理防御力　毒や麻痺などの継続ダメージへの耐性も上昇
AGI（敏捷）　行動の素早さ
DEX（器用）　特定作業・遠距離攻撃の命中率
INT（知性）　攻撃魔法・回復魔法力
MND（精神）　攻撃魔法・デバフへの耐性
LUK（運）　ドロップ率など上昇
初期スキルは5つ選べるんだな
いろいろあるけど…
戦闘用の「棍術《こんじゅつ》」「弓術」
サポート用に「回復魔法」「付与魔法」は確定として…
…うーん 他はプレイしながら取れるみたいだし「罠術」にしよ
面白そう

最後に外見はー…っと
よし！
時間になりました
これよりEBO正式リリースを開始します
ログインしますか？
YES　NO

キィィィィィン
あいつらはどんなキャラに仕上げたんだろう
ちょっと楽しみだな
ワクワク
プレイヤー『トーカ』EBOの世界へようこそ
果てなき戦いの世界を心ゆくまでお楽しみください

ざわ
ざわ
ざわ
おお…

とりあえずあいつらと合流しないとな…
…うおっ!?
ドーン
ちょっちょっと…!すみません…!
ワー
すげー人…!とりあえず安全地帯に…
ぎゅう
ぎゅう
ドド
ドド
ドド
ワー
っとと…ふー…

ガヤ
ガヤ
ここは人がいないみたいだな…一息つける
にしてもすげー…ゲームとは思えん
ていうかただの路地裏なのに作り込みすげぇ…
キョロ
キョロ
にぎ
にぎ
歩く感触も現実と変わらないし…
あ そういえば…
…ちょっとだけなら探検してみてもいいよな?
ワク
ワク

お
アイテムボックスに
装備も増えてるな
つけてみるか
パッ
わ
俄然《がぜん》ゲーム感
出てきたな

さてそろそろ
あいつらと
合流しないとな
さっきの広場も
もう落ち着いただろ
アイツら
んん？
んんん……??
……やべ
迷つた

くくくく
え――…？
マップ
マップ…
マップにのってねえ…！
なんで!?
そこまで奥に行ったつもりないんだけど…
どうすっかな…
…っく…
…？
ひっく…
えぐ…
うう～…
ひぃ～…
…ぐす…
ひっく…
………
…これ実はホラゲーとかじゃないよな…？
うう～…
ハハ…
うう～…

声はこっちから聞こえるけど…
ひっく…
うう…
う〜〜…
ぐすっ…ぐすっ…
えぐ…
ぐすっ…
こんなところに俺以外のプレイヤーがいると思えないし…
…NPCか?
ひぐ…
キミ どうしたの?

ひっく……
……えっぐ……
……お兄ちゃん……
……誰……？

呪われし森で過去最大難度のクエストに挑め！
攻撃が通じねえってマジかよ
村一つ滅ぼした黒大蛇の討伐かおもしろい

ここまで絶望的なのは初めてだぜ……！（歓喜）
ヒャッハーな幼馴染達と始めるVRMMO 3.
ZIRAIZAKE 地雷酒
ILLUST 榎丸さく
2022年春発売予定!!

さあ、実習を始めます！
できる！
リティさん、コミカライズも決定したようです。
え!? 本当に!?
発売予定!!

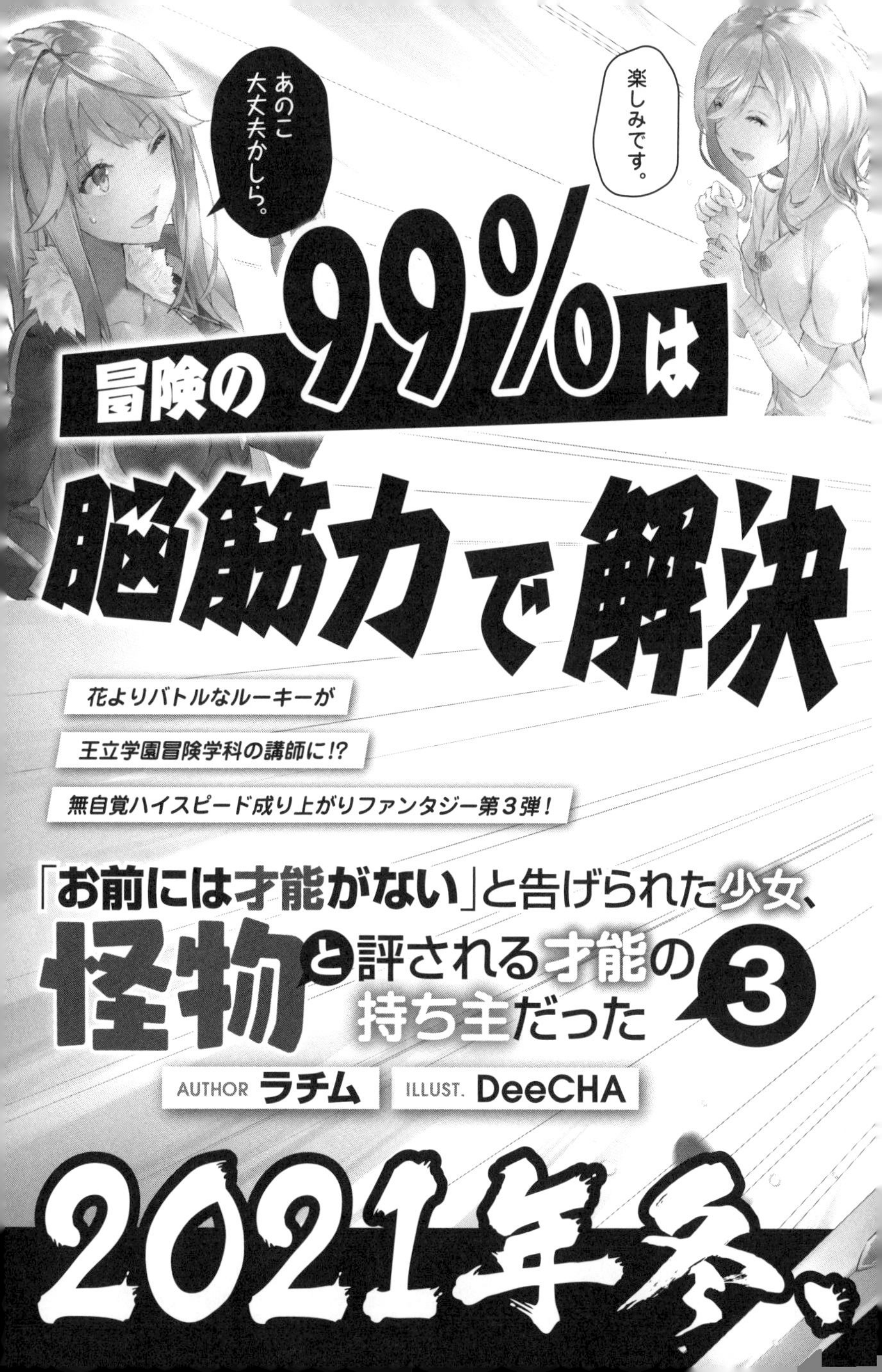
楽しみです。
あのこ大丈夫かしら。
冒険の99%は
脳筋力で解決
花よりバトルなルーキーが
王立学園冒険学科の講師に!?
無自覚ハイスピード成り上がりファンタジー第3弾！
「お前には才能がない」と告げられた少女、
怪物と評される才能の持ち主だった 3
AUTHOR ラチム ILLUST. DeeCHA
2021年冬。

ヒャッハーな幼馴染達と始めるVRMMO 2

2021年10月1日　第1刷発行

著　者　地雷酒

発行者　本田武市

発行所　TOブックス
〒150-0002
東京都渋谷区渋谷三丁目1番1号　PMO渋谷Ⅱ　11階
TEL 0120-933-772（営業フリーダイヤル）
FAX 050-3156-0508

印刷・製本　中央精版印刷株式会社

ISBN978-4-86699-320-1

Printed in Japan